Justus Friedrich Wilhelm Zachariae

Auserlesene Stücke der besten deutschen Dichter

Von Martin Opitz bis auf gegenwärtige Zeiten

Justus Friedrich Wilhelm Zachariae

Auserlesene Stücke der besten deutschen Dichter
Von Martin Opitz bis auf gegenwärtige Zeiten

ISBN/EAN: 9783743658417

Hergestellt in Europa, USA, Kanada, Australien, Japan

Cover: Foto ©Andreas Hilbeck / pixelio.de

Weitere Bücher finden Sie auf **www.hansebooks.com**

Auserlesene Stücke

der besten

deutschen Dichter.

Erster Band.

Auserlesene Stücke
der
besten deutschen Dichter
von Martin Opitz
bis auf gegenwärtige
Zeiten
Mit historischen Nachrichten
und kritischen Anmerkungen
versehen
von
Friedrich Wilhelm Zachariä
Erster Band

Braunschweig 1766.
Im Verlage der Fürstl. Waisenhaus Buchhandlung.

Seiner Excellenz

dem

Herrn Geheimterath

von Schliestedt.

Hochwohlgebohrner Herr,

Gnädiger Herr Geheimterath,

Ew. Excellenz, die nach Dero weitausgebreiteten Einsicht jedes nützliche Unternehmen zu beför=

dern

dern suchen, haben die Ausgabe des gegenwärtigen Werks auf eine so gnädigermunternde Art veranlaßt, daß ich es wage, Ew. Excellenz diesen ersten Theil von auserlesenen Stücken der besten deutschen Dichter als ein öffentliches Merkmal meiner ganz

beson-

besondern Verehrung unterthänig zu

überreichen.

2. Obgleich Euer Excellenz den wich-
tigsten Geschäften vorstehen, so behalt-
ten die Musen doch nach immer eini-
ges Recht auf die wenigen Stunden,
die Euer Excellenz von größern

Arbei-

Arbeiten nöthig, bleiben ... Und wie

könnte derjenige, der, wie Min? Wie

selten zu) in so der größten Geistern des

Alterthums vertraut ist, und der ei-

nen Homer und Virgil in ihrer eige-

nen harmonischen Sprache lesen

und bewundern kann, wie könnte ein

solcher

ſolches ein ... wollen Freunde nicht auch,

unſerm ... deutſchen Dichtern Ge-

rechtigkeit wiederfahren laſſen ... Ewer

Excellenz ſind daher ein ...

Freund von unſerm alten Opitz, dem

Vater und Stifter der deutſchen

Poeſie, welcher ſeinem ...

                               gange

dieſem

dieſem *unleſerlich* Wofe *unleſerlich*

Dero gnädigen Beyfalli nicht *unleſerlich*

gen, und dieſes öffentliche Zeugniß

meiner Ehrfurcht mit der hohen Ge-

wogenheit aufzunehmen geruhn, die

Ew. Excellenz mir bey ſo verſchie-

nen Gelegenheiten wiederfahren laſ-

ſen

Ew. Excellenz

Braunschweig,

unterthäniger Diener,

Friedrich Wilhelm Zachariä.

Vorbericht.

Die deutsche Nation hat schon seit sehr langer Zeit ihre großen und ausgemachten Verdienste um alle Arten von Künsten und Wissenschaften, die ihr von allen ihren Nach=baren willig zugestanden werden.

Ifter Band.   )(Auch

Auch unsre Dichtkunst nähert sich seit einigen Jahren einem gewissen Grade der Vollkommenheit, zu dem Ausländer unsre Sprache und unsre Köpfe nicht für fähig genung hielten, und der unsre ganze dankbare Aufmerksamkeit verdient. Die Franzosen, die sonst am bittersten auf unsern Mangel an Witz schmähten, lassen uns seit einiger Zeit am meisten Gerechtigkeitwiederfahren; und ein Haller, ein Gellert, ein Klopstock, ein Gesner, sind in Paris izo mehr gekannt, als an den meisten deutschen Höfen, wo man einige unsrer

Dichter

Dichter auf höchste nur noch in einer franzö-
sischen Ueberseßung ließt, und von den übrigen,
wenig oder gar nichts weiß.

Doch die Höfe sind es nicht allein, die
mit unsern deutschen guten Köpfen noch so wenig bekannt sind; sondern wir müssen gestehn,
wenn wir unpartheyisch seyn wollen, daß diese Unwissenheit auch in vielen andern Ständen herrscht, selbst den bey uns so weitläuftigen
Stand der Gelehrten nicht ausgenommen. Es
scheint, als wenn wir unsre eigenen Schäße
nicht kennen wollten, wenigstens diejenigen

)(2 nicht

nicht, die in den Werken unserer ältern Poeten vergraben liegen.

Wir verdienen also vielleicht einigen
Dank, daß wir uns vorgenommen haben, unsre
Landsleute mit dem Wehrte ihrer eignen Dichter
etwas bekannter zu machen. Wir liefern ihnen
desfalls eine Art von poetischer Chrestomathie
der Deutschen, von welcher wir uns ungefehr
folgenden Plan gemacht haben.

Da die ältern Ueberbleibsel unsrer Poesie, und besonders die schätzbaren Stücke der
Minnesinger von den schweizerischen Kunst-

richtern

richtern gesammelt worden, und die wenigsten
der heutigen Deutschen ihre alte Sprache verstehn: so fangen wir billig mit dem Stifter,
und Vater der neuern Poesie, nemlich mit
dem großen Opitz an, und wollen bis auf gegenwärtige Zeiten fortgehen.

Dieser Zeitraum theilt sich so zu sagen
von selbst in zwey Abschnitte. Der erste nehm-
lich geht von Opitzen bis auf Günthern und
seine Zeiten; und der zweyte kann von Hallern und Hagedornen angerechnet, und bis auf
unsre Zeiten fortgeführt werden.

Von

Von jedem Dichter wollen wir die schönsten und vortreflichsten Stücke auswählen,
und besonders diejenigen, in welchem sein ihm
eigner poetischer Charakter am stärksten hervorleuchtet. Unsre Wahl soll mit aller mög-
lichen Unpartheylichkeit und mit Zuziehung einiger kritischen Freunde geschehn. Damit
aber die Leser desto leichter von dem Werthe
und dem Charakter jedes Poeten urtheilen können: so wollen wir allezeit eine kurze Lebens-
beschreibung vorherschicken, und seine ihm eignen poetischen Verdienste zu bestimmen suchen.

Unter

Unter dem Texte der ältern Poeten wird man

hier und da einige Anmerkungen antreffen,

die wenigstens dem ungelehrten Theile unsrer

Leser nicht unangenehm seyn werden.

Nach Opitz und Flemmingen entsteht

bald wieder eine ziemliche Armuth an guten

Stücken, obgleich bis auf Canitzens Zeiten

eine Menge Namen von Männern herzuzeh-

len sind, die man alle zu ihren Zeiten für sehr

berühmte Dichter hielt. Einige indeß verdie-

nen wenigstens historisch angeführt zu werden,

und einen Lohenstein, einen Neukirch, die auf

X 4 eine

eine Zeitlang von ihren Zeitgenossen bewun=
dert und nachgeahmt wurden, wollen wir
unsern Lesern aus ihrem wahren Gesichts=
punkte zu zeigen und ihre Fehler und Voll=
kommenheiten durch einige kurze Stellen aus
ihren Gedichten fest zu setzen suchen.

Die neuere Periode die mit Hallern
und Hagedornen anfängt, ist unstreitig für
die Deutschen die rühmlichste. Eine Menge
von Genies hat sich in allen Arten der Dicht=
kunst mit dem größten Ruhm unter uns her=
vorgethan, und zwar in einem kurzen Zeitraume

von

von einige zwanzig Jahren. Auch aus diesen neuern Dichtern wollen wir eine Auswahl ihrer besten Stücke machen, und uns bemühn, ihren poetischen Charakter treu und unparteyisch zu zeichnen, und jedem seine eigentliche Stelle anzuweisen.

Aus großen Gedichten, wie zum Exempel der Meßias ist, wollen wir solche Stücke nehmen, die auf gewisse Weise für sich ein kleines Ganzes ausmachen und in denen das Eigene und Originale des Genies am stärksten ausgedrückt ist.

Wir

Wir wollen aber auch einigen poetischen Schriftstellern Gerechtigkeit wiederfahren lassen, deren hier und da zerstreute kleinere Werke bisher noch nicht in eine besondere Sammlung gebracht worden. Wir fürchten uns nicht, auch von lebenden Dichtern unser Urtheil zu fällen; Wenn Bescheidenheit und Hochachtung, die man jedem Genie schuldig ist, die Feder der Kritik führt, so schmeicheln wir uns, daß auch selbst unser Tadel uns Freunde machen soll.

Aus

Aus dieser Samlung schließen wir je=
doch alle theatralischen Stücken aus. Unge=
achtet des großen Verzeichnisses, welches Herr
Prof. Gottsched von unsern deutschen drama=
tischen Gedichten geliefert hat, müssen wir
doch aufrichtig gestehn, daß wir von Opitzen
bis auf unsern ältern Schlegel wenig derglei=
chen kennen, welches den Namen eines Lust=
spiels oder einer Tragödie verdiente. Da sich
auch ausserdem aus theatralischen Stücken
nicht wohl abgebrochne Auszüge machen lassen:
so wünschten wir, daß jemand von unsern

Kunst=

Kunstrichtern mit größerer Wahl und Strenge, als Herr Prof. Gottsched gezeigt hat, von
dem ältern Schlegel an, bis auf unsere Zeiten
eine neue deutsche Schaubühne besorgen, und
die Leser durch ein kurzes Leben jedes Dichters,
und seines poetischen Charakters in den Stand
setzen wollte, desto besser von ihm urtheilen
zu können, besonders wenn die Anzahl guter
dramatischen Gedichte sich vielleicht unter uns
vermehren sollte.

Die Anzahl der Bände dieser unsre
poetischen Chrestomathie können wir nicht ge-

nau

nau beſtimmen; ſehr ſtark aber wird ſie nicht

werden.　Jeder Band ſoll ungefehr ein Al-

phabet betragen, und mit dem Bildniß eines

Dichters im kleinen geziert ſeyn.　Von Druck

und Papier iſt dieſer erſte Theil die Probe.

Er enthält die auserleſenſten Stücke von un-

ſerm großen Opiß, die wie unter den Deut-

ſchen noch lange nicht ſo ausgebreitet ſehn,

als ſie es verdienen.

Da die ſchweizeriſche Ausgabe ſeiner

Gedichte nicht vollendet worden, und wider

die Trilleriſche manches einzuwenden iſt, bey-

de

de Auflagen aber in einem zu unbequemen
Format abgedruckt sind: so hoffen wir leicht
Verzeihung zu erhalten, daß wir mit den Mei=
sterstücken diesen großen Mannes einen gan=
zen Band angefüllt haben, denn es fiel uns
schwer, etwas zurückzulassen, worin sich die=
ser große Geist noch seiner würdig zeigte.

Von Flemmingen und seinen Nachfol=
gern haben wir noch gar keine erträgliche Auf=
lage; besonders sind die alten Editionen von
Flemmingen so ausserordentlich fehlerhaft abge=
druckt, daß man sie kaum mit Müh verstehn

kann

kann. Schon aus dieser Ursach allein hoffen

wir in Ansehung der ältern Poeten Dank zu

verdienen, daß wir ihre schönsten Stücke kor-

recter abdrucken lassen.

Inhalt

Inhalt

der in diesem ersten Band enthaltenen Stücke.

Ueber

Ueber

Martin Opitz von Boberfeld.

A

Hat jemals einer von unsern Dichtern eine ganz besondere Erkenntlichkeit von seinem Vaterlande zu fodern gehabt; so ist es gewiß unser Opitz. Wir halten es daher für eine vorzügliche Pflicht, unsre Leser mit diesem großen Manne bekannter zu machen, und ausser seinem poetischen Character, auch etwas von seinem Leben mit beyzufügen. Der Lebenslauf eines Poeten kann zwar gewöhnlicher Weise nicht viel von solchen Begebenheiten in sich enthalten, welche durch ihr Fremdes und Ausserordentliches die Neugier der Menschen zu reizen pflegen. Ein

A 2   Poet

Poet, der diesen Namen mit Recht verdient, und durch einige ansehnliche Werke unsterblich geworden ist, hat diese Ehre nicht anders erlangen können, als wenn er einen großen Theil seines Lebens in der Einsamkeit, und in einem fleißigen und anhaltenden Studiren, zugebracht hat. Seine Jugend verfließt ihm unter der Erlernung so vieler verschiednen Sprachen, und Wissenschaften, in welchen besonders ein deutscher Dichter nicht ganz unerfahren seyn kann, und der übrige Theil seiner reiferen Jahre wird ihm unter der Verfertigung und Verbesserung seiner poetischen Arbeiten verstreichen. Was kann also der Leser viel Neues und Sonderbares in der Beschreibung eines solchen stillen und einsamen Lebenslaufes erwarten? Bey einem sehr großen und ausserordentlichen Geiste indeß,

der

der sich durch ganz vorzügliche Talente um seine Nation verdient gemacht hat, werden uns auch Kleinigkeiten und gemeine Vorfälle des Lebens wichtig, insonderheit wenn sie zur bessern Bestimmung des moralischen Characters eines Dichters, und zur gründlichen Beurtheilung seiner Schriften etwas beytragen.

In diesem Falle befinden wir uns, wie ich glaube, in Ansehung unsers Opitz. Der Vater und Stifter der neuern deutschen Poesie verdient mit Recht, daß wir uns etwas genauer um seine Lebensumstände bekümmern, und einige von den Veranlassungen und Triebfedern zu erforschen suchen, die ihn bey dem gänzlichen Verfall der damaligen deutschen Poesie, auf einmal zu einem so starken und glücklichen Dichter gemacht haben.

A 3   Opitz

Opitz wurde 1597. den 23. September zu
Bunzlau in Schlesien gebohren, in einer glück=
lichen Provinz von Deutschland, die sich von je=
her durch gelehrte Männer und berühmte Dichter
unterschieden hat. Sein Vater hieß Sebastian
Opitz, und seine Mutter war eine gebohrne
Rathmann. Die Mutter verlohr unser Poet
sehr früh, der Vater aber lebte lange genug,
um für die Erziehung seines Sohnes sorgen zu
können. Ein Vatersbruder, Christoph Opitz,
der eben Rektor in Bunzlau war, und nach
ihm der Rector Senftleben daselbst, legten den
ersten Grund zu dieser Erziehung. Beydes
waren Männer, die in den alten Sprachen sehr
bewandert waren, und unsern Opitz frühzeitig
mit den großen Dichtern des Alterthums be=
kannt machten. Er setzte nachher seine Studien

zu

zu Breslau auf dem Magdalenengymnaſio fort,
bis er ſich 1618. auf die Univerſität zu Frankfurt an der Oder begab. Der berühmte Müßler,
mit dem er ſchon auf der Schule zu Bunzlau
eine genaue Freundſchaft geſtiftet, war auch
hier ſein Gefährte. Von Frankfurt gieng er
nach Heidelberg und wurde daſelbſt Hofmeiſter
bey den Söhnen des großen Staatsmannes
Georg Michael Lingelsheim, der ſich als ſeinen
ſehr großen Gönner erwies. Opitz beſuchte
nachher Straßburg und Tübingen, und erwarb
ſich auf allen dieſen hohen Schulen die Freundſchaft und Hochachtung der gelehrteſten und be-
rühmteſten Männer der damaligen Zeiten.

Opitz hatte bisher ſeine Jugend im Schooße
der Ruhe und des Friedens zugebracht, welche
Deutſchland dazumal genoß. Nunmehr aber

erhub sich der unglückliche Religionskrieg, an
welchen man noch heutiges Tages nicht ohne
Schauder gedenken kann. Opitz, diesem her-
annahenden Sturme zu entgehen, begab sich
1620. mit einem Dänischen von Adel welcher
Hamilton hieß, und dessen Geschlecht eigentlich
aus Schottland stammte, nach Holland, wo
er zwar auch ein Zuschauer der bekannten
Religionsstreitigkeiten mit dem Arminius seyn
mußte, aber doch nicht, wie in dem unglücklichen Deutschland in Gefahr stand, alle die
Abscheulichkeiten zu erleben, welche von je-
her die Religionskriege begleitet haben. Er
lernte in Holland, unter vielen andern Gelehrten, den berühmten Heinsius kennen, von dessen holländischen Gedichten er verschiedene, besonders aber seinen Lobgesang auf den Bachus

in

in das Deutſche überſetzt hat. Nach Vollen=
dung dieſer Reiſe hielt er ſich mit ſeinem jungen
Herrn in Hollſtein auf, und verfertigte daſelbſt
ſein vortreffliches Troſtgedicht in Widerwärtig=
keit des Kriegs, welches ihn, wenn er auch
weiter nichts geſchrieben hätte, ſchon allein un=
ſterblich machen könnte.

Nachdem Opitz ſich hierauf wieder in ſein
Vaterland zurück begeben, und ſich an dem Hofe
des Herzogs von Liegnitz mit vielem Ruhm be=
kannt gemacht hatte, erhielt er 1622. von dem
tapfern Fürſten Gabriel Bethlem einen Ruf als
Profeſſor an ſein neugeſtiftetes Gymnaſium zu
Weiſſenburg in Siebenbürgen. Er las daſelbſt
öffentlich über den Horaz und Seneka, und
genoß von dieſem Fürſten auſſerordentlich viel
Gnade. Dem ungeachtet verließ er doch Sie=

A 5   ben=

benbürgen wegen seiner schwächlichen Gesund=
heit, und aus großer Begierde sein Vaterland
wieder zu sehen, welches Verlangen er in sei=
nem Zlatna sehr deutlich zu erkennen giebt. Bey
seinem Aufenthalte zu Weissenburg machte er
den Plan zu seiner Dacia Antiqua, worinn er
die Alterthümer dieser ehemaligen Römischen
Provinz mit großer Gelehrsamkeit untersuchen,
und in das gehörige Licht setzen wollte. Aus
vielen Stellen von Opitzens Schriften sieht man,
daß dieses sein Lieblingswerk gewesen ist, und
daß er glaubte, einen größeren Ruhm, und eine
dauerhaftere Ewigkeit dadurch zu erlangen, als
durch seine Gedichte. Dieses Werk ist indeß
niemals im Druck erschienen; Opitz hat sechzehn
Jahr daran gearbeitet, und doch hat man nach
seinem Tode nichts vollständiges davon gefunden.

Für

Für die gelehrte Welt ist dies allerdings ein
großer Verlust, wir unterstehen uns aber doch,
zu zweifeln, ob sich Opitz durch diese Frucht eines mühsamen Fleisses jemals bey seiner Nation
so viel Ehre erworben hätte, als durch die Ori-
ginalstücke seines großen, lebhaften und schöpfe-
rischen Geistes.

Nach seiner Zurückkunft in sein Vaterland
wurde unser Dichter Fürstlicher Rath bey den
Herzogen zu Liegnitz und Brieg, er that ver-
schiedne kleine Reisen in Schlesien herum. Er
gieng nachher nach Sachsen, erwarb sich daselbst
die Freundschaft eines Buchners, Seußius, und
anderer gelehrten Leute, und wurde an dem
Hofe des Fürsten Ludewigs von Anhaltköthen,
der damals ein großer Beschützer der Dichtkunst
war, mit ganz vorzüglichen Gnaden aufgenommen.

men. Gleich darauf that er mit seinem Gönner, dem Rath Kirchner, eine Reise nach Wien.
Auch hier machte er sich durch sein Gedicht auf
das Absterben des Erzherzogs Carls berühmt.
Er ward daselbst vom Kayser zum Poeten gekrönt, und kurze Zeit darauf unter dem Namen
von Boberfeld in den Adelstand erhoben. Nach
seiner Zurückkunft von Wien brachte er aber-
mals einige Zeit mit allerhand kleinen Reisen
und Zerstreuungen zu, bis er endlich bey dem
Kayserlichen Minister und General, dem Burggrafen Annibal von Dohna, als Geheimersekre-
tair in Dienste kam. Opitz trat nun auf einen
grössern Schauplatz der öffentlichen Angelegenheiten, und erwarb sich durch die geschickte Ver-
waltung derselben eben so viel Ruhm als durch
seine Gedichte. Er besaß das völlige Vertraun

seines

seines großmüthigen Ministers, und auf Ver-
anlassung und Kosten dieses seines Gönners that
er 1630. eine Reise nach Paris, welche für das
Genie unsers Dichters ausserordentlich vortheil-
haft war. Auf der Reise selbst machte er aller
Orten, wo er durch kam, mit den gelehrtesten
Leuten Bekanntschaft, und in Paris erhielt er
die ganz besondere Freundschaft des unsterblichen
Hugo Grotius, dessen Bücher von der Wahrheit der christlichen Religion er in das Deutsche
übersetzte, um der Tochter des Hugo Grotius,
welche in den damaligen Zeiten ein Wunder von
Verstand und Schönheit war, die Erlernung
der deutschen Sprache dadurch zu erleichtern.
Opiz machte sich seinen Aufenthalt in Paris auf
alle Weise zu Nutze. Er erfüllte nicht nur auf
das vollkommenste alle die Absichten, weswe-

gen

gen ihn sein Burggraf dahin gesandt hatte, son=
dern er brachte noch ausserdem viel rare Bücher,
Manuscripte, und seltene Münzen mit in sein
Vaterland zurück. Wenige Jahre nach seiner
Zurückkunft aus Frankreich verlohr er seinen
großen Gönner, welcher zu Prag an einem Fie=
ber verstarb. Dieser Burggraf Annibal von
Dohna war in der That ein wahrer Mäcen von
unserm Opitz. So sehr er ihn auch wegen sei=
ner ganz besondern Geschicklichkeit in öffentlichen
Angelegenheiten brauchen konnte: so ließ er
ihm doch noch Zeit genug übrig, die Opitz
den Musen und der deutschen Poesie insbesonde=
re widmen konnte. In einem Lobgedichte auf
diesen Burggrafen von Dohna drückt sich
Opitz folgendergestalt aus:

Dv

Du hebst mich über mich; du willst mich ganz befreyen

Von deiner Waffen Last; willst mich den Musen leihen,

Die meine Freude sind, und mir in ihrer Schooß

Entbinden meinen Geist, der nachmals frey und los

In tausend Bücher geht. Du lässest mich mir machen,

Ein Nest der stillen Ruh, aus dem ich kann verlachen,

Kann werfen unter mich Neid, Hochmuth, Geld, und Welt,

Kann schaffen, was nach GOtt und dir, mir selbst gefällt.

Der Verlust eines solchen Beschützers mußte also unserm Dichter ausserordentlich schmerzlich fallen, besonders da die Kriegsflamme sich immer weiter und weiter über Deutschland ausbreitete. In der Ungewißheit, welche ihm vorgeschlage= nen Dienste er erwählen solle, hielt er sich einige Zeit in Preussen auf, welches dazumal fast noch ganz allein des Friedens genoß. Er erwählte drauf Danzig zu seinem Aufenthalte; und wurde end=

lich

lich durch den Grafen von Dönhoff dem König
von Pohlen Uladislaus bekannt; der ihn zu sei=
nem Sekretair und Geschichtschreiber ernannte.
Das vortrefliche Gedicht auf den König Uladis=
laus ist eins von Opitzens Meisterstücken.
Im Schooße der Ruhe, die er diesem großen
Könige zu danken hatte, arbeitete er nicht nur
fleißig an seiner Dacia Antiqua, sondern er
übersetzte auch die Psalmen Davids in deutsche
Verse. Dies ist sein letztes Werk gewesen,
denn kurz nachher starb er 1639. den 20. August
an der Pest zu Danzig. Er wurde ganz allge=
mein bedaurt, und Deutschland verlohr in ihm
einen seiner allergrößten Dichter.

Opitz hat sich niemals verheyrathet, ob man
gleich aus verschiednen Stellen seiner Gedichte
schliessen kann, daß ihm das schöne Geschlecht

nichts

nichts weniger als gleichgültig gewesen ist.
Die beständigen unruhigen, und betrübten
kriegerischen Zeiten haben ihn unstreitig vom
Ehestande abgehalten, und seine fast beständi=
digen Reisen haben auch etwas hiezu beytra=
gen können. Vielleicht glaubte er auch, daß
er unter den Sorgen und Bekümmernissen,
die auch den glücklichsten Ehestand zu beglei=
ten pflegen, nicht alle die Heiterkeit des Ge=
müths behalten möchte, die zu Verfertigung
poetischer Arbeiten so nothwendig ist. Sei=
ne Glücksumstände waren zwar nicht glän=
zend, indeß hatte er doch allezeit Einkünfte
genug, daß er mit Bequemlichkeit leben,
und seinen gelehrten Arbeiten obliegen konnte.
Man sieht aus seinen Lebensbeschreibungen,
daß ihn die Fürsten und Großen seiner Zeit,

Ister Band   B   nicht

nicht blos mit einem leeren gnädigen Beyfalle,
sondern mit würklichen Belohnungen aufge-
muntert haben.

Die Glückseligkeit des Ehestandes, deren
Opitz entbehren muste, würde ihm durch die
Freundschaft einigermaßen ersetzt. Wir haben schon angemerkt, daß Opitz, wo er nur
hinkam, sich die Bekanntschaft und Gewö-
genheit der größten Männer seiner Zeit erwarb. Kein einziger deutscher Poet hat vielleicht nach ihm eine so ansehnliche Anzahl von
Gönnern und Freunden aufzuweisen gehabt;
und aus der allgemeinen Liebe und Hochachtung, in der Opitz bey den größten einheimischen und auswärtigen Gelehrten stand, kann
man ziemlich zuverläßig schliessen, daß sein
moralischer Charakter sehr gut, und sein Um-
gang

gang ſehr angenehm geweſen ſey. Die vor-
züglichſte Stelle in ſeiner Freundſchaft ſcheint
der berühmte Nüßler gehabt zu haben, der
ſich mit Opißen zu gleicher Zeit auf der Schule zu Bunzlau, auf der Univerſität zu Frankfurt, und nachher auch wieder am Hofe der
Herzoge zu Liegniß aufgehalten, wo dieſer
Nüßler Sekretarius, und hernach Rath geweſen, und ſich durch verſchiedne kleine Schriften, und lateiniſche Gedichte bekannt gemacht
hat. Er überlebte ſeinen Opiß, und ſuchte,
wie man aus einem Briefe von dem Paſtor
Niclaſſen an dieſen Nüßler ſieht, die Ehre
ſeines Freundes auch noch nach ſeinem Ab-
ſterben gegen einige nachtheilige Gerüchte in
Sicherheit zu ſetzen.

Opiß

Opiß war nicht Poet allein. Er war in
allen andern Arten der Gelehrsamkeit, und
besonders in Sprachen und Alterthümern auß
serordentlich bewandert. Er schrieb sehr gut
Latein, und seine noch vorhandenen Gedichte
in dieser Sprache zeigen zur Gnüge, wie sehr
er auch darinnen Dichter war. Unsre Leser
werden schon bemerkt haben, daß Opiß sehr
viel Geschicklichkeit und Erfahrung in öffentlichen Angelegenheiten haben mußte, weil er
so lange Zeit die Stelle eines Raths und ge-
heimen Sekretairs mit dem größten Ruhme
bekleidet hat. Er ist ein Beweis, wie sehr
diejenigen sich irren, welche glauben, ein
Poet sey zu nichts anderm geschickt, als zum
Versemachen; ein Vorurtheil, welches, besonders in Deutschland, ziemlich allgemein

ist,

ist, ob sich gleich die Ursache davon nicht leicht
angeben läßt, da es in keinem Lande weniger
gesagt werden sollte, als in Deutschland. Wir
werden in der Folge sehn, daß fast kein einzi=
ger großer Dichter unter uns aufzuweisen ist,
der nicht wie Opitz dem Staat auch noch durch
andre Dienste, die er ihm geleistet hat, nütz=
lich gewesen wäre.

Wir wollen indeß noch einige Betrachtun=
gen über den bloßen Poeten anstellen. Die
Bewunderung, die wir mit so vielem Rechte
für unsern Opitz haben, wird ausserordentlich
vermehrt, wenn wir einen Blick in die dama=
ligen Zeiten thun, und die Vorurtheile be=
trachten, welche dazumal fast noch durchgän=
gig herrschten. Man wird in der Geschichte
finden, daß unruhige und kriegerische Zeiten

fast

faſt allezeit große Dichter hervorgebracht haben. . . . . Die beſtändigen Kriegesunruhen waren alſo vielleicht Opitzens Genie mehr vor-
theilhaft, als ſchädlich, und ſein vortreffliches
Troſtgedicht in Widerwärtigkeit des Krieges
wäre vielleicht nicht geſchrieben worden, wenn
er nicht in ſolchen betrübten Zeiten gelebt
hätte. Die Hinderniſſe alſo, die Opitz überwinden mußte, lagen hauptſächlich in dem
Geſchmacke der damaligen Zeit. Die deutſche Sprache, und folglich auch die deutſche
Poeſie, ſtand faſt durchgängig in großer Verach-
tung. Man ſetzte die eigentliche Gelehrſam-
keit hauptſächlich in Erforſchung der Alterthümer, und wer nicht im Lateiniſchen ſchrieb,
konnte ſich wenig Hochachtung und Beyfall
verſprechen. Faſt alle Gelehrten gaben ſich

latei-

lateinische Namen, oder wenigstens lateinische
Endigungen, und Opitz selbst nennt sich vor
allen seinen deutschen Gedichten nicht anders,
als Martinus Opitius. Welch ein großes Genie mußte Opitz also besitzen, und welch ein
Verdienst müssen wir ihm daraus machen, daß
ein Mann, wie er, der durch seine lateinischen Schriften sich schon mit solchem Ruhme
in- und ausser Deutschland bekannt gemacht
hatte, und sich den berühmtesten Gelehrten
der damaligen Zeit an die Seite setzen durfte,
daß ein Mann wie er, sage ich, alle diese
herrschenden Vorurtheile überwand, und
Muth genug hatte, ein deutscher Dichter zu
werden! Diese Vorurtheile waren gewiß nicht
so leicht zu überwinden. Man sieht es aus
den lateinischen Zueignungsschriften und Vor-

reden,

reden, die Opitz seinen Gedichten vorzusetzen
pflegte, und besonders aus der obenangeführs
ten Dacia Antiqua, an welchem Werke er so
lange gearbeitet, sehr deutlich, wie sehr ihm
die Denkungsart der damaligen Zeiten in Abs
sicht auf die Gelehrsamkeit eigen war. Häts
ten diese Vorurtheile damals nicht geherrscht,
und hätte Opitz nicht so viel Zeit auf seine las
teinischen Schriften verwendet: so ist es
höchst wahrscheinlich, daß wir noch mehr große
und ausgearbeitete Gedichte von seiner Feder
erhalten hätten.

Doch wie sehr haben wir Ursäch, mit dies
sen vortrefflichen Stücken zufrieden zu seyn, die
wir würklich von ihm besitzen! Wir schmeis
cheln uns, daß wir in dieser Sammlung die
schönsten, und zu gleicher Zeit diejenigen aus
gesucht

gesucht haben, in welchen Opitz seinen poetischen Charakter am deutlichsten ausgedruckt
hat, und die am geschickteften sind, den Geschmack unsrer Jugend zu bilden, und sie zu einer edlen Nacheiferung anzuspornen. Seine
andern Gedichte, besonders die Dramatischen,
sind viel räuher, und haben nicht das starke
und lebhafte Colorit, welches in den hier folgenden Stücken einen so mächtigen Eindruck
auf uns macht.   Man kann sich indeß leicht
vorstellen, daß ein solcher großer Dichter wie
Opitz war, auch in Gedichten, die wir nicht
für so vollkommen halten, als die hier ausge-
suchten Stücke, doch allezeit ganz vortreffliche
Stellen hat.   So können wir zum Exempel
nicht umhin, aus seinem Lobe des Kriegsgot-
tes folgendes aufferordentlich starke und ganz

B 5   im

im homerischen Geschmack gezeichnete Gemähl
de anzuführen. Er sagt vom Mars:

„Die Wollust wird geschlagen,

läßt ihre Flügel gehn, wenn du auf deinem Wagen

Daher gedonnert kömmst, den dir bey dicker Nacht

Pyracmon, Steropes, und Brontes hat gemacht,

Das schwarze Schmiedevolk. Voran kömmt eingedrungen

Die Göttinn Fama selbst, die hundert schnelle Zungen,

Und hundert Augen hat. Zwey Pferde ziehen dich,

Das Schrecken, und die Angst. Zunächste findet sich

Bellona, deine Frau, mit blutgefärbten Haaren,

Und Feuer in der Hand; ihr folgen deine Schaaren,

Raub, Armuth, Hunger, Durst, der Haß, der bleiche Neid,

Brand, Wüten, Krankheit, Pest, die Flucht und Einsamkeit,

Victoria fleugt nach mit Palmen in den Händen,

Geflügelt, weiß wie Schnee, und bloß an allen Enden;

Die Krone trägt sie auch, die sie demjenen giebt,

Der ihren Ruhm erhöht, und deine Tugend liebt. „

Dies

Dies ist die wahre Sprache der Begei=
sterung; dies ist der wahre Poet, der er=
schafft, der bloße zufällige Eigenschaften des
Krieges zu Personen macht, und Dingen
Körper und Kleidungen giebt, die wir uns
sonst nur als abstrakte Begriffe hätten denken
können.

Eben so vortreflich schildert er in einer
andern Stelle die Vorzüge der deutschen Na=
tion, wenn er anhebt

„Was soll ich aber sagen

Von dir, du deutsches Land, was du für Frucht getragen,

Du Mutter der Gewalt, der Stärk, und Kriegesmacht,

Mars ist dein eigner GOtt. Dein Volk hat Tag und Nacht

In Waffen als gewohnt; es hat von allen Zeiten

Begier und Lust gehabt zu grimmer Schlacht und Streiten,

Den Gegentheil gereizt; Gemüthe, Herz und Muth

Behal=

Gehalten, wie es war, wann Land, Leib, Gut und Blut

Schon drauf gegangen sind.   Des stolzen Feindes Haufen

Hat müssen seine Ruh und Frieden von ihm kaufen,

Der fast nie feil mehr ist.   Wir haben in die Schlacht

Den Donner selbst geholt, und etwas aufgebracht,

Das Glut und Eisen speyt, vor dem die Mauren fallen,

Die Thürme Sprünge thun, Gebirg und Thal erschallen;

Die wilde See erschrickt.   Der reichen Erden Schlund

Schickt dieses an den Tag, vor dem sein tiefer Grund

Hernach erzittern muß.   Wir mischen uns zusammen

Die Elemente selbst, und fodern mit den Flammen

Das blaue Himmelsdach, so ganz bestürzet steht,

Wann unsers Pulvers Macht dem Feind entgegen geht,

Und führt ihn in die Luft rc.

  Doch wir müssen abbrechen, wir gerathen

sonst in Versuchung, mehr aus diesem Ge=

dichte abzuschreiben, als wir im Anfange wil

lens

tens waren, so sehr es uns auch die Leser
vergeben möchten.

Man sieht schon aus diesen angeführten
Stellen, wie rein, wie fliessend, und doch
auch wie körnicht und gedankenreich sich Opitz
ausdrückt. Unsrer Einsicht nach hat er diese
männliche Kürze, welche doch seinem Feuer
keinen Abbruch thut, nirgends mehr erwie-
sen, als in den folgenden schönen Lehrgedich-
ten, welche den größten Theil dieses Bandes
ausmachen. Wenn es wahr ist, daß jeder
Dichter fast allezeit ein gewisses vorzügliches
Talent zu dieser oder jener Dichtungsart besitzt; so scheint es, daß Opitz in der That
zum Lehrgedicht geboren gewesen. So bald
er aus dieser seiner Sphäre herausgeht, und
sich besonders in das dramatische Feld wagt,

so

so findet man zwar noch immer Spuren von
ihm, welche den Dichter verrathen: das mächtige poetische Feuer aber, das ihn sonst begei-
stert, und den fliessenden angemessenen Ausdruck, der ihm sonst so eigen ist, sucht man
alsdann bey ihm vergebens. Seine wahre
und ihm eigne Stelle wird er also auf eine
vorzügliche Weise unter unsern didaktischen
Dichtern sowol wegen der Anzahl, als auch
wegen der Vortrefflichkeit seiner Lehrgedichte,
behaupten, und es sind ihm vielleicht nur sehr
wenige von seinen Nachfolgern an die Seite
zu setzen.

Da Opitz etwas ihm sehr eignes auch in
seinem Versbau hat, so müssen wir hievon
noch etwas erwehnen. Er ist der Erste von
den deutschen Dichtern gewesen, der eine

würk-

würkliche bestimmte Quantität der Sylben in unsrer Sprache eingeführet hat, da wir sonst, wie noch heutiges Tages die Franzosen thun, nur blos in dem Verse die Sylben zählten, ohne auf ihre eigentliche Länge und Kürze zu achten. Wie viel Harmonie würde unsre Sprache weniger haben, wenn Opitz unser Sylbenmaaß nicht so genau bestimmt hätte! Man sieht aus vielen Gedichten, die zu seiner Zeit, und sogar nach seiner Zeit, gemacht worden sind, und wovon einige vor seinen eignen Poesien stehn, wie sehr man noch damals wider die eigentliche Quantität der Sylben fehlte.

Zu dem Eigenthümlichen in Opitzens Versbau gehört auch die Mannigfaltigkeit und glückliche Veränderung des Abschnitts und

und der Ruhepunkte, die er in den Alexan-
drinischen Vers zu bringen wußte. Man
macht dieser Versart nicht ohne Grund, besonders in großen und anhaltenden Gedichten,
den Vorwurf einer sehr eckelhaften Einförmig-
keit; dieser Vorwurf aber würde diese Versart sehr viel weniger treffen, wenn man
Opißens Beyspiele genauer gefolget wäre,
und nicht immer alle zwey und vier Zeilen
den Verstand zugleich mit dem Reime hätte
schliessen wollen. Dies enjambiren, wie die
Franzosen es nennen, und wovon sie so selten Gebrauch machen, giebt in der That dem
Vers eine ausserordentliche Abwechselung, und
giebt oft Gelegenheit zu wirklichen mahleri-
schen Schönheiten im Ausdruck. Es würde
ganz überflüßig seyn, Exempel hievon anzu-

führen,

führen, da man sie auf allen Seiten von
Opitzens Gedichten antrifft; es wird aber allezeit ein feines poetisches Gehör dazu erfordert,
wenn man hinter die wahren Kunstgriffe von
der schönen Rundung seiner poetischen Perioden
kommen will.

Wenn wir also alles zusammennehmen,
was wir bishero von diesem vortrefflichen
Kopfe gesagt haben, wenn wir insonderheit
erwegen, daß er nicht nur unser Sylbenmaas,
sondern auch unsre ganze Sprache gewisser bestimmt, und in mehr als einem Verstande bereichert hat; wenn wir zu allen diesen Ver-
diensten noch sein großes poetisches Genie hin-
zuthun, das sich ohne Vorgänger und ohne
Anleitung von selber bildete: so wird es uns
wohl niemand verdenken, wenn wir diesem

Ister Band.   C'   großen

grossen Manne die erste Stelle unter unsern
Dichtern einräumen, und von Ihm die eigent:
liche Epoche der hochdeutschen Dichtkunst an:
fangen.

Wir wollen uns hier nicht einlassen, ein
weitläuftiges Verzeichnis von allen seinen übri:
gen Gedichten, und ihren alten und neuen Auf:
lagen, anzuführen. Wer sie kennen lernen
will, dem wird Hr. D. Lindners Nachricht
von Opitzens Leben und Schriften hiezu hin:
länglich seyn. In unsern Zeiten ist der erste
Theil von einer Auflage seiner Gedichte in der
Schweiz herausgekommen, wovon alle Ken:
ner die Fortsetzung mit Recht, aber, wie es
nunmehr scheint, vergeblich gewünscht haben.
Hr. D. Triller hat eine vollständige Edition
aller Opitzischen Gedichte herausgegeben, er

hat-

hat aber nach dem Ausspruche der billigsten
Kunstrichter sich in Verbesserung des Poeten
zu viel Freyheiten herausgenommen, beson=
ders da diese vermeyntliche Verbesserungen die
meiste Zeit offenbar zum Nachtheil des großen
Opitz ausgefallen sind. Wir haben uns bey=
der Editionen, wo wir sie brauchen konnten,
bedient, wir haben auch einige sehr wenige
kleine Aenderungen in dem Texte selbst vorge=
nommen, wir haben sie aber meistens in den
Noten angezeigt. Wir würden diese Erlaub=
niß nicht gewagt haben, wofern uns nicht dar=
an gelegen wäre, den Lesern manchmal durch
eine sehr geringe Veränderung den Anstoß
wegzunehmen, den sie hier und da in diesen
Meisterstücken hätten antreffen mögen. Wir
bitten indeß unsre Leser, sich in die damaligen

Zeiten

Zeiten zurükzusezen, und wir sind überzeugt, daß ihnen die wenigen harten Stellen nicht mehr so hart vorkommen werden, wenn sie erwegen, daß sie vor anderthalb hundert Jahren geschrieben worden sind.

Lob

Lob

des Feldlebens.

Dieſes iſt eins von Opißens früheſten Gedichten, indem er ſolches auf hohen Schulen
verfertigt hat. Sein poetiſcher Geiſt leuchtet
indeß ſchon völlig darinn hervor; der Ausdruck iſt mahleriſch, und doch dabey ſtark und
fließend. Opiß ſcheint gleich mit Meiſterſtü-
cken angefangen zu haben, ſo wie der berühmte Pope bey den Engelländern, welcher in ſeinem ſechzehnten Jahre ſeine vortrefflichen Hir-
tengedichte verfertigte. . . . .

C 4   In

In der Zuschrift an den Lignitzischen
Rath Teubner sagt uns Opitz selbst, daß er
bey Verfertigung dieses Gedichts, die Geor-
gica und den Culex des Virgils, besonders
aber die schöne Ode des Horatius: Beatus
ille, qui procul negotiis &c. vor Augen gehabt habe. Opitz hat indeß diese berühmten
Alten nicht blos übersetzt, oder nachgeahmt,
sondern viel anmuthige Bilder und Gemälde
von seiner eignen Erfindung mit eingestreuet;
und selbst seine wirklichen Nachahmungen sind
durch seinen glüklichen Ausdruk auf gewisse
Weise Original worden. Wir hoffen also
bey den Lesern gar leicht Vergebung zu erlangen, daß wir dieses Gedicht vorzüglich mit
ausgewählt haben, ob es gleich mit dem folgenden Gedichte von der Ruhe des Gemüths

einige

einige Aehnlichkeit hat. Wegen der beson=
dern Anmuth der Materie lißt man sich die
Beschreibungen vom Landleben nicht so
leicht múde, besonders wenn man uns, wie
Opiß, immer veränderte Aussichten zeigt. In
der angeführten Zueignungsschrift an den Rath
Teubner sagt Opiß: „Leuten, welche die Bú=
cher lieben, ist das Feld und dessen Ruhe so
hoch von nöthen, daß ich gänzlich vermeine,
hätten nicht Epikurus, Sallustius, Lukanus
und andere, ihre Gärten, Birgilius die Nea=
politanischen Felder, Cato sein Sabinum,
Cicero sein Tusculanum, Plinius Nepos sein
Laurentinum, Petrarcha sein Occlusam oder
verschlossenes Thal, Ficinus sein Villam montis oder Bergvorwerk, welches ihm Cosmus
Medices verehret, Mirandulanus, und Politia=

nus ihr Fesulanam, und Sannazar sein Mer-
gilline so oft besucht, sie wären nimmer so weit
gekommen. „

    Wir geben dem Dichter völlig Recht, und
sehen noch hinzu, daß Leute, die an schönen
Gegenden, an guten Landschaftsstücken, und
an glüklichen poetischen Beschreibungen vom
Landleben, keinen Geschmack finden, auf ein
feines Gefühl wenig Anspruch zu machen
haben.

Lob

Lob des Feldlebens.

O wohl und mehr als wohl, dem, welcher weit vom Kriege

Von Sorgen, Müh und Angst, sein Vatergut kann pflügen,

Lebt sicher und in Ruh, noch wie die alte Welt

Zu Zeiten des Saturns, und pflügt sein kleines Feld:

Spannt

pflügt sein kleines Feld) die Wiederhohlung des Pflügens
im zweyten und vierten Verse ist ein kleiner Fehler, den Opitz
bey der Ausbesserung dieses Gedichts übersehen hat. Z.
Zu Zeiten des Saturns) dies sind die sogenannten güldnen
Zeiten, welche fast die meisten unter den alten Dichtern be-
sungen haben. Eine glückliche Beschreibung hievon giebt uns
Ovid. im 1. Buche seiner Verwandlungen:

Ver erat aeternum, placidique tepentibus auris,

Mulcebant Zephyri natos sine semine flores.

Mox etiam frugés tellus inarata ferebat,

Nec renovatus ager gravidis carebat aristis.

Flumina iam lactis, iam flumina nectaris ibant,

Flavaque de viridi stillabant ilice mella.

    Ein ewger Lenz erheiterte die Flur;
    Der Westwind wälzte sich in Blumen fort,
    Die ungesät entsproßt. Die Erde trug,
    Obgleich noch nicht gebaut, schon güldnes Obst,
    Und ungepflügt schwoll doch von Aehren schon
    Der Acker auf. Milch rann im sanften Bach,
    Im Bach rann Nektar durch das bunte Feld,
    Und Honig träuffelte vom Eichenbaum herab. Z.

Spannt Roß und Ochsen vor, darf seinen Sinn nicht kränken

Um armer Leute Schweiß; weiß nichts von Wechselbänken,

Von Wucher und Finanz; ist alles Kummers frey,

Daß nicht sein Haab und Gut im Meer ertrunken sey:

Darf auf der wüsten See nicht immer furchtsam schweben,

Von Winden umgeführt, da zwischen Tod und Leben

Ein Daumendickes Bret: Giebt nicht aufs Bergwerk acht,

Da Stoll und Schacht sich oft verlieren über Nacht:

Erwacht nicht durch den Schall der starken Heerposaunen,

Erschrickt nicht von dem Blitz und Donner der Kartaunen,

Wie zwar der Landsknecht lebt, der Tag und Nacht das Land,

Das doch dem Meyer bleibt, schützt mit gewehrter Hand.

Er

da zwischen Tod und Leben) Im Lobgesang auf den Mars druckt Opitz diesen Gedanken noch neuer aus, wenn er vom Kriegsgott sagt:

Du hast den Fichtenbaum zum ersten heißen hauen,

Hast unsern Muth gereizt, ein Holzpferd aufzubauen,

Das Seegel hoch zu ziehn, zu reisen durch den Wind,

Wo Meer und Tod von uns in gleicher Weite sind. Z.

Landsknecht) ein gutes altes deutsches Wort, welches durch das neuere Soldat verdrungen worden. Z.

Er denkt nicht, wie er komm' hoch an das Bret vor allen,

Und könne Königen und Herren wohl gefallen:

Tritt nicht auf schlüpfrig Eis, giebt seine Freyheit nicht

Um eine Hand voll Gunst, die eh als Glas zerbricht.

Er läst sich auch nicht ein in fremder Leute Sachen,

Verurtheilt niemand falsch, hilft krumm nicht grade machen,

Steht nicht in Furcht und Trost, hält nicht vor Reicher Thür

Sein Hütlein in der Hand, und kömmt doch selten für.

Das alles darf er nicht, er hat was er begehret,

Sein Gut wird ihm, von GOtt, auch wann er schläft, bescheret

Hat mehr, als der sein Herz auf bloßen Reichthum stellt,

Besitzt nicht was er hat, ist arm und hat viel Geld.

Er gehet fröhlich hin, führt itzt die süßen Reben

An Ulmenbäumen auf, daß sie beysammen kleben,

Als

Steht nicht in Furcht und Trost) Trost ist hier soviel als Hoffnung; der ganze Gedanke würde also verlohren gehn, wenn mann wie einige vermeynte Verbesserer von unserm Opitz setzen wollte, steht nicht in Furcht und Angst. Z.
Besitzt nicht, was er hat) diese Stelle könnte leicht dunkel scheinen. Opitz will aber sagen: der Landmann ist glücklicher als der Reiche, der nicht besitzt, was er hat, viel Geld hat, und doch arm ist. Z.

Als ehelich vermählt; Jetzt weil die Schöße klein,

Bricht er, was wild ist, ab, impt gute Sprößlein ein;

Nimmt bald die Schaufel her, macht Furchen frey zu fliessen

Dem Wasser über Feld, die Wiesen zu begiessen,

So dürr und durstig stehn; spazirt bald in das Gras,

Das durch den Silberthau des Morgens noch ist naß.

Bald stützt er einen Baum, der von der Frucht gebeuget,

Vor Last zerbrechen will, und sich zur Erden neiget;

Und etwann sieht er gehn dort um das grüne Thal

Die Schafe, Kälber, Küh, und Ochsen, überall;

Schaut er dann über sich, so sieht er seine Geissen

Das Laub von dem Gesträud an einer Klippen reissen;

                               Dabey

Als ehelich vermählt) dieses Bild ist ganz nach dem Lateinischen des Horaz

      — Aut adulta vitium propagine

      Altas maritat populos.

So gewöhnlich es in Italien ist, Ulmen und andere Bäume von Weinstöcken umschlungen zu sehn, so selten ist dieser Anblick in unsern Ländern, obgleich fast alle unsre Dichter dieses Bild gleichfalls häufig gebrauchen.   Z.

Macht Furchen frey zu fliessen)   Siehe Virgils Georg. I. Buch. v. 105.   Z.

Dabey ihr Mann, der Bock, für Lust und Freuden springt;

Hört wie der Hirte wohl von seiner Phyllis singt,

Die hinter einen Baum sich hatte nächst verkrochen,

Als er ihr schönes Obst und Blumen abgebrochen;

Hört wie die braune Kuh im nächsten Thale brüllt,

Daß ihre rauhe Stimm hoch über Feld erschüllt.

Bißweilen leert er aus den Honigmacherinnen

Ihr wächsern Königreich, das sie mit klugen Sinnen

Sehr artig aufgebaut, nimmt auch zu rechter Zeit

Den feisten Schafen ab ihr dickes Wollekleid.

Kömt dann, nachdem er hat den Sommernutz empfangen,

Der Obst= und Traubenmann, der reiche Herbst, gegangen,

Wie

Honigmacherinnen) In solchen zusammengesetzten Worten, die unsrer Sprache sehr angemessen sind, ist Opitz sehr glücklich. Das gleich drauf folgende Wollekleid ist von eben der Art. Z.

Der Obst und Traubenmann) Ein solcher Ausdruck ist heutiges Tages nicht mehr edel genung. Horatzens Beschreibung ist poetischer

Vel quum decorum mitibus pomis caput
Autumnus arvis extulit.

Oder wenn itzo der Herbst, mit sanften Aepfeln bekränzet,
Ueber die Flur sein Haupt erhebt. Z.

Wie freut er sich so sehr, wenn er die Birnen ropft

Vom Baume, den er selbst vor dieser Zeit gepfropft,

Und lieset Aepfel auf, die selber abgefallen,

Nimmt ihm hernachmahls vor die schönsten unter allen,

Beißt ungeschälet an; Geht dann, besieht den Wein,

Bricht reife Trauben ab, die Purpur ähnlich seyn.

Ist er vom Gehen laß, so kan er sich fein strecken,

Bald in den Schatten hin, wo ihn die Bäume decken,

Bald in das grüne Gras, an dem vorüber fließt

Das Wasser, und durchhin mit stillem Rauschen schießt;

Bey dessen Rande dann die Feldheuschrecken springen,

Und mit dem langen Lied ihr Winterleid versingen.

Der Vögel leichtes Volk macht seinen Lobgesang,

Schreyt überlaut, und wünscht den Sommer noch so lang.

Die schöne Nachtigall läßt sonderlich sich hören,

Schwingt ihre Stimme hoch dem Meyer wie zu Ehren.

Die

---

versingen) dieses nachdrükliche Wort scheint von Opitzen erfunden zu seyn. Es ist nunmehr ganz gewöhnlich worden. Z.

Die Frösche machen auch sich lustig an der Bach,

Und ihr Coar Coar giebt keinem Vogel nach.

Nicht weit von dannen kömmt aus einem kühlen Brunnen

Ein Bächlein durch das Gras gleichwie Cristall geronnen,

Draus schöpft er mit der Hand, eh er sich schlafen legt,

Wozu der Bach Geräusch und Murmeln ihn bewegt.

Wenn aber mit dem Eis und rauhen scharfen Winden

Der graue Winter kömmt, so kann er doch was finden,

Auch mitten in dem Schnee, das nützet und ergetzt,

Indem er itzt ein Schwein mit seinen Hunden hetzt,

Und itzt ein schnelles Netz in dem Gehäge fället,

Bald mit dem Garne dann den leichten Hasen stellet;

Kömmt auch, nachdem er hat vom Jagen umgekehrt,

Lockt das Geflügel an auf seinen Vogelherd;

Fängt

Auch mitten in dem Schnee) hier hat der Dichter den
Virgil im ersten Buche vom Feldbau v. 303. vor Augen
gehabt. Z.

1ster Band   D

Fängt etwan einen Kranch, der in den Lüften irret,

Durch altes Zauberspiel in seiner Flucht verwirret:

Das theure Haselhuhn geht ihm nicht selten ein,

Rebhüner auch, so sonst die Zier der Tische seyn.

Verfüget er sich heim, da hat er viel zu bauen,

Macht Blanken in dem Zaun, schnitzt Flegel, stielt die Hauen,

Ergänzt den Pferdezeug, verwahrt das Taubenhaus,

Strickt Netz und Jägergarn, putzt alles sauber aus;

Schaut dann den Pfauen zu, sieht wie die stolzen Hanen

Die Hüner übergehn, lockt zu sich die Fasanen;

Die Tauben haben sich gelagert um das Dach,

Die Ranze läuft der Magd mit ihren Ferklein nach.

Wie

Kranch) an statt Kranich ist itzo sehr hart; durch den Zusatz:

   Durch altes Zauberspiel in seiner Flucht verirret,

scheint Opitz auf einige sympathetische Kunststückgen zu zielen, deren sich noch itzo einige Jäger rühmen, und die noch immer einige leichtgläubige Leute für möglich halten. Z.

Macht Blanken in den Zaun) wieder nach dem Virgil im 1sten Buch vom Feldbau v. 259. Stielt die Hauen, macht Stiele in die Aexte und Beile. Z.

Ranze) scheint ein Schlesisches Provincialwort von Sau zu seyn. Z.

Wie wollt er dann nun wohl dich freye leben lassen,

Und nicht der Städte Lust vor seinen Wäldern lassen?

Vornehmlich auch wann ihm sein Weib entgegen kömmt,

Und ihren lieben Mann frisch in die Arme nimmt,

Hat keine Larve vor, ist schwarzbraun von der Sonnen,

Ihr Antlitz ist geschminkt mit Wasser aus dem Brunnen,

Ihr Hut ist Haberstroh, ihr Kittel ist Parat

Von Seiden, die sie selbst zuvor gesponnen hat.

Sie

---

sein Weib entgegen kömmt.) Man sieht hier gleich vier auf
einander folgende Wörter, die sich nur blos nach der Schle-
sischen Mundart mit einander reimen, weil die Schlesier
kömmt, wie kimmt, und Sonnen, wie Sunnen aussprechen.
Wir werden diese Art zu reimen noch öfters in unserm Dichter finden, begnügen uns aber, sie hier einmal für allemal angemerkt zu haben. Die Beschreibung einer ländlichen Hausfrau die man in den folgenden Zeilen findet, ist mit sehr lebhaften Farben geschildert. S.

Ihr Kittel ist Parat) Parat, oder Burat, ist eine Art von
wollenem Zeuge, wie die Schweizerische Ausgabe anmerkt;
unter der Seide, welche die Hausfrau selbst gesponnen, versteht der Dichter wollen oder Linnen Garn so fein wie
Seide. Z.

D 2

Sie macht ein Feuer auf, ist mühsam und geschwinde,

Läuft hin und milcht die Küh sobald als das Gesinde,

Ergreift den weiten Krug, bringt einen blanken Wein,

Der nicht muß allererst mit Zucker süsse seyn.

Dann decket sie den Tisch, und setzet auf die Speisen,

Darnach man nicht erst darf sehr viel Meilweges reisen,

Und die das wilde Meer hier an das Land gebracht;

Kauft keinen Stör, den nur die Würze theuer macht;

Kennt nicht was Austern seyn, weiß gar nichts von Lampreten,

Die erst der weise Koch in Malvasier muß tödten;

Artschocken findet man in seinem Garten nicht,

Melonen sind ihm auch nie kommen zu Gesicht.

Er hält bey sich vielmehr auf einen guten Schinken,

Und eingesalztes Fleisch, das Lust ihm macht zu trinken.

Sein bestes Essen ist Milch, Eyer, Honig, Schmalz,

Für Spargel ißt er Kraut, an statt der Würze Salz.

Er

Lampreten) Eine Art kleiner und sehr theurer Fische. Man
hält sie mit den Muränen der Alten für einerley. J.

Er lobt ein Lamm, das er dem Wolf erst abgejaget,

Ein frischer Kalbskopf ihm vor Straussenhirn behaget,

Sticht selbst ein Ferklein ab, würgt einen feißten Hahn,

Der unwerth ist gemacht, und nicht mehr buhlen kann.

Die Aepfel schmecken ihm viel besser als Citronen,

Rapunze, Kresse, Lauch, Kohl, Rüben, Erbsen, Bohnen,

Saurampfer, Peterlein, Salat im frischen Oel,

Ist mehr ihm angenehm als Safran und Kanel.

Bey dieser seiner Kost er viel gesünder bleibet,

Als der zu essen pflegt, eh ihn der Hunger treibet;

Was mancher theuer kauft, wird ihm umsonst gewährt,

Sein Vorrath ist das Feld, sein Holz kömmt auf den Heerd.

Indem

Er lobt ein Lamm) Nach dem Horaz: Hoedus ereptus lupo. Man traut dem Wolf einen so feinen Geschmack zu, daß er sich allezeit das beste Stück aus einer Heerde erwähle. Z.

Der unwerth ist gemacht) Eine sehr naive Beschreibung von einem Capaun. Z.

D 3

Indem er also ißt, hört er der Schafe Schellen,

Die von der Weide nun sich wieder heimgesellen.

Schaut wie die stolze Geiß will vor dem Widder gehn,

Wie seine feißte Küh in vollen Eutern stehn.

Bald siehet er darauf die starken Rosse bringen

Den umgestürzten Pflug, und noch vor Geilheit springen,

Mit denen, und zuvor, sein mühsames Gesind

Eins nach dem andern sich gemach zu Hause findt.

Auf dieß sie an den Tisch heißhungrig niedersitzen,

Und essen, daß sie mehr als vor zu Felde schwitzen.

Wann nachmahls jedermann gesättigt ist vollauf,

Schmeckt aus der großen Kann ein guter Trunk darauf,

Legt sich hernach zur Ruh, schläft frey von Angst und Sorgen,

Biß ihn und sein ganz Haus der Hahn weckt, wann zu Morgen

Auro-

heimgesellen) Dieß ist ein außerordentlich glückliches und mahlerisches Wort, welches Opitz erfunden zu haben scheint. **Z.**

Zu Morgen) Dieser Ausdruck ist heutiges Tages ungewöhnlich worden, ob man gleich noch sagt: Ich bin zu Mittag, zu Abend gebeten. **Z.**

Aurora sehen läßt ihr rosenrothes Haar,

Und mit dem klaren Schein umhüllt der Sternen Schaar.

Es stehe, wer da will, hoch an des Glückes Spitzen,

Ich schätze den vor hoch, der kann hierunten sitzen,

Da keine Hoffart ist, kein äusserlicher Schein,

So nur die Augen füllt, und kann sein selber seyn;

Bleibt von des Neides Gift und Eifer ganz verschonet,

Weis von der Sünde nicht, die in den Städten wohnet

Und in den Winkeln steckt; stellt da sein Leben an,

Da seiner Unschuld selbst der Himmel zeugen kann,

Vertrauet

und kann sein selber seyn) Dieß ist ein Lieblingsausdruck von unserm Dichter, den man sehr oft bey ihm findet, und der eine große Begierde nach Ruhe und Freyheit anzeigt, die jeder Poet haben muß, wenn er sich aus dem Staube gemeiner Reimer emporschwingen soll. Z.

der Himmel zeugen kann) Nach dem Seneka Teste coelo vivit. Z.

D 4

Vertrauet GOtt allein sein Wesen und Vermögen,

Sieht alles unter sich, läuft seinem Tod entgegen,

Und scheut sein Stündlein nicht.   Der ist gar sehr verblendt,

Der sonst zwar alles weiß, doch sich nicht selber kennt.

Doch sich nicht selber kennt) Gleichfalls nach dem Seneka:
    Qui, notus nimis omnibus,
    Ignotus moritur sibi.   Z.

Zlatna.

Oder von Ruhe des Gemüths.

Es ist in allen Arten von schönen Künsten und Wissenschaften ein besondres Vergnügen, wenn man einen großen Meister manchmal mit ihm selber vergleicht, und sieht, wie er einerley Subjekt auf verschiedene Weise behandelt hat. Dies Vergnügen verschaffen wir unsern Lesern, indem wir ihnen Opißens Gedicht von Ruhe des Gemüths vorlegen, welches, dem ersten Anblick nach, dem Lobe des Feldlebens sehr gleich sieht, bey einer auf=

merk=

merkſamen Vergleichung aber ſehr viel Eignes
und Originales hat, wodurch es ſich genug⸗
ſam von dem vorigen Gedicht unterſcheidet.
Das erſte Gedicht hat Opitz in ſeinen jüngern
Jahren noch auf hohen Schulen verfertigt,
das zweyte aber, da er ſchon Profeſſor zu
Weiſſenburg in Siebenbürgen war. Die
Vergleichung zwiſchen dieſen beyden Stücken
wollen wir den Leſern ſelbſt überlaſſen. Doch
bitten wir ſie, zu bemerken, wie lebhaft und
mahleriſch uns Opitz ſein Zlatna ſchildert, und
mit welcher Geſchicklichkeit und Kunſt er zu
gleicher Zeit allgemein nützliche und angeneh⸗
me Dinge, und ſelbſt ſeine Kenntniß der Al⸗
terthümer, in das Gedicht einzuflechten weiß,
daß der Leſer beſtändig in einer angenehmen
Abwechslung unterhalten wird. Dieſes ſein

Zlatna

Zlatna follten diejenigen Dichter vorzüglich
ftudiren und zum Mufter nehmen, die uns
Befchreibungen von einzelnen Luftfchlöffern,
Gärten, und Gegenden vorlegen wollen, und
uns durch ihre ewigen und genauen Befchreibungen von jeder Kleinigkeit fo ermüden, daß
wir ihre Blätter höchftunzufrieden aus der
Hand werfen, da wir hergegen unfres Opitzens
Zlatna niemals überdrüßig werden.

Zlatna

Zlatna

oder

von Ruhe des Gemüths.

Wie wann die Nachtigal, vom Käficht ausgeriffen,

Hin in die Lüfte kömmt, und an den kalten Flüffen

Mit Singen luftig ift, um daß sie loß und frey

Von ihrer Dienstbarkeit, und nun ihr felber fey:

So, dünkt mich, ift auch mir, im Fall ich unterzeiten

Dies, was mich fonften hält, kann werfen auf die Seiten,

Und auffer diefer Stadt, auch nur auf einen Tag,

Und einen noch dazu, mit Ruh erfchnauffen mag.

Doch

Zlatna) oder Zalatna; ein Flecken in Siebenbürgen, feines vornehmen Bergwerks halben fehr berühmt: drey Meilen von Weiffenburg gelegen. Op.

Vom Käficht ausgeriffen) ausreiffen ift heutiges Tages in der Poefie nicht mehr edel genug; übrigens ift das Gleichniß von der Nachtigall ausferordentlich angenehm. B.

auffer diefer Stadt) Weiffenburg in Siebenbürgen. S.

erfchnauffen) man fagt heutiges Tages verfchnauffen, das Wort ift aber zu niedrig für die Poefie. B.

Doch lachet sonderlich vor andern Oertern allen,

Mich euer Zlatna an, und pflegt mir zu gefallen,

Zum theil, Herr Lisabon, weil ihr da wohnhaft seyd,

Und dann, daß viel da ist, so sonsten weit und breit,

Nicht fast gefunden wird.   Im Fall wir nur es nennen,

So kan man schon sein Thun und Eigenschaft erkennen;

Dann

Doch lachet sonderlich) So sagt Horatius in dem 6. Lied
des andern Buchs;

Ille terrarum mihi præter omnes

Angulus ridet. —

Für allen Winkeln in der Welt

Ist dieser der mir wol gefällt.   Op.

Lisabon) Heinrich; der Verwalter zu Zlatna: ein vornehmer
aufrichtiger Mann; und mein bester Freund in diesen Orten.   Op.

Herr Lisabon, weil ihr) Es ist besonders, daß diese Compli-
mentensprache zu Opitzens Zeiten in der Poesie erlaubt war,
die nicht einmal in unsern neuern Zeiten ein Dichter wagen
würde.   Das edle Du ist unstreitig der Poesie viel ange-
messener.   Opitz braucht es auch sonst allezeit, und selbst gegen die größten Fürsten.   A.

Dann Zlato das heißt Gold auf Windisch, da die Stadt

Zwar kleine, doch nicht arm, davon den Ursprung hat.

Die Römer wußten schon was hier sey zu erlangen:

Das abgeführte Volk hat wol das Land durchgangen.

Eb.

Dann Zlatna das heißt Gold) Die ist von hiesigen Ortes
Namen meine Meinung. Wiewol Johannes Zamo cius darvor gehalten, Salatna sey so genannt worden, quasi Salatina;
quod ex ejus fodinæ vectigalibus annuis salaria mili-
taria colligerentur. Es wird aber beym Ptolemaeo keines
solchen Namens erwehnet, und ist eine falsche Inscription,
Die hiervon soll gefunden seyn worden:

PRÆFECTO SLOTNÆ. Op.

Die Römer) die Trajanus, nachdem er den König Deceba-
lum überwunden (welchen Krieg Xiphilinus aus dem Dione
beschreibet) aus dem ganzen Römischen Gebiete, wie Paulus
Diaconus im 10. Buche Historæ miscellæ saget, die
Aecker und Städte zu bauen zum ersten dahin geschickt. Dann
wo ob vor ihm Domitianus auch einen Zug wieder die Da-
cos verrichtet, ist es doch heftig mißlungen: weil Oppius
Sabinus und Cornelius Fuscus die Obristen neben unzehli-
cher Menge Volks blieben sind. Hat also der unartige Fürst
mehr über seine geschlagene Legionen, als über die Dacier
triumphiret; und es wäre unvonnöthen gewesen, daß ihn
Martialis und andere hierum so heraus gestrichen. Dieses
Land ist nachmals durch Nachlässigkeit Gallieni wieder aus
der Römer Händen kommen, und hat endlich Aurelianus,
als er anderwerts bedränget worden, die Römische Besatzung
samt den Einwohnern gänzlich daraus abgefordert. Besiehe
hiervon Flavium Vopiscum in Aureliani Leben, und Jor-
nandem de regnor. successione. Op.

das abgeführte Volk) das aus den Römischen Provinzen
nach Dacien abgeführte Volk, oder die Römischen Colonien,
die sich zuerst hier niedergelassen. E.

Eh' es sich niederließ, der besten Oerter Frucht

Und angenehmen Luft mit Fleiße nachgesucht.

Das lehrt uns Weissenburg, wo Apulum vor Zeiten,

Der Sarmiz Schwester, stund, die gantz von allen Seiten

Gesund und trächtig liegt: und Thorda zeigt es an,

Daß sein Cristallensalz so reichlich geben kann.

Doch

Das lehrt uns Weissenburg, wo Apulum vor Zeiten,
  Der Sarmiz Schwester stund) Sarmiz oder Sarmizegethusa ist die Hauptstadt gewesen, des Decebali Königlicher Sitz, welche nachmals Colonie Ulpia Trajana Augusta Dacia Sarmiz genennet worden; wie aus den alten Marmorn zu sehen. Heutiges Tages lieget der Flecken Warhel daselbst. Apulum oder Colonia Apulensis, wird so vom Wasser Apulo genennet, welches sich hier in den Maros, den Strabo im 7. Buche Marisus nennt, vermenget. Muß eine mächtige Stadt gewesen seyn, wie aus dem Bezirke der Mauren derer Grunde noch zu finden, abzunehmen ist. Ihrer gedenket Ulpianus l. I. §. ff de Censibus: In Dacia quoque, sagt er, Zeugmenſium colonia à Divo Trajano deducta Iuris Italici eſt. Zarmizegethuſa quoque ejusdem juris eſt. Item Napocenſis colonia, & Apulenſis, & Patrovisſenſium vicus, qui à Divo Severo jus coloniæ impetravit. Denn so soll dieser Ort corrigiret und gelesen werden; wie auch der Auctor in seinem Commentario Rerum Dacicarum; welchen er durch GOttes Hülfe heraus zu geben gesonnen ist, erweisen wird. Op.

Thorda) Vor Zeiten Salinæ geheissen: als aus der Tabula Itineraria zu finden. Op.

1ster Band.   E

Doch war dieß Ort auch lieb, wo itzund Zlatna lieget,

Da diesen Völkern hat Trajanus angesieget,

Wie ich vermuthen kann, weil itzt noch allermeist

Ein grünes Feld allda Trajanus Wiesen heist.

Darneben ist Volcon der hohe Berg gelegen,

Auf den das Volk vielleicht hat anzubeten pflegen

Der Götter lahmen Schmid. Es kamen da hinauf

Die Bauren vor der Zeit, da lag ein Stein darauf

Indem fast dieses lauts Lateinisch war gegraben:

Hier liegt ein großer Schatz, in Fall du ihn willst haben,

So kehre mich herum. Sie griffen frölich an,

Ein jeder ist bemüht, und hebt so viel er kann:

Nachdem er umgewelzt, stund gleichfals angeschrieben:

Auf dieser Seiten hab' ich Zeit genug vertrieben,

Und

dieß Ort) bey uns heist es itzo dieser Ort; doch sagen die
  Bergleute noch heutiges das Ort Z.

Trajanus Wiesen) Prat de Trajan, wie die Wallachen
  sagen. Op.

im Fall du ihn willst haben) In allen Auflagen steht wirst
  haben; ich glaube aber der Zusammenhang erfordert willst. Z.

Und manchen Tag vollbracht; anitzund lege sich

Die ander' auch zu Ruh: Habt dank ihr, daß ihr mich

So treulich umgewandt. Nun das heist wohl vexiret.

Nicht weit von da wird auch die Stelle noch gespüret,

Wo Zeugma, ist mir recht, vordem stund aufgebaut,

Nicht eine schlechte Stadt. Itzt wird da kaum geschaut

Ein altes Mauerwerk, und unter den Gebeinen,

Mit Hecken ganz verschrenkt, sehr schöne Schrift auf Steinen

Die so mir sehr geliebt. Hilf GOtt der weisen List,

Mit der du großes Volk begabt gewesen bist!

Du

Die ander' auch zu Ruh.) In den alten Auflagen steht der
ander; die andere, nemlich Seite, ist indeß viel deutlicher. S.

Wo Zeugma) Daß hier Petrodava, welcher Ptolemäus erwehnet, gestanden sey, meinen etliche darum, weil noch itzund
neben der alten Stadt ein Walachisch Dorf Pedredau heisset.
Aber Zeugma, die eben er Ptolemäus nennet, scheinet sich
besser hieher zu fügen, inmaßen auch solches die Einwohner
bestätigen. Op.

Hilf GOtt der weisen List) Eine Art von Ausrufung, die
wir heutiges Tages nicht mehr brauchen würden: die aber
Opitzens große Bewunderung für die Römer desto lebhafter
an den Tag legt. S.

Du wustest wol den Lauf der Welt und ihre Sachen,

Und daß ein jeder Mensch ihm muste Rechnung machen,

Er selbst, und was er hat, das fliege nur dahin;

Was aufgeschrieben sey behalt' er zu Gewinn.

Drum können wir noch ist die Saturninos lesen;

So der Colonien Verwalter sind gewesen,

Die Lupos, Statios, und den Gemesum auch,

Der so ein Bad gebaut auf Römischen Gebrauch.

Die

Die Saturninos) Sonderlich M. Antonium Saturninum, der allhier Decurio der Colonien, und P. Furium, der Präses Daca gewesen. Eine Ueberschrift saget:

P. FURIO
SATURNINO
LEG. AUG. PR. P. PROCOS
COL. DAC. SARMIZ
PRÆSIDI
DIGNISSIMO.   Op.

Ein Bad) Von dem Anno 1622. dieser Stein ausgegraben ward:

FORTUNÆ
AUG.
SACRUM
P. ÆLIUS. GEME
LUSVIR CLA
RISSIMUS:
PERFECTO A SOLO BALNEO
CONSACRAVIT.   Op.

Die Scaurianen mehr, die Syrer, die Frontonen,

Und die Flamonier und die Senecionen,

Und Marcum Ulpium, sonst Hermiam genannt,

Der das Goldbergwerk hier hatt' unter seiner Hand,

Deß Asche, zweiffels ohn zu Zlatna aufgeladen,

Ward bis nach Rom geführt aus Kayserlichen Gnaden,

Und da erst eingescharrt; und so viel Schriften sonst,

Die keine Macht der Zeit, kein Wetter, keine Brunst

Zu dämpfen hat vermocht. Nun liegt, ihr großen Helden,

Und laßt, seyd ihr gleich stumm, die Steine von euch melden.

Aus

Der das Goldbergwerk hier, ꝛc.) Wie nachfolgende
Schrift, unter dem Thor des verwüsteten Kloster Hotfalo,
bezeuget;

D. M.

M. ULPIO AUG,

LIB. HERMIÆ PROC,

AURARIARUM, &c.

ganz kann man sie beym Grutero p. 594. lesen, wiewol sie
nicht zu Zlatna ist, wie da stehet, sondern in gemeldetem
Kloster eine starke Meile von Weissenburg. Op.

E 3

Aus euren Gräbern wächst ißt manche Blume für,

Wie ihr euch dann gewünscht, und steht in voller Zier.

So oft ich hier bey euch mich pflege zu ergehen,

Und sehe da den Grund von einem Hause stehen,

Hier

Wie ihr euch dann gewünscht) Daß die Alten ihre Gräber mit allerley Blumen und Kräutern gezieret, ist bey den Poeten und anderswo zu lesen, sonderlich sagt *Virgilius* 6. Æn.

$$\text{------ manibus date lilia plenis,}$$

Purpureas spargam flores, animamque nepotis

His saltem accumulem donis. ——

Und *Juvenalis.*

Dii majorum umbris tenuem & sine pondere terram,

Spirantesque crocos, & in umbra perpetuum ver.

Sie haben sich auch in oder bey schöne Gärten legen lassen; vielleicht aus der Meinung, daß ihre manes oder abgelebte Geister sonderliche Ergetzung davon empfinden. Beym *Grutero* stehet auf einer Grabschrift p. 636.

HI. HORTI. ITA. UTI. OPT. MAXIMIQUE.
SUNT.
CINERIBUS. SERVANT. MEIS
NAM. CURATORES. SUBSTITUAM
QUI. VESCANTUR
EX HORUM. HORTORUM. REDITU
NATALI. MEO.
ET. PRÆBEANT. ROSAM. IN. PERPETUUM.

mich pflege zu ergehen) Dieses ergehen, welches so viel als spatzirengehn heißt, oder sich durch Gehen ermuntern und ergetzen, sollten wir in die Sprache wieder einführen, da spatziren nicht wohl in der Poesie gebraucht werden kann, und Lustwandeln, nicht immer für den Vers bequem ist. Z.

Hier einen Todtenkopf, mit Aschen vollgefüllt,

Wie nächst mir wiederfuhr: so wird mir eingebildt

Die Eitelkeit der Welt, und pflege zu bedenken,

Wie nichtig doch das sey, warum sich manche kränken,

Und martern Tag und Nacht; dann kömmt der bleiche Tod,

Eh' als man sich versieht. Das Gold, der schöne Koth,

Und alles Gut und Geld, fällt in die Hand der Erben,

Die oftmals traurig sind, daß wir nicht eher sterben.

Was von uns irdisch war verscharrt man in den Sand;

Das beste Theil verbleibt! Drum seyd ihr noch bekannt,

Und werdet nicht vergehn. Verleiht mir GOtt das Leben,

So bin auch ich geneigt, euch künftig das zu geben,

Was Reichthum nicht vermag. Die Namen so anitzt

Auf bloßen Steinen stehn, und sind fast abgenützt

Durch Rost der stillen Zeit, die will ich dahin schreiben,

Da sie kein Schnee, kein Blitz, kein Regen wird vertreiben,

E 4   Da

die will ich dahin schreiben) Er zielt hier auf sein großes
Werk von der Dacia Antiqua, wovon wir oben geredet haben, und wozu er hier den Stof sammlete. B.

Da euch der Gothen Schaar, wie sie vorweilen pflag,

Mit ihrer Grimmigkeit zu schaden nicht vermag.

Es hat das wüste Volk ganz Asien bezwungen,

Die Griechen, Thracier, und Mysios verdrungen,

Auch euer Dacien, der Römer bestes Land

Von langen Jahren her verheert und ausgebrandt.

Mehr, hat nicht Attila mit seiner Scythen Haufen,

Und dann die Wenden auch euch feindlich angelaufen?

Doch eure Sprache bleibt noch hier auf diesen Tag,

Darob sich doch ein Mensch gar billig wundern mag.

Italien hat selbst nicht ganz von seinen Alten,

Ingleichen Spanien und Gallia behalten;

Wie

Es hat das wüste Volk) Ließ hiervon sonderlich Iornandem;
wiewol er der Geten und Gothen Historien, wie andere
mehr, sehr wunderlich vermenget, und das hundert ins tausend wirft. Op.

Mehr) Opitz braucht dieses einzige kurze Wort, da wir heutiges Tages sagen: ja, was noch mehr. Z.

Mehr hat nicht Attila) Zu Marciani und Valentiniani
Zeiten. Op.

Wie etwan dies nun kann den Römern ähnlich seyn,

So nahe sind verwandt Walachis und Latein.

Es steckt manch edles Blut in kleinen Baurenhütten,

Das noch den alten Brauch und Art der alten Sitten,

Nicht gänzlich abgelegt. Wie dann ihr Tanz anzeigt,

Indem so wunderbar gebückt wird und geneigt,

Gesprungen in die Höh, auf Art der Capreolen,

Die meine Deutschen sonst aus Frankreich müssen holen.

Bald wird ein Kreyß gemacht, bald wiederum zertrannt,

Bald gehn die Menschen rechts, bald auf der linken Hand;

Die Menschen, die noch itzt fast Römisch Muster tragen,

Zwar schlecht, doch witzig sind, viel denken, wenig sagen:

Und

Walachis und Latein.) Die Walachen in Siebenbürgen sind Nachkommen von den alten Römischen Colonien, daher sie sich auch Romunius, oder Rumuin, das ist Römer nennen. Ihre Sprache hat noch itzo mit der Lateinischen viel Verwandschaft, doch ist sie auch mit dem Sklavonischen vermischt. Sie kommen auch in den Arten der Speisen, und in der Tracht und Kleidung mit den alten Römern noch viel überein. B.

E 5

Und was ich weiter nicht mag bringen auf die Bahn,

Dadurch ich sonsten wol in Argwohn kommen kann.

   Wo will ich aber hin? Ich soll von Zlatna schreiben,

Das den Verdruß der Zeit mir kann so wol vertreiben

Mit seiner großen Lust. Ich suche was ich will,

So find ich da genug, und mehr noch allzuviel.

Geliebet dir ein Berg? Hier stehen sie mit Haufen:

Ein Wasser? siehe da den schönen Ampul laufen.

Ein schönes grünes Thal; Geh' auf Trajani Feld:

In Summa Zlatna ist wie eine kleine Welt.

Hier ist ein kühler Platz voll lieblicher Violen

Und Blumen vielerhand, da kann man Kräuter holen,

Dergleichen Hybla selbst und Pelion nicht trägt,

Von denen man doch sonst so viel zu sagen pflegt.

Die

Dergleichen Hybla selbst und Pelion nicht trägt) Hybla
ist ein Berg in Sicilien, Pelion in Thessalien, welche wegen Menge der Kräuter, Blumen und Bienen bey den Poeten sehr berühmt sind. Statius saget von Hybla 1. Achil.
— quales jam nocte propinqua
E pastu referentur apes, & in antra reverti
Melle novo gravidas mitis videt Hybla catervas.

Die Farb und der Geruch die scheinen fast zu streiten,

Was mehr zu loben sey; so wird von allen Seiten

Gesicht und Sinn erquickt.   Es giebt die frische Bach,

Vor Zeiten Apulus, auch keinem Flusse nach.

Sie pflegt nicht faulen Schleim an ihrem Rand zu führen,

Zeigt bald den klaren Grund. Es mag die Häuser zieren

Mit Marmor, wer da will; ich lobe solche Pracht,

Die ausser Menschenliſt natürlich ist gemacht.

Mehr sind auch Fische hier, die ich doch theils nicht kenne,

Der ich ein Fischer bin, theils lieber eß' als nenne.

Wo irgend Najades an einem Wasser sind,

So glaub ich, daß man sie bey diesem Flusse findt,

Daß

Vor Zeiten Apulus) Dessen Pedo Albinovanus in seiner
  Elegia an die Liviam erwehnet:
      Danubiusque rapax, & Dacius orbe remoto
      Apulus ——
Wo irgend Najades) Die Heyden haben unter andern Göt-
  tern auch unterschiedener Art Nymphen erdichtet: Nereides,
  die dem Meere vorstehen: Najades den Flüssen und Weyern;
  dannenher Ausonius saget:
      Tu mihi, flumineis habitatrix Nais in oris,
      Squamigeri gregis ede choros: ——
  Dreades den Bergen, Napeen und Dryades den Wäldern,
Blumen

Daß hier die Satyri der Nymphen Gunst zu haben,

Und der verbuhlte Pan umher am Ufer traben,

Und eilen ihnen nach. Wie schöne sieht es aus,

Wann nun der Abendstern des Himmels blaues Haus

Mit

Blumen und Kräutern; welches aus dieser Venedischen Inscription zu setzen, wiewol sie etwas verdächtig aussiehet:

NAPAEIS
SAC.
C. HERENNIO
CRISPO
PATRICIO. C. L.
M. TERENTIUS
VER. MIRA. HER
BAR. PULCRITU
DINE CAPTUS
EX
DONO. V. F.

Op.

Die Satyri) Sind Waldgötzen, welche auf ihr Alter, wie
Pausanias bezeuget, Sileni genannt worden. Ihre Histo-
rie wird eigentlich erzehlet bey dem Casaubon in dem Buche
von Satyrischen Gedichten. Op.

Und der verbuhlte Pan) Der Gott des Feldes und der
Bauersleute: halb Mensch und halb Ziege. Dannenher
ist das Wort Ægipanes beym Pomponio Mela im 4. Cap.
des 1. Buches. Und auf einem alten Steine ist:

Semicapri quicunque subis sacraria Fauni,
Hæc lege Romana verba notata manu.

Man kann lesen was Turnebus lib. 18. Adversarior. cap.
8. Dempster zu Johann Rosins Antiquitäten und andere von
ihm zusammen getragen haben. Op.

Wie schöne sieht es aus, ꝛc.) Ausonius ist in seinem Mosel
sehr artig:

Qui color ille vadis, seras quum protulit umbras
Hesperus, & viridi perfundit monte Mosellam?
Tota natant crispis juga motibus & tremit absens
Pampinus, & vitreis vindemia turget in undis.
Adnumerat virides derisus navita vites, &c. Op.

Mit seinem Lichte ziert, wirft von der Berge Spitzen

Den Schatten in den Fluß, an dem die Vögel sitzen,

Und singen überlaut. Es scheint der Wald folgt nach,

Gleich wie das Wasser schießt, und schwimmet in der Bach.

Der Wald, Herr Lisabon, aus dem ihr ohn Beschwerde

Habt Holz so viel ihr wollt: Er wächst euch auf dem Herde.

Und in der Küchen fast; bringt gar sehr schönes Wild,

Das nicht für's Armut ist, und reiche Heller gilt.

Ihr waget, ist mir recht, nicht viel auf Wildpret fangen;

Es kömmt schier von sich selbst bis in den Hof gegangen,

Aus welcher Zunft auch ist der kleine Ringelbär;

Der Bär mein bestes Vieh, den ich von euch anher

Am nechsten mit mir nahm. Es pflegt mir einzukommen

Die künstliche Natur die hab ihr vorgenommen

An

---

es scheint, der Wald folgt nach) Wir finden sehr oft Beschreibungen von Bäumen, und Wäldern, die sich in Wasser spiegeln; Opitzens Gemälde aber, das er hier entwirft,
ist sehr neu und original. Z.

An Aatna sonderlich zu thun ihr Meisterrecht,

Der Wein wächst nur nicht hier, die Häuser sind auch schlecht.

Wie weit ist aber Sard', der beste Plaz an Weine

Was dieses Land betrifft, der wol taug, wie ich meine,

Für der Poeten Volk, das nicht zu starken Trank

Hinunter giessen muß, im Fall ihm sein Gesang

Auch wol gerathen soll, um immer zu bekleiben;

Nicht wie zwar jene thun, die etwas heute schreiben,

Das morgen kömmt dahin, wo es zu kommen werth,

Da wo man auf die Wand den blossen Rücken kehrt.

Nun solcher Wein wächst hier, der nicht den Leib erhizet,

Von dem nicht da ein Punct, hier wieder einer sizet

Um Nasen, Stirn und Maul, bald Berg bald wieder Thal,

Mit roth und weiß vermengt wie ein Franzosenmahl.

Nun

Da wo man auf die Wand) Es ist Schade, daß der Poet einige dergleichen zu niedrigsatyrische Ausdrücke in dieses schönes Gedicht mit einfließen lassen. Man muß ihn mit den Sitten seiner Zeit einigermaßen entschuldigen. B.

Nun solcher Wein wächst hier, den ihr in kurzen Stunden

In euern Keller bringt, und seyd der Last entbunden,

Die man im Pflanzen hat.   Was auch den Bau belangt,

So ist es Eitelkeit, daß man mit diesem prangt.

Wie noch die alte Welt mit Keilen Holz gespalten,

Und nur ein dünnes Scheit zum Feuer vorbehalten,

Von Balken nicht gewußt; da keine Säge war,

Da lebten sie mit Ruh, und außer der Gefahr.

Es stunden ohngefehr vier Gabeln aufgerichtet,

Darüber her ward Stroh, daß nunmehr wird vernichtet,

Auf Aesten umgestreut, darunter lag ein Mann,

Die Freyheit neben ihm, so itzt ist abgethan.

Wie

Wie noch die alte Welt, ꝛc.) Aus des Virgilii 1. Buche
vom Ackerbau:

Nam primi cuneis scindebant fissile lignum;
Tum variæ venere artes. ――
Eh' als der harte Stahl und neuen Künste galten,
Da hat die erste Welt mit Keilen Holz gespalten. Op.
die Freyheit neben ihm) welch ein großes Bild in einem
so kurzen Ausdrucke! Z.

Wir sind durch unsern Bau noch endlich dahin kommen,

Daß wir uns weit und breit viel Oerter eingenommen,

Die Laster aber uns.   Hat mancher gleich ein Schloß,

Das Städten ähnlich sieht, an Tugend ist er bloß.

Rom war nie besser auf, als wie die hohen Sinnen

Ein niedrigs Dach bewohnt; so bald als sie beginnen

An schlechter Einfalt klein, im Bauen groß zu seyn,

Reißt Schand' und Ueppigkeit mit hellem Hauffen ein.

Viel haben ihre Lust an köstlichen Pallästen,

Ganz königlich gemacht; viel gründen starke Vesten,

Dar-

Rom war nie besser auf, ꝛc.) Hiervon redet sonderlich
Sallustius zu Anfange des Catilinischen Krieges.   Unter
andern aber sind diese Worte gar schön: Nam quid ea
memorem, quæ, nisi his, qui videre, nemini credi-
billa sunt; a privatis compluribus subversos montes,
maria constrata esse; quibus mihi ludibrio videntur
fuisse divitiæ. quippe, quas honeste habere licebat,
per turpitudinem abuti properabant.   Sed lubido stu-
pri, ganeæ, ceterique cultus non minor incesserat, viri
pati muliebria: mulieres pudicitiam in propatulo habere, &c.   Der beredte Historicus Vellejus Paterculus,
von dem ein großer Mann unbillig sagt: er sehe nicht, was
so hoch an ihm zu loben wäre, macht sich an einem Orte
hiemit auch sehr lustig.   Op.

Darauf man mehrmals doch anitzt vergeblich traut,

Weil Mars so grimmig ist: Bey euch hat GOtt gebaut.

Laß hier und da gleich Milch und süßes Honig fliessen;

Hier fleußt pur klares Gold. Geringe Bauren wissen

Mit Waschen gut bescheid, und lesen einen Sand,

Der auch mit seiner Stärk erobert Leut' und Land.

Man höret oftermals von güldnen Bergen sagen:

Hier sind sie, wo sie sind. Hier pflegt gar sehr zu tragen

Des Erdreichs milde Schooß die wunderbare Frucht,

Die mit so großer Kunst und Arbeit wird gesucht.

Es dünkt mich, es sey selbst in euren Dienst verpflichtet

Die gütige Natur, die euch die Gäng' ausrichtet,

Und

Bey euch hat GOtt gebaut) Er verstehet hiedurch die Gebirge, womit Siebenbürgen rundum beschützt ist. Z.

Hier fleußt pur klares Gold) Plin. lib. cap. 4. sagt vom
Fließgolde: Nec ullum absolutius aurum est, cursu ipso
trituque perpolitum. Op.

Mit waschen) Das Wort waschen ist bey den Bergleuten in
dieser Bedeutung so viel, als das Gold aus dem Sande der
Bäche und Flüsse waschen. Op.

Und gleichsam mit der Hand auf ihre Schätze zeigt:

Die schöne Sonne selbst ist heftig euch geneigt,

Will ihre ganze Kraft an Zlatna kundbar machen,

Wirkt fleissig gutes Gold: Es scheint für euch zu wachen.

Der flüchtige Mercur, so auch dies Ort sehr liebt,

Und ohne Maße fast sein lebend Silber giebt.

Der Mond und der Saturn sind auch euch zu Gefallen,

Und stellen sich wol ein mit edelen Metallen,

Darüber sie durch den gesetzet worden sind,

Ohn den man nichts, auch da wo alles voll ist, sind.

Der Bauherr dieser Welt hat in den tiefen Gründen

Das alles eingelegt, auf daß wir möchten finden,

Was diesem Leben nutzt. Wann oft ein Kraut nichts thut

In Uebung der Arzeney, da ist Metall doch gut.

Im Fall kein Bergwerk ist, so müssen sämtlich darben

Die Giesser ihres Zinns, die Mahler ihrer Farben,

Kein Maurer wird mehr seyn, kein Schmid kein Schlosser nicht

Kein Kaufmann, der uns läßt, was für den Leib gebricht.

                                                    Und

Und was noch weiter ist. Der Misbrauch ist zu schelten.

Ein Bergmann aber kann so wenig sein entgelten,

Als wenig Ursach ist, der seiner Reben pflegt,

Daß mancher Mensch sich bloß auf wildes Saufen legt.

Die schöne Nahrung hier hat wol dem Ackerleben,

Das sonsten selig heist, mit nichten nachzugeben.

Wie der die Felder baut, doch niemand unrecht thut;

So baut ihr auch Metall, und bringet Geld und Gut

Tief aus der Erden her, die keiner sonst bewohnet:

Ein jeder bleibt von euch mit Hinterlist verschonet,

Und schlimmen Schinderey; wie der zu üben pflegt,

Der Ehre, Seel' und Waar auf eine Schale legt.

Ob euch der Ort nun wol, Herr Lisabon, zu geben

Pflegt alles, was man will, so ist doch euer Leben

Darinnen ihr itzt seyd, und künftig bleiben sollt,

Geliebt es GOtt, und euch, noch göldener, als Gold.

Wann

Noch göldener als Gold) So hat die Poetin Sappho gesagt:
χξυσῳ χξυσοτιξα, auro magis aurea. Op·

Wann gleich die Eurigen ihr Vaterland verlaffen

Durch Zwang der Tyrannen, wie Alba alle Gaffen

Mit Blute vollgefüllt, und Antorf eure Stadt,

Die sonst so volkreich war, ganz ausgeleeret hat;

Ob gleich ihr nicht bey ihr, und ihren hohen Spitzen,

Noch an der tiefen Scheld' im Schatten möget fitzen,

Und sehn den Schiffen zu: Ob gleich das edle Land,

Das euch vor zugehört, nun ist in fremder Hand:

So hat der Bluthund doch euch dies nicht nehmen können

Was mehr ist als das Gut: den Muth, die freyen Sinnen,

Und Liebe zu der Kunst, die euch noch angeerbt

Von eurem Vater her, und nicht stirbt, wann ihr sterbt.

Wer weiß so wohl, als ihr, die Heimlichkeit der Erden,

Und alle Tugenden, die hier gefunden werden?

Des

wie Alba alle Gaffen) der bekannte Spanische General Her-
  zog von Alba, der so viel Grausamkeit und Tyrannen in den
  Niederlanden ausübte.   Z.
Noch an der tieffen Scheld) Einen vornehmen Waffer das
  bey Antorf vorüber fleußt; Lateinisch Scaldes oder Scaldis.
  Sein erwehnet Cäsar, Plinius, der Auctor des Römischen
  Reisebuchs, und andere.   Op.

Des Erzes Unterscheid an Farben und Gestalt,

Die doch so mancherley, erkennet ihr alsbald.

Die künstliche Natur hat selber euch erzeuget,

Hat selber euch ernährt, an ihrer Brust gesäuget,

Und bald von Wiegen an gelehrt die Wissenschaft,

Durch die ihr nun erforscht der tiefen Gründe Kraft,

Und zieht die Seel' heraus. In euren ersten Jahren,

Wie Plato auch befahl, habt ihr alsbald erfahren

Den Griff der Rechenkunst, die ganz euch ist bekannt.

Doch schickt sich sonderlich in eure werthe Hand

Der nöthige Compas, der Tiefe, Breite, Länge

Des Schachts gewiß erforscht,und auch das Maaß der Gänge

Und Stollen sagen kann. Der gleiche Meßstab auch,

Und was darzu gehört, ist stets euch im Gebrauch;

Ihr wißt sehr wohl dadurch ein artichs Haus zu gründen,

Der Felder, Wasser, Städt und Länder Ziel zu finden;

Gleich

Wie Plato auch befahl) Im 7. Buche von den Gesetzen. Op.

F 3

Gleichwie Euclides that. Auch ist bey euch in Gunst

Die Schwester der Natur die schöne Malerkunst:

Urtheilet recht und wohl, was gute Meister heissen,

Und was gesudelt sey; könnt selber artig reissen,

Und seyd hier nicht ein Gast. Was sag ich nun von der,

Durch welcher Lieblichkeit der Unmuth und Beschwer,

Des Herzens weichen muß, die aller Menschen Sinnen,

Im Fall sie Menschen sind, kann, wie sie will, gewinnen,

Der edlen Musika, in welcher ihr so weit,

Und doch nur wie im Spiel und Scherzen kommen seyd,

Daß euch Terpsichore, die Mutter der Sirenen,

Sehr lieb zu haben scheint vor andern ihren Söhnen,

Und

artig reissen) reissen ist soviel als zeichnen. **S.**

Gleich wie Euclides that) Der vornehme Ingenieur und Baumeister zu Zeiten des Prolomäi des Ersten. **Op.**

Terpsichore) Eine von den neun Göttinnen der guten Künste. **Op.**

Der Sirenen) Deren drey gewesen, Lyca, Leucasta und Partenope, von welcher wie Jovianus im 6. Buche vom Neapolitanischen Kriege will, die Stadt, so hernach Neapolis genannt worden, den Namen bekommen. Von ihrem lieblichen Gesange ließ Claudianum, und das Sprichwort: Σειρῆνα μέλο, andere sagen; Calliope sey ihre Mutter gewesen.

Und daß euch Phöbus selbst, wann er die Saiten rührt,

Und spielt ein artichs Lied, die schnellen Finger führt?

Dies alles und noch mehr erhebt euch von dem Volke,

Das an der Erden hängt, und mit der dicken Wolke

Der schnöden Eitelkeit liegt unbekannt verdeckt.

Ein Geist der Tugend liebt, der voller Flamme steckt

Und heimlicher Begier, der kann nicht müssig gehen;

Er muß sich lassen sehn, muß nach dem Himmel sehen,

Von dem er kommen ist, muß suchen seine Lust

In allem was der Schaar des Pöbels unbewußt.

O wohl euch dann hierum! Doch soll ich anders sagen,

Was mein Bedünken ist, noch eines müßt ihr wagen,

Wolt ihr, daß euer Glück auch ganz vollkommen sey,

Und gleichermaßen ihr; Ein Weib das legt euch bey.

Die Wahl ist hier wol schwer; Dann hat sie ein Vermögen,

Im Fall man ihr was sagt, so setzt sie sich entgegen.

Ist sie geschickt und fromm, so hat sie sonst nicht viel.

Ist sie am Adel gut: so thut sie was sie will.

Iſt Leibes Schönheit da: ſo hat man zu verwachen.

Sieht ſie dann häßlich auß: ſo kann ſie leichte machen,

Daß mancher borgen geht. Hat ſie der Nahrung acht,

So darf kein Freund zu dir, ſie keiffet Tag und Nacht.

Behält man ſie daheim; ſo wird ſie ſich beklagen.

Geht ſie ſpaziren aus, ſie wird herum getragen.

Hat ſie das Geld bey ſich, wehe deinem Beutel dann.

Giebſt du nur, was du wilſt: ſo nimmt ſie, wo ſie kann.

Und was ich noch vielmehr dergleichen wolt' erzehlen.

Doch bleibt das Sprichwort war; nach Wählen kome Quälen.

Habt ihr nun Sinn darzu; GOtt ſelbſt wird euch allein

Erwünſchten Beyſtand thun, und euer Freymann ſeyn.

Wer immer einſam lebt, kann nicht, wie recht genieſſen

Der Blüte ſeiner Zeit, wird ofte fortgeriſſen

Von irdiſcher Begier, die leichtlich, wie ein Pferd,

Das Zaum und Zeug zerreiſt, uns ganz zu Boden kehrt,

Und dämpfet den Verſtand, der ſonſt die ſchwachen Sinnen,

Als Meiſter über ſie ſoll an ſich halten können,

Und

Und ihrer mächtig seyn. Drum setzt noch dies hinzu,

So habt ihr schon erlangt des Lebens wahre Ruh,

Die für das höchste Gut von den gelehrten Alten,

Und dies fast billig auch, wird in der Welt gehalten,

Dann kann was bessers seyn als weit von aller Lust,

Die unser Fleisch gebiett, ihm ganz seyn wol bewußt,

Und den Verwirrungen des Herzens nicht verhängen,

Der Liebe sonderlich, die hart' uns anzustrengen

Mit ihrer Stärke pflegt, und läßt uns keine Rast,

Im Fall sie schon einmal uns an ihr Joch gefast?

O wohl demselben, wohl, der so kann einsam leben,

Und seine ganze Zeit den Feldern hat gegeben,

Liebt nicht der Städte Lust, und ihren falschen Schein,

Da oft zwar pflegt mehr Geld, doch auch mehr Schuld zu seyn!

Er

des Lebens wahre Ruh) Obgleich Opitz, wie wir schon angemerkt haben, selbst nicht verheyrathet gewesen ist, so sieht man doch aus dieser ganzen Stelle, wie nöthig er den Ehestand zu einem ruhigen und glücklichen Leben gehalten. F.

Er darf sein Hütlein nicht stets in der Hand behalten,

Wann er nach Hofe kömmt, und vor der Thür erkalten,

Eh' als er Audienz (Verhör ist viel zu schlecht)

Zu wege bringen kann, und ungerechtes Recht.

Da pralet einer her mit großen weiten Schritten,

Der, wann ein guter Mann, ihn hat um was zu bitten,

Der

Er darf sein Hütlein, ꝛc.) Dergleichen Reden sind alle Bücher voll. Seneca sagt im **Hippolyto**:

Non alia magis est libera, & vitio carens;
Ritusque melius vita quæ priscos colat,
Quam quæ relictis mœnibus silvas amat.
Non illum avaræ mentis inflammat furor,
Qui se dicavit montium insontem jugis;
Non aura populi, & vulgus infidum bonis,
Non pestilens invidia, non fragilis favor.
Non ille regno servit aut regno imminens
Vanos honores sequitur, aut fluxas opes;
Spei metusque liber,   haut illum niger
Edaxque livor dente degeneri petit.
Nec scelera populos inter atque urbes sita
Novit, nec omnes conscius strepitus pavet.

Und im **Hercule Oetæo.**

Colit hic reges, calcet ut omnés,
Perdatque alios, nullumque levet.
Tantum ut noceat, cupit esse potens,
Quota pars moritur tempore fati?
Quos felices Cynthia videt,
Vidit miseros abitura dies.
Rarum est, felix, idemque senex.

ungerechtes Recht) Summum jus, Summa injuria. **S.**

Der besser ist als er, und viel mehr weiß und kann,

So siehet er ihm kaum halb über Achsel an,

Und fertigt ihn kahl ab.   Bald trifft sich eine Stunde,

Wann niemand drauf gedenkt, so geht er selbst zu Grunde

Und seine Pracht mit ihm, es pflegt nur so zu gehn,

Man muß hier, wie es kömmt, bald liegen, und bald stehn.

Noch blähen sie sich auf, und dürfen sich erheben,

Als jeder, gebe GOtt, nützt ihrer Gnade leben,

Verbringen mit Bancket und Spielen ihre Zeit,

Und mangelt ihnen nichts als blos die Frömmigkeit.

Das weiß ein Feldmann nicht, und was die Städte haben,

Da der ein Weib ihm freyt, ein andrer läst begraben;

Der läuft, der weint, der lacht, die meisten suchen Geld,

Und wann es funden ist: so muß es in die Welt.

Da sieht man eine Frau, die ihren Mann zu schonen,

Der ohne dies schwach ist, den Knechten pflegt zu lohnen,

Und

Feldmann) ist bey Opitzen immer so viel als Landmann.   Z.

Und giebt umsonst hinweg das, was ihr dennoch bleibt,

Und was man weiter noch in solchen Oertern treibt,

Da List, da Hurerey, da schwören, schelten, fluchen

Gemeine Sachen sind, da nichts ist, als besuchen,

Als tiefe Reverenz, die nicht von Herzen kömmt;

Da einer dem sein Gut, und der dem andern nimmt.

Das weiß ein Feldmann nicht.   Die grausame Trompete

Noch auch der Trummelschall jagt ihn nicht aus dem Bette,

Wie er noch halb voll Schlaf muß auf die Wälle gehn,

Aus seines Weibes Schoos, und in der Rüstung stehn.

Er schwebt nicht auf der See, da Himmel, Wind und Wellen

Ein armes schwaches Schiff fast stürzen zu der Höllen,

Und stoßen an den Grund, er ehrt den Herren nicht,

Der oftmals wenig hält, und dennoch viel verspricht

Sein Thun ist schlecht und recht man sieht ihn niemand neiden

Noch an des Nächsten Noth die falschen Augen weiden;

Nicht wünschen, was ihm fehlt, ist seine ganze Lust,

Lebt ausser Furcht und Trost, und ist ihm wohl bewußt.

                                                                        Er

Er liebt: das grüne Feld vor allen andern Sachen,

Kann in der freyen Luft sich etwas größer machen,

Und faßt ihm frischen Muth. Da gehen seine Küh,

Mit Lämmern untermengt, ins Graß bis an die Knie.

Der schwarze Schäfer steht bey einer hohen Linden,

Gelehnet auf den Stab, und schneidet in die Rinden

Der Liebsten Namen ein, bald schwingt er in die Höh

Ein treues Hirtenlied von seiner Galathe.

Nicht allzuweit davon da sieht er seine Stuten

Vor Geilheit lustig seyn, und nagen an den Ruten.

Dann geht er ferner auch zu seinen Bienen hin,

Schaut wie zwey grimme Heer oft an einander ziehn,

Und um des Nachbars Klee sich bey den Stöcken zanken,

Die voller Honig sind: Führt nachmals seine Ranken

Und junge Reben auf. Indessen kömmt sein Weib,

Die nicht nach Bisen riecht, und ihren schnöden Leib,

Wie falscher Waar geschieht, vollauf an allen Enden

Hat prächtig ausgeputzt; sie trägt in ihren Händen

Die

Die grob durch Arbeit sind, von grünem Majoran

Und Rosen einen Kranz, und krönet ihren Mann.

Bald setzt sie sich mit ihm bey einem Walde nieder,

An dem ein schönes Quell mit Rauschen hin und wieder

Fleust heller noch als Glaß.   Der leichten Vögel Schaar

Springt auf den Aesten um, der grüne Specht, der Star

So ofte reden lernt.   Die Nachtigal, vor allen

Singt dem, der sie ernehrt, und ihnen zu gefallen:

Die Lerche schreyt auch: dir, dir lieber GOtt allein

Singt alle Welt, dir, dir, dir will ich dankbar seyn.

Indessen schleicht der Schlaf, der Mittler aller Sachen,

Durch ihre Glieder ein, und wann sie dann erwachen,

Daß

Die Lerche schreyt auch dir, rc.) Der Poet hat der Lerchen
     Gesang hier ausdrucken wollen; wie auch der von Bartas
     im Französischen, und sein Dolmätscher im Lateinischen ge-
     than.

Dir, dir lieber GOtt allein) Man muß sich durch Opitzens
     Beyspiel nicht zu dergleichen Nachahmungen verführen lassen,
     weil es ein Spielwerk ist, wodurch die Poesie erniedrigt
     wird.   Z.

Daß nun die Sonne fast zu Golde gehen soll,

So führet sie ihn heim, und setzt den Tisch bald voll

Mit Speisen, die sein Hof und Landgut selber träget;

Ein Eyer oder drey, die itzt erst sind geleget,

Die Henne selbst darzu, ein frisches Haselhun,

Nach dem die Bürger sonst die Finger lecken thun:

Ein Lamm, das heute noch lief neben seiner Mutter,

Den feisten Rom der Milch, und quittengelbe Butter

Und Käse neben bey, wie Holland selbst kaum hat;

Auch Obst, das sonsten ist so theuer in der Stadt.

Dies hat er, und noch mehr; ißt, was er kann verdäuen,

Legt fein ihm selber vor, darf sich mit nichten scheuen,

Ob gleich er auf den Tisch die Ellebogen stützt,

Und nicht mit steifer Brust, wie eine Jungfrau sitzt.

Dann fasset er den Krug mit allen beyden Händen,

Trinkt seinen Fernewein, bis daß er aus den Lenden,

Drauf

Finger lecken thun) In seiner Poetik hat Opitz sich über dieses thun sehr aufgehalten, wenn es als ein bloßes Flickwort gebrauchet wird. Es ist also möglich, daß er es hier blos zum Scherz angebracht hat. Z.

Drauf Athem holen muß: Iſt gänzlich unbedacht,

Daß nicht ein guter Freund ihm etwas beygebracht:

Der reiſſende Mercur, und das ſo jungen Pferden

An ihren Stirnen hängt wann ſie geboren werden,

Das bleiche Wolfeskraut, und was vor Gift das Land

Bey unſern Pontus trägt, iſt Dörfern unbekannt:

Dann macht der Wirth ſich erſt aus Müdigkeit zu Bette;

Sie ſpinnt mit dem Geſind' indeſſen in die Wette,

Und netzt die Finger wohl, bis ſie auch allgemach

Das Haupt legt auf die Bruſt, und folgt dem Manne nach;

Den

An ihren Stirnen hängt.) Eine Art von Gift, Hippoma-
nes genannt. Z.

Bey unſerm Pontus) Verſtehe das Euxiniſche Meer, welches
hinter der Wallachey, die mit Siebenbürgen gränzet, gelegen, und von wegen der giftigen Kräuter, ſo um ſelbige
Gegend wachſen, berühmet iſt. Dannenher ſaget Virgilius
in den Hirtengeſprächen: Op.

Has herbas atque hæc ponto mihi lecta venena

Ipſe dedit Mœris; naſcuntur plurima Ponto.

Beſiehe Wilhelm Stuckens Scholia über des Arriani Peri-
plum oder Umſchiffung des Meers. Op.

Den sie, wie sehr er schnarcht, aus herzlichem Verlangen

Der keuschen Wollust küßt auf seine braune Wangen,

Und was zu folgen pflegt. Ist schon ihr Lager nicht

Verhangen mit Damast, und ob das Stroh gleich sticht

Durch ihren Unterpfül, so ist es dennoch reine,

Darf keines Arztes Trank von Holze, das ich meine,

Und manchem rathen muß: Da ist kein Zank noch Neid,

Kein Argwohn, kein Betrug, und kein verdeckter Eyd.

So ruhen sie mit Lust, bis das es itzt will tagen,

Und auf den Hügeln sich der Morgenröthe Wagen

Von fernen sehen läßt, dann dehnen sie sich aus,

Und sind zugleiche beyd auf einen Sprung heraus.

O sollte

So ist es dennoch reine) Der von Pybrac saget von einem solchen W.ibe:

> Si de musc parfumé ou d'ambre n'est leur sein,
> Pour le moins on se peut asseurer qu'il est sain,
> Et qu'au partir de la on ne prend me .i.ine,
> Et le breuvage faict de gajac ou d'esquine.   Dp.

von Holze, das ich meine) Lignum sanctum, oder das sogenannte Franzosenholz. B.

1ster Band.   G

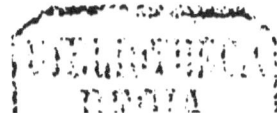

O sollte doch auch ich, nach solcher weiten Reise,

Und so viel Ungemach, bey euch seyn gleicherweise,

Ihr Thäler, ihr Gebirg', ihr Brunnen, und du Strand

Des Bobers, da man mich zum ersten auf der Hand

Herum getragen hat, wo die begraben lieget,

So mich zur Welt gebracht, und wo ich erstlich krieget

Dies schlechte, was ich weiß! Ich halte nichts auf Geld,

Auf Ehre, die vergeht, und Gaukeley der Welt.

Mein

O sollte doch auch ich, ꝛc.) Virg. 2. Georg.
— O ubi campi,
Sperchiusque, & Virginibus bacchata Lacænis
Taygeta! O qui me gelidis in vallibus Hæmi
Sistat, & ingenti ramorum protegat umbra! Op.

Ihr Thäler ihr Gebirg' ꝛc.) Virgilius wieder im Culice:
O pecudes, o Panes, & o gratissima Tempe
Fontis Hamadriadum, —
Und Horatius lib. 2. Sermon. Sat. 6.
O rus, quando ego te aspiciam? quandoque licebit
Nunc veterum libris, nunc somno, & inertibus horis
Ducere sollicitæ jucunda oblivia vitæ?

wo ich erstlich krieget) kriegen ist ein Provincialwort für bekommen, etwas erhalten. Z.

Und Gaukeley der Welt) Winsbeke ein Edelmann, der um
das Jahr Christi 1153. gelebet, in einem Gedicht an seinen
Sohn:
Nun sieh der Wertle Göckel an,
Wie sie ihr Volger triegen kan.
Und Petronius: Totus mundus exercet histrioniam. Op.

Mein Wunsch ist einig der, mit Ruh da wohnen können,

Wo meine Freunde sind, die gleichsam alle Sinnen

Durch starke Zauberey mir haben angethan,

So daß ich ihrer nicht vergessen will, noch kann.

Hier wolt' ich, was mir noch ist übrig von dem Leben,

Wie wenig es auch ist, mir und den Meinen geben;

Ein Feld, ein kleines Feld selbst bauen mit der Hand

Dem Volke zwar nicht viel, doch selber mir bekannt.

Ich würde zuvoraus die lange Zeit vertreiben,

Wie auch bisher geschehn, mit Lesen, und selbst Schreiben:

Verachten sicherlich, das was das blaue Feld

Des Meeres weit und breit in seinen Armen hält;

Weil

Dem Volke zwar nicht viel, doch selber mir bekanut)
Seneca im Thyeste:
Obscurus positus loco
Leni perfruar otio.
Nullis nota Quiritibus
Ætas per tacitum fluat.
Sic cum transierint mei
Nullo cum strepitu dies,
Plebejus moriar Senex.
Illi mors gravis incubat,
Qui notis nimis omnibus,
Ignotus moritur sibi.

G 2

Weil alles eitel ist, die Kräfte ausgenommen,

Die von den Sinnen nur und vom Gemüthe kommen,

Das aller Eitelkeit, die der gemeine Mann

Für große Sachen hält, getrost entsagen kann.

Ich lernte täglich was aus meinem Leben nehmen,

So nicht darein gehört, und die Begierden zähmen,

Und fragte nichts darnach, ob einer der sein Land

Aus Ehrgeitz übergiebt den Feinden in die Hand,

Und mit dem Eyde spielt, mit sechsen prächtig führe,

Und wann er lüge schon, bey seinem Adel schwüre.

Kein Herr der sollte mich sehn bey dem Wagen gehn,

Und mit der Hofeburfch vor seiner Tafel stehn. |

Dem

Ich lernte täglich) So saget Seneca in dem Buche vom seligen Leben, Cap. 17. Hoc mihi satis est, quotidie aliquid ex vitiis meis demere, & errores meos objurgare. Daran begnüget mir: täglich etwas aus meinen Lastern abthun, und meine Fehler strafen. Op.

Ob einer der sein Land) Philip Port in einer Ode:

L'ambition son courage n'attise,
D'un fard trompeur son ame il ne desguise,
Il ne se paist à violer sa foy,
Les grands Seigneurs sans cesse n'importune:
Mais en vivant content de sa fortune,
Il est sa Cour, sa Faveur, & son Roy. Op.

Dem allen ab zu seyn, wolt' ich mich ganz verhüllen

Mit tausend Bücher Schaar, und meinen Hunger stillen

An dem, was von Athen bisher noch übrig bleibt,

Das was Aristons Sohn, ein Gott der Weisen schreibt,

Was Stagirites sagt, Pythagoras verschweiget,

Homerus, unser Prinz, gleich mit den Fingern zeiget,

Und

Aristons Sohn) Das ist Plato; Cicero im 2. Buche von
    der Natur: Audiamus enim Platonem, quasi quondam
    Deum Philosophorum. Dann wir wollen den Plato hö:
    ren, gleichsam einen Gott der Weltweisen. Siehe sonder:
    lich den Heil, Augustinum im 2. Cap. des 14. Buchs von
    der Stadt GOttes. Op.

Was Stagirites) Aristoteles; von seinem Vaterland Sta:
    gira, einer Stadt in Macedonien, um den Berg Athos ge:
    legen, also geheissen. Op.

Pythagoras verschweiget,) Dergleichen Ort ist bey dem
    Claudiano; de Mall. Theodos. Consl. v. 91.

    Dixitque tacendo
    Pythagoras,

    Ubi vid Barth. in Comment. pag. 103. welches Dan.
    Heinsius hat ausgedruckt.

    Wat Thales heeft bedacht, Pythagoras geswegen,
    Ein Socrates gesent. Op.

Homerus unser Prinz) princeps poetarum. B.

G 3

Und was der treffliche Plutarchus hat gewußt,

In mehr, ganz Griechenland das wäre meine Lust.

Dann wolt’ ich auch zu Rom, der Königin der Erden,

Was mein Latein belangt, mit Ehren Bürger werden:

Trotz einem, der hierum mich führte vor den Rath,

Als wär’ ich, wie gebührt, kein Glied nicht von der Stadt.

Der große Cicero, Sallustius ingleichen,

Und Maro, würden mir die Hände selber reichen;

Auch Flaccus, der so wohl in seine Leyer singt,

Daß der Thebaner Schwan kaum also schön erklingt.

Der

was mein Latein belangt.) Wir haben schon oben in dem Leben des Poeten erinnert, daß er das Latein ausserordenlich
gut verstanden habe.   Da es also zu seinen Zeiten ein so
großes Verdienst, und beynahe das einzige Verdienst war,
in dieser Sprache recht geübt zu seyn, so muß man es ihm
desto leichter vergeben, daß er von seiner Fertigkeit in dieser Sprache mit einiger Eitelkeit spricht.   Z.

der Thebaner Schwan.) Pindarus, dieser große Odendich-
ter.   Z.

Der reiche Seneca an Wiß und an Vermögen,

Der schlaue Tacitus, und was noch ist zugegen

Müßt allzeit um mich seyn. Rom sollte zwar vergehn,

Doch sieht man sie noch itzt in unsern Herzen stehn.

Wir lassen nichts hindan: Die Ursach aller Dinge,

Woraus, von wem, und wie, ein jeglichs Thun entspringe,

Warum die Erde steht; der Himmel wird gewandt,

Die Wolke Feuer giebt, ist sämtlich uns bekannt.

Mehr, was das oben sey, aus welchem wir genommen,

Und wiederum darein nach diesem Leben kommen:

Ja GOtt, den niemand kennt, und kein gemeiner Sinn

Kann fassen, der kömmt selbst in uns, und wir in ihn.

Wir sehen, wie der Leib des Menschen muß verderben,

Der Leib das mindste Theil; die Seele kann nicht sterben:

Wir

von wem und wie) Lies den Seneca, in seiner 65. Epistel. Op.

warum die Erde steht) Der Dichter spricht noch nach dem alten Weltsysteme, welches zu seiner Zeit Mode war. Z.

D 4

Wir sehn, wie wann dies wird, ein anders nicht besteht,

Und wann noch eines kömmt, auch nachmals dies vergeht.

Die also auf den Lauf der Welt recht Achtung geben,

Erlernen der Natur hie ausgemessen leben,

Sie bauen auf den Schein, des schnöden Wesens nicht,

Das beides nur die Zeit gebieret und zerbricht.

Sie werden durch den Wahn, der wie ein Blinder irret,

Im Fall er die Vernunft will meistern, nicht verwirret;

Sie wissen allen Fall des Lebens zu bestehn,

Und können unverzagt dem Tod entgegen gehn.

Das wolt' ich gleichfals thun, und meines Geistes Kräften

Versuchen allezeit mit müßigen Geschäften;

Ich liesse nicht vorbey so viel man Künste weiß,

Und was man hält vor schwer, erstieg' ich durch den Fleiß.

Der Länder Untergang, der alten Völker Sitten,

Ihr Essen, ihre Tracht, wie seltsam sie gestritten,

Wo dies und das geschehn, ja aller Zeiten Stand

Von Anbegin der Welt macht' ich mir ganz bekannt.

Es

So würd' ich meine Vers wohl auch nicht lassen liegen;

Gar bald mit Mantua bis an die Wolken fliegen;

Bald mit dem Pindarus: Nasonis Elegie

Doch zuvoraus genannt, als meine Poesie,

Und unser Deutsches auch, darinnen ich vorweilen

Von Venus, ihrem Sohn' und seinen süßen Pfeilen

Nicht sonder Fortgang schrieb; itzt aber nun mein Sinn

Um etwas reiffer ist, auch höher kommen bin.

O liebes Vaterland, wann werd ich in dir leben;

Wann wirst du meine Freund' und mich mir wieder geben?

Ich schwinge mich schon fort; gehab' anitzt dich wohl,

Du altes Dacia, ich will, wohin ich soll.

Und ihr, Herr Lisabon, bleibt, der ihr seyd gewesen,

Mein werther lieber Freund: das was hier wird gelesen,

Wie

- Nicht sonder Fortgang schrieb.) Er zielt auf seine verlieb-
ten Gedichte, die er in der Jugend geschrieben, und wovon
einige sehr artig sind. J.

G 5

Wie schlecht es immer ist, soll künftig doch allein

Gezeuget meine Treu, wann nichts von uns wird seyn.

> Wann nichts von uns wird seyn.) Es ist ein unstreitiges
> Vorrecht großer Dichter, daß sie denen, welche sie besingen,
> die Unsterblichkeit verleihen können. Was würden wir nach
> anderthalb hundert Jahren vom Herrn Lisabon wissen, wenn
> Opitz seinen Namen nicht auf die Nachwelt gebracht hätte,
> ob er gleich dem liebenswürdigen Charakter nach, den der
> Dichter von ihm geschildert hat, diesen Nachruhm vollkom-
> men verdient. Z.

Vesuvius.

In den beyden vorigen Gedichten hat uns der Poet hauptsächlich mit angenehmen Schilderungen vom Landleben unterhalten. Itzo wählt er sich einen ganz neuen und fremden Gegenstand, der besonders für einen deutschen Dichter, welcher niemals selbst in Italien gewesen, sonderbar genug ist. Er behandelt sein Subjekt mit vieler Einsicht und Kunst. Die anmuthige Beschreibung von Campanien, worinn Vesuvius liegt, macht

mit

mit dem darauf folgenden Gemälde von dem
fürchterlichen Brande des Berges einen sehr
lebhaften Contrast.

Dieses Gedicht ist ein eigentliches Lehrgedicht, obgleich Opitz, wie man aus seiner
Poetik sieht, dieses sowohl, als seine Trost-
gründe in Widerwärtigkeit des Kriegs, unter
die heroischen Gedichte zu zehlen scheint.
Die Ursachen von der Erscheinung eines
feuerspeienden Bergs werden von dem Poeten
gründlich untersucht; der Naturforscher aber
vergißt nicht, daß er die Wahrheit in dem
Gewande der Dichtkunst erscheinen lassen muß.
Opitzens Belesenheit und seine Einsicht in
die damalige Philosophie und Physik leuchten
hier allenthalben hervor, und die vornehmsten
Ursachen, die er von dem Brennen des

Bergs

Bergs angiebt, nehmen wir noch heutiges
Tages als wahrscheinlich an.   Es ist zwar
nicht genau zu bestimmen, wie Opiß eigent:
lich· auf dieses Subjekt gefallen sey, es ist
aber sehr wahrscheinlich, daß der fürchterliche
Brand des Berges, den er zu seiner Zeit er·
lebte, einen großen Eindruck auf ihn gemacht
und seine Einbildungskraft erhißt habe, be:
sonders da man in den damaligen Zeiten alle
schrecklichen und sonderbaren Erscheinungen
in der Natur vor Wunderzeichen und Vorher:
verkündigungen des göttlichen Zorns zu halten
pflegte, wie man solches aus dem Schluße
seines Gedichts sehr deutlich abnehmen kann.

_____

Vesu:

Vesuvius.

Natur, von deren Kraft, Luft, Welt und Himmel sind,

Des Höchsten Meisterrecht, und erstgebohrnes Kind,

Du Schwester aller Zeit, du Mutter dieser Dinge,

O Göttinn, gönne mir, daß mein Gemüthe dringe,

In deiner Werke Reich, und etwas sagen mag,

Davon kein deutscher Mund noch bis auf diesen Tag

Poetisch nie geredt: ich will mit Warheit schreiben,

Warum Vesuvius kann Steine von sich treiben,

Woher sein Brennen rührt, und was es etwann sey,

Davon die Glut sich nährt. Apollo, komm herbey

Mit deiner Musenschaar, laß ihre Hand mich leiten

Auf dieser neuen Bahn, so will ich sicher schreiten,

Wohin

Warum Vesuvius ꝛc.) Der bekannte Berg in Campanien,
vier tausend Schritt von Neapolis, zu weilen wird er auch
Vesevus, Vesuius oder Vesbius, heutiges Tages, von dem
Städtlein, so unten daran gelegen, Somma genannt. Op.

Wohin mein Geist mich trägt: und du auch, edler Held,

Piastens großer Zweig, du Bild der alten Welt,

Und Licht der itzigen, du Herzog von Geblüte,

Doch mehr von Tapferkeit, von Gaben und Gemüthe,

Das niemals unterliegt, o unsers Landes Lust,

O deines Volkes Trost, verzeihe, wie du thust.

Aus Demuth deiner Macht, verzeihe mir mit Gnade,

Daß ich ohnangesagt mit Schriften dich belade,

Die gar zu schlecht für dich; ich weiß und sehe wohl

Daß einer etwas mehr als ich besitzen soll,

Der Fürsten schenken will: doch laß die Gunst mir scheinen,

Vermöge welcher du es pflegest wohl zu meynen

Mit aller Wissenschaft; so lieb dir je mag seyn,

Wann dieser wilde Krieg in kurzem seiner Pein

Ein Ende machen wird; daß du mit reichem Segen

Des Himmels der dich liebt, den Grundstein müssest legen,

Der neuen Sicherheit; daß deine rechte Hand

Sich rege wider die, so unser Vaterland

Gesonnen dürften seyn, in Blut und Brand zu setzen;

Daß Feld und Städte sich an dir vollauf ergetzen,

Und daß du mögest selbst noch sehn mit Augen hier

Die Freyheit deiner Leut' und deiner Kinder Zier.

Der Mensch, das kluge Thier, pflegt zwar mit vielen Dingen

Die Zeit, das kurze Pfand des Lebens, zu vollbringen,

Und leget allen Witz bey schönen Künsten an:

Doch bessers weiß er nichts, damit er zeigen kann,

Daß er, die kleine Welt, zum Herren sey gesetzet

Der großen, die ihn nährt, als wenn er sich ergetzet

Mit seiner Sinnen Kraft, beschaut dies weite Haus,

Vom höchsten Giebel an zu allen Seiten aus

Mit Augen der Vernunft, verschicket das Gemüthe

In seines Schöpfers Werk, da alles reich an Güte

Und voller Weisheit ist, und macht ihm auf den Grund

Die Sitten der Natur, samt ihrem Wesen, kund.

Er

Die Sitten der Natur,) Propertius: Tum mihi naturæ
libeat perdiscere mores, Op.

Er steiget bevoraus dahin, woher er kommen,

Auf seinen Himmel zu, aus welchem er genommen

Das Theil der Göttlichkeit; da sicht er und erkiest,

Wie dieses Hauses Zeug ganz schlecht und einfach ist,

Von Ansehn und Gestalt gewölbet aufgeführet,

Daran kein Winkelmaaß, noch Größe wird gespüret,

Kein

schlecht und einfach ist,) Nicht zwar also schlecht und einfach wie GOtt und die Geister, mit denen weder Zeug
(materia) noch Gestalt, einige Gemeinschaft haben: sondern weil er, der Himmel, von aller Vermischung der Elementen frey, und nicht aus andern Körpern, allen vieren
oder wenigern Elementen, gemacht ist. Siehe Aristotelem
im dritten Buch vom Himmel, im 9. Cap.   Op.

Von Ansehn und Gestalt) Ennius beym Varone lib. 4.
de LL
     Cœli ingentes fornices.   Op.

noch Größe wird gespüret,) Aristoteles in erst erwehntem
Ort. Und ist diese Größe des Himmels darum über alle
Größe, weil kein anderer Körper eine weitere Größe hat
oder haben kann, und er alle andere der Weltkörper in
sich begriffen und verfasset hat. Op.

H 2

Rein von Beschaffenheit, ganz, nimmer wandelbar,

Vollkommen, zirkelrund, erleuchtet, hell und klar,

Beweg=

Rein an Beschaffenheit,) Wegen der Subtilität, und weil, wie gesagt, keine Vermischung der Elemente darbey ist. Op.

ganz, nimmer wandelbar,) Ganz zwar der Unzertheiligkeit seines Wesens halben, wie er den auch beym Job im 17. v. des 37. Capitels, einem gegossenen Erze, oder der neuern Uebersetzung nach, einem Spiegel verglichen wird, dessen Theile alle dermaßen mit einander vereiniget sind, daß auch nicht das wenigste darzwischen kann: nimmer wandelbar aber; angesehen der natürlichen Dinge, oder Körper, welche den Himmel weder ändern, noch ihm Gewalt anthun können: Dann: im übrigen, daß er auf GOttes Befehl, nicht weniger als der Erdboden, vergehen werde, überzeuget uns die Schrift, Psal. 102. v. 26. Luc. 21. v. 33. 2. Ptr. 3. v. 10. und sonsten.

Vollkommen zirkelrund,) Dann weil der Himmel unter allen Körpern am meisten vollkommen ist, so ist ihm auch vor allen die Gestalt, so am meisten vollkommen ist, als nemlichen die Runde, zugeeignet worden. Parmenides beym Stobæo in Eclog. physic. Tit XVIII. pag. 155.

Αλλ᾽ ογε παντοδεν ισῳ εων και ταμπαν απειρῳ
σφαιρης κυκλοτερους μιμημα᾽ υπερπατα χαιρων.

Ille autem par usque sibi, caret undique fine,
Orbis habens formam, totus teres atque rotundus.

Er ist stets wie er ist, ihm ist kein Ende kund,
Vergleicht sich mit der Welt, von allen Seiten rund.

erleuchtet, hell und klar,) Dannenher der Himmel auch von dem Griechen ολυμπῳ als ολῳ λαμπων oder οιον ολολαμπῳ, der ganzleuchtende, seiner Schönheit und Klarheit wegen genennt wird. Besiehe Plotinum Ennead. 2. lib. I.

Beweglich, ſchneller Art, an Würkung reich und mächtig,

An Kreiſen wo der Thron des Höchſten ſtehet, prächtig,

Und wo die Sternen gehn, der Nächte Troſt und Zier.

Auf dieſen Himmelsleib erlernt er mit Begier

Die Körper unter ihm, Luft, Feuer, Waſſer, Erde,

Ein jedes, wie es iſt, und was aus ihnen werde,

Wann warm, kalt, trucken, naß, zuſammen ſind gebracht,

Durch welche Miſchung dann die Farbe wird gemacht

Der

Beweglich, ſchneller Art,) Hiervon ſonderlich Ariſtoteles lib. 2. de Cœlo, c. 3. 12. Metaph. cap. 8.
Auch Piſidas in ſeinem Griechiſchen ſchönen Gedichte von Er-
ſchaffung der Welt. Op.

reich und mächtig,) Daß der Himmel in die Körper, ſo hierunten
ſind, würke; befinden wir an uns und allen Kreaturen. Op.

ſtehet, prächtig) GOtt iſt zwar allenthalben: weil
er ſich aber den Propheten, Apoſteln und andern im Himmel, in deren dritten Paulus iſt verzückt worden, erkläret hat,
ſo wird er darum der Thron GOttes geheiſſen. Und dieſer
Himmelskreiß, der Sitz der Göttlichen Herrlichkeit und die
Wohnung der Engel und Auserwählten, wird Empyræus;
der andere, welcher zu Umgehung und Bewegung des Ge-
ſtirnes dienet, Æthereus genannt. Op.

Die Körper unter ihm,) Weil die natürlichen
Körper in den Himmliſchen und Unterhimmliſchen abgetheilet werden, der Autor aber bis hieher von Himmliſchen geredet hat; als berühret er auch nun mit kurzen Worten den Unterhimmliſchen. Op.

H 3

Der Dinge, denen ist verliehen und gegeben

Schmack, Kochung und Geruch, ingleichen Seel und Leben.

Darunter dann der Mensch nichts edlers finden kann,

Als sich den Menschen selbst, der billig (geht voran

Vor wilder Thiere Schaar, vor Pflanzen und Metallen,

Vor diesem, was wir sehn hier auf der Erden wallen,

Und was die Luft gebiehrt, vor allem was die Welt

Von dem, was weltlich ist, in ihren Armen hält:

Die Welt, das große Buch, aus deren Thun und Wesen

Er von demselben kann auf allen Blättern lesen,

Der sie erschaffen hat, und seines Segens Kraft

So reichlich in sie geußt.   Sollt uns die Wissenschaft

Nicht frey und offen stehn, was wollten wir viel leben?

Ist's darum, daß wir nur nach Gold und Gelde streben,

                                        Auf

das große Buch,) Dionysius, der Einsiedel, soll die Welt ein
    großes Buch genenut haben, in dem viel zu lesen sey, weil
    wir leben.   Op.

sollt uns die Wissenschaft) Seneca ist hievon fast weitläuf-
    tig, in seiner Vorrede über das erste Buch der natürlichen
    Fragen.   Op.

Auf Pracht und Ehre gehn, uns füllen Nacht und Tag,

Und etwas anders thun, das ich nicht sagen mag?

Alsdann kann erst ein Mensch sich einen Menschen nennen,

Wann seine Lust ihn trägt, was über uns, zu kennen,

Steigt Eifers voll empor, und bringt sich in den Schoos

Und Gründe der Natur: da geht sein Herze los,

Lacht von den Sternen her der Zimmer, die wir bauen,

Des Goldes, welches wir tief aus der Erden hauen,

Wie auch der Erden selbst. Und wann er oben her

Den engen Klumpen sieht, der theiles durch das Meer

Bedecket, theiles blos und unbewohnet lieget,

Ist Sand und Wüsteney, wird nirgens ganz gepflüget,

Und klagt hier Schnee, da Brand; so fängt er bey sich an:

Ist dieses da der Punkt, der nimmer ruhen kann,

Er

alsdenn kann erst ein Mensch) Diese ganze Beschreibung von der wahren Würde des Menschen, ist außerordentlich prächtig und erhaben, und vortreflich von dem Poeten ausgedrucket worden. Z.

H 4

Er werde dann durchs Schwerdt und Feuer abgetheilet?

Ist dieses, wo der Mensch nach nichts so emsig eilet?

Wir Thoren! jenes soll der Deutschen Gränze seyn:

Darüber greife man nicht dem Franzosen ein;

So weit geht Spanien? Ein Sinn der Weisheit liebet,

Sieht, was man heute nimmt, und morgen wieder giebet,

Mit sichern Augen an, und ist gar wohl vergnügt,

Wann er den Tod und Neid durch Wissenschaft besiegt,

Und kennt, wie möglich ist die Ursach aller Dinge.

O wer verleiht auch mir, daß ich mich nunmehr schwinge

Auf meinen Vorsatz zu! mein Sinn der steiget schon

Geflügelt in die Luft, und reisset mich darvon.

Was will ich aber dich durchaus von allen Ecken,

Campanien, besehn? Ein jedes Ort und Flecken

Hat seine Lust für sich. Zwar Welschland, giebt man zu,

Ist aller Erden Zier; des Welschen Landes, du.

　　　　　　　　　　　　　　　　　　Der

---

des Welschen Landes du.) Von der Lust und Fruchtbarkeit
Campaniens sind alle Bücher voll. Siehe sonderlich, was
Florus schreibt im 16. Cap. des 1. Buchs, und aus ihm
von Wort zu Worte Jornandes. Op.

Der Himmel lacht dich an, die Lüfte, so hier streichen,

Sind nimmer ungesund; hier will noch Ceres weichen,

Noch Bacchus; jene rühmt ihr Korn, der seinen Wein;

Und Flora heisset es zweymal hier Frühling seyn,

Beblümet zwier das Feld. Kein Meer ist mehr bebauet,

Kein Hafen weit und breit wird schöner nicht geschauet,

Als um Cajeta her, um den Misener Strand,

Und wo Anchisens Sohn den Weg zur Höllen fand

Durch stilles Finsternis, geführet von Sibyllen;

Auch wo das Römervolk der schönen Bäder willen,

In

---

hier will noch Ceres weichen) Daß die alten Campanier
summum Liberi Patris cum Cerere certamen genannt
haben, erzehlen izt erwehnte zwey Autores, und vor ihnen
Plinius lib. III. c. 5. Op.

Anchisen Sohn) Wovon Virgilius im 6. Buch.

schönen Bäder willen,) Der Ort heißt Bajæ; dessen Bäder
und schönen Gelegenheit viele erwehnen; bevoraus Josephus
im 14. Cap. des 18. Buches der Jüdischen Antiquitäten,
und der König Athalaricus beym Cassiodoro, lib. 9. Variarum, Epist. 6. Op.

In voller Ueppigkeit die lange Zeit vollbracht,

Und selbst der Hanibal verlohren seine Macht,

Durch Laster, nicht durch Krieg. An Büschen zwar und Wilde

Sind die Gebürge reich; hier stehn die Weingefilde,

Der edle Massicus, das trächtige Surrent,

Und Gaurus, welchen Pan vor allen Klippen kennt,

Wo oftmals Nereis bey stiller Nacht gegangen,

Und in ein Rebenblatt die Tränen aufgefangen,

Für Liebe, die sie trug; und etwann Galathee

Den wilden Satyren nechst dem Lucrinersee,

Durch

selbst der Hanibal) Sidonius carm. 5.

— Sic Barchæus opimam
Hannibal ad Capuam periit, quum fortia bello
Inter delicias mollirent corpora Bajæ.   Op.

Es ist bekannt, wie sehr Hannibal, durch die Wollü-
ste die er sich und seiner Armee in Campanien erlaubte, der
Früchte eines großen Sieges verfehlte, den er über die Römer erfochten hatte.   Z.

Wo oftmals Nereis) Der Autor hat des Statii Ort vor Augen gehabt, Sylv. lib. 2. de Surrentino Pollii.

— noctisque occulta sub umbra
palmite maturo rorantia lumina tersit.
Nereis, &c.   Op.

Durch List entgangen ist.   Jedoch wird zugegeben,

Es sey Vesuvius vor allen zu erheben,

Mein Zweck Vesuvius; vor seinen Augen her,

An seinen Wurzeln schier, fleußt das Tyrrhener Meer,

In welchen Prochyta und Pithecusa stehen;

Und Nesis, wo die Luft fast schädlich pflegt zu gehen,

Die Ziegeninsel auch, da jener Kayser saß,

Und sein betrübtes Brod mit Furcht und Zittern, aß:

Blos aus Gewissensangst, zum Spiegel der Tyrannen,

Die erstlich gute Leut', hernach sich selbst verbannen,

Sind

allen zu erheben) Florus: Heic amicti vitibus montes,
Gaurus, Falernus, Massicus, & pulcherrimus omnium
Vesuvius.   Op.
An seinen Wurzeln schier,) nahe an seinen Wurzeln.   S.
Und Nesis, wo die Luft) Lucanus lib. 7.
    — tali spiramine Nesis
    Emittit Stygium nebulosis aere saxis. Op.
Die Ziegeninsel auch) Capreæ.   Op.
da jener Kayser saß,) Tiberius.   Op.
Blos aus Gewissensangst,) Welches ihn zwang, an den
Rath zu Rom unter andern die schrecklichen Worte zu schrei-
ben, wie Tacitus im 6. der Jahrbücher, und Suetonius in
seinem Leben erzehlen: Ihr der Rath, wann ich weiß, was
ich dieser Zeit an euch schreibe, oder wie ich schreibe, oder
was ich gar nicht schreibe; so strafen mich die Götter und
Göttinnen noch ärger, als ich empfinde, daß ich täglich ge-
straft werde.   Tacitus macht gar eine schöne Auslegung
darüber.   Op.

Sind aller Menschen Schmach, und müssen blutig hin

Nach kurzer Grausamkeit, zur Ceres Eydam ziehn.

Noch näher lieget ihn Neapolis, die schöne,

Parthenope genannt, vom Grabe der Sirene,

Da wo Sebethus rinnt, und wo nicht weit darvon

Das reiche Vorwerk stund; gebaut vom Pollion,

Pausilypus genannt: auch Maro wollte wissen

Hier seine Todesgruft bey dieses Berges Füssen,

Der

und müssen blutig hin) Der Autor siehet auf die bekannte
Vers e des Juvenalis. Op.

Ceres Eydam) Pluto welcher die Tochter der Ceres zur Ge-
malin hatte. Z.

Parthenope genannt) Dionysius in seiner Weltbeschreibung:
pag. 50.

Τῇ ἔτι, Καμπανῶν λιπαρὸν π.δον; ἢ Χιμέλαδρον

ἁγνῆς Παρθενόπης, ςαχυων βεβριθὸς ἀμάλλαις.

- Παρθενόπης ηνπόντ@ ἑοῖς ὑπεδέξατο κόλοις.

Hanc autem Campanorum pingue solum; ubi domicilium

Castæ Parthenopes, spicarum onustum manipulis,

Parthenopes, quam pontus suis suscepit sinubus.

Siehe auch was sein gelehrter Ausleger Eustathius, wie auch
der dunkle Poet Lycophron in seiner Cassandra, und andere, melden. Op.

Pausilypus genannt:) Παυσίλυπ@, qui mœrorem sedat,
der Kummerstiller. Op.

Der trächtig um und an in schönen Wiesen liegt,

Der Vieh und Früchte hegt, und kühlen Schatten kriegt

Mit einer stillen Lust von seines Weines Reben,

Dem alle Zeiten her das gute Zeugnis geben,

Ihm gehe nichts zuvor. Der Musen Sommerhaus,

Parnassus steckt, wie er, zwey hohe Spitzen aus,

Und raget in die Luft. O daß doch alle Gaben

Der gütigen Natur so viel Gebrechen haben,

So

Der trächtig.) Zu dieser Fruchtbarkeit, meinet Strabo im
5. Buche diene nicht wenig die Asche und dergleichen, was
bey Entzündung des Berges ausgeworfen wird, weil die
Feistigkeit, welche zum Brennen tauglich ist, nicht minder,
wann sie verloschen und ausgeworffen ist, die Trächtigkeit
der Felder, und sonderlich des Weinwachses, verursacht.
Eben dies sagt er auch vom Etna, im 6. Buche; und der
König Theodoricus beym Cassiodoro lib. 4 Variar. Epist.
50. vom Vesuvio: Vomit fornax illa perpetua puniceas
quidem, sed fertiles arenas, quæ licet diuturna fuerint
adustione siccatæ, in varios tœtus suscepta germina
mox producunt, & magna quadam celeritate repa-
rant, quæ paulo ante vastaverant   An welchem Orte
ich für das Wort puniceas fast lieber wolte pumiceas lesen.
Severus, oder wer sonst desselbigen Gedichts Autor ist, in
seinem Aetna:
   — nec desinit ante
Quam levis excocto defecit robore pumex:
   In cinerem, putreisque jacet dilapsus arenas.
Martialis von den warmen Brunnen nicht weit hiervon, lib.
4 Epigr. 57.
   Et que pumiceis fontibus antra calent.

So mißlich allerseits und unvollkommen sind!

Der Erden beste Lust verrauschet als ein Wind,

Und geht geflügelt durch, das Unglück aber wachet,

Eh als das Glücke schläft; das Thier so Honig machet,

Ist bey der Süßigkeit des Stachels nimmer frey;

Wo eine Rose blüht, da steht ein Dorn dabey.

    Zum ersten wann der Berg zu wüten angefangen,

Und welche Zeit die Glut vor Alters aufgegangen,

Zeigt kein Gelehrter an; es ist auch nicht mein Ziel,

Daß ich die große Brunst alhier erzehlen will,

So

Eh das Glücke schläft) Claudianus:

    Armat spina rosas, mella tegunt apes.

Zum ersten) Die Aeltesten, so des Berges, seines Brennens wegen, erwähnen, sind Diodorus Siculus und Strabo, die fast auf eine Zeit unter dem Kayser Augusto, dieser auch unter dem Kayser Tiberio, gelebt, und aber des Berges also erwähnen, als ob er von undenklichen Jahren, vor ihnen, gebrennet habe. Op.

So da entsprugen ist, wie Titus hat regieret,

Darvon die Asche ward in Africa geführet,

Und in Egypten hin: man schreibet nach und nach

Wie grimmig oft und viel die schwere Feuerbach

Herfür gebrochen sey.   Wir müssen näher kommen;

Der bleiche Monde hat eilfmal erst abgenommen,

Und neue Hörner kriegt, seit daß der heiße Grund

Sein Feuer werfen ließ den aufgesperrten Schlund.

Die Welt liegt unbesorgt mit sanfter Ruh umgeben,

Als alles Land umher beginnet zu erheben

Sich

So da entsprungen ist,) Titus Vespasianus. Von demselben
Brande aber ist sonderlich zu lesen Xiphilini Auszug aus
dem Dione, und der junge Plinius, dessen Vetter, der
Scribent der natürlichen Historien, vom Dampfe und Rau-
che des Berges auch geblieben ist.   Es siehet sonder Zweiffel,
auf eben diese Zeit auch Tertulianus de Pallio: Ex hujus-
cemodi nubilo & Tuscia Vulsinios pristinos deusta, quo
magis de montibus suis Campania speret, erepta
Pompejos.   Nach diesem Feuer hat der Berg von Zeit zu
Zeit gebrennet und Flammen ausgeworfen, wie hiervon
Plutarchus, Procopius, Cassiodorus, Paul Warnefried,
Comes Marcellinus, und noch andere, zu lesen sind.   Ob

Sich selbst, und was es trägt; es giebt der großen Last

Mit Furcht und Zittern nach; das arme Volk verblaßt,

Der Häuser Rücken bebt, die See wird auch erreget,

Bis daß Aurora kömmt noch bleicher als sie pfleget,

Und ihren weißen Zug fast hinter sich läßt gehn,

Dieweil sie um den Berg sieht eine Wolke stehn,

Dardurch ihr heller Glanz mit allen seinen Stralen

Zu dringen nicht vermag, noch weiter weiß zu mahlen

Das ganz betrübte Feld. Der Nächte Mittag macht

Die Wiesen nie so schwarz, wann des Gestirnes Pracht

Im dicken Nebel steckt, als dieser Dampf sich zeiget,

Der, wie ein Fichtenbaum, hoch von der Wurzel steiget,

Und

Das ganz betrübte Feld.) M. Ter. Varro:

    Repente noctis circiter meridiem,
    Quum pictus aër fervidis late ignibus
    Cœli choreas astricas ostenderet.   Op.

wie ein Fichtenbaum,) Dies Gleichnis giebt Plinius, der Jüngere, im 16. Schreiben des 6. Buchs. Op.

Mit dicken Aesten aus, dieweil der Asche Last

Sich in die Breite giebt. Bald kömmt ein solches Krachen,

Als wann der Jupiter mit Donner in die Sachen

Der schnöden Menschen schlägt, daß aller Grund der Welt

Erzittert, oder auch, im Fall ein kühner Held,

Der vor die Freyheit steht, und seine große Thaten

Auf gute Sache pflanzt, mit feurigen Granaten

Ergrimmet um sich wirft, und zwinget eine Stadt,

Die noch an Billigkeit der Waffen Zweifel hat,

Zu glauben, was ihr dient.   Die Hitze bricht zusammen

Durch eine rauhe Bahn mit ihren wilden Flammen,

Wirft

Sich in die Breite giebt.) Oder auch, weil die Luft, von
welcher die Wolke aufgestossen wird, bald nachgiebet, und
sich also höher nicht treibet; wie Plinius an itzt gedachtem
Orte vermeinet. Wann die Flammen nicht gerichts empor
steigen; sondern sich gebücket dem Lande einschlagen: so ist
es von den Alten für ein Zeichen eines einheimischen Krieges,
oder andern Uebels gedeutet worden; wie zu muthmaßen aus
den Versen Lucani vom Etna, lib. 1.

Ora ferox Siculæ laxavit Mulciber Ætnæ,
Nec tulit in cœlum flammas, sed vertice prono
Ignis in Hesperium cecidit latus.   Op.

Wirft schreklicher Gestalt des Berges Glieder aus,

Und jaget mit Geschrey bis an des Himmels Haus

Den stinkigten Morast, von dessen schwarzen Sande,

Der Pech und Schwefel hält, kein Ort im ganzen Lande

Sich frey und sicher weiß.   Es springet auch ein Fluß

Des Feuers aus der Kluft, dem alles weichen muß,

Indem er seinen Lauf in sieben Ströme theilet,

Und dem Gestade zu mit heißem Rauschen eilet,

Daß Thal und Hügel brennt; der Acker wird verheert,

Das Vieh, so weiden will, von Flammen selbst verzehrt,

Die Gräser Heu gemacht, die schattenreichen Wälder

Vom Grunde fortgeführt, und die Phlegräerfelder

Sind nichts als lauter Glut; das alte Herculan,

Das lustige Castell, genannt Octavian,

Viel

---

des Berges Glieder) Virgilius im 3. Buche Æneidos:
Interdum scopulos avulsaque viscera montis.
Eſigit eructans.

Worben Servius ſagt: Viscera montis, id eſt, partes.
Sic autem dixit Viscera, quemadmodum terræ
oſſa dicuntur. Op.

Viel Flecken voller Frucht und Dörfer stehn in Brande,

Die Wasser fürchten sich, und fliehen von dem Lande,

Das Volk, so nicht erstickt und gar wird fortgerafft,

Kommt Athemloß daher, beraubet aller Kraft,

Lahm, nackend und halb todt, und füllt mit Weh und Zagen

Den ganzen Himmel an, der gleichsam mit ihm klagen,

Und auch sich kümmern muß. Wie etwan ein Soldat,

Wann daß er Feind und Tod vor seinen Fäusten hat,

Und ihm der blinde Staub gleich unter Augen stehet,

Erhitzet Feuer giebt, und da er meynt, er gehet

Indessen aus Gefahr, so rennt er mehr hinein:

Nicht anders laufen sie auch über Stock und Stein,

Von Staub und Aschche blind: der giebet seinen Wänden,

So brennen, gute Nacht; der reißt mit beyden Händen,

Den armen Vater fort, der nunmehr alt und schwach,

Gar kaum zu folgen weiß, und zeucht den Stab hernach;

Der kann sein treues Weib und Kinder nicht verlassen,

Und jeder ist bemüht mit sich etwas zu fassen,

J 2

Das

Das ihm vor allen lieb: doch folgt der Raub nicht gar,

Und mancher kömmt durch Geitz in Jammer und Gefahr,

Bleibt selber, wo sein Geld. Die Glut muß aber weichen

Dem, den der Himmel liebt; sie giebet fast ein Zeichen

Der Gunst zur GOttesfurcht. So ward vor dieser Zeit

Der frommen Brüder Paar vor Etna auch befreyt,

Die, als die andern zwar ihr Gold und Güter trugen,

Der Eltern süße Last nm ihre Schultern schlugen,

Das Reichthum ihrer Pflicht. O eine schöne Waar,

Der Mutter krummer Halß, des Vatern graues Haar,

Ein Feuer wahrer Treu, versichert vor den Flammen,

Wohin sie beyde gehn, da laufen sie zusammen,

Sind schamroth, ihnen nur zu thun ein kleines Leid,

Und machen freye Bahn. Wie ist die Frömmigkeit

Dem

Brüder Paar) Sie werden mit unterschiedenen Namen, zum
meisten aber Anapias und Amphinomus geheissen. Ihrer
erwehten Strbo, Pausanias, Seneca. Silius, Photius.
und andere. Sonderlich der Autor Ætnæ und Claudianus
in dem schönen Gedichte über die von den Inwohnern ihnen
ausgerichteten Bildnisse. Op.

sind schamroth,) Diese Schamröthe der Flammen möchte wohl
nicht gegen eine genaue Kritik bestehen. Z.

Dem Menschen fort und fort sein bester Schirm und Schatten!

Indem die Felder nun mit Pech und Schwefel braten,

Die Luft im Feuer steht, die Büsche hin und her

Zu Grund' und Boden gehn, und das bestürzte Meer

Die Wellen in sich schluckt, indem des Nachts die Sternen,

Die Sonn' im Tage zagt: steht alle Welt von fernen,

Und weiß nicht, wessen sie nunmehr gewärtig sey;

Nach vieler Meinung rückt der große Tag herbey,

An dem der höchste Vogt soll Recht und Urtheil hegen;

Wir haben diesen Wahn, es sey der Feuerregen,

Der aus den Wolken her viel Städte hat verzehrt,

Wo itzt noch der Gestank des Asphaltites wärth,

Den

---

der höchste Vogt) Ein alter deutscher Poet, in Uebersetzung
    des alten Testaments.

  Reicher GOtt Herre über alle Krafft,
  Voget Himmelsherr Herrschafft.
Und ein anderer:
  O Himmel Künig, in Himmel Voget. Op.

Wir haben diesen Wahn,) Wir bilden uns ein, es sey je-
    ner Feuerregen, Z.

es sey der Feuerregen,) Hiervon sonderlich Tacitus; noch
    besser aber Tertullianus in seiner Sodoma. Op.

J 3

Den Wild und Vogel fleucht, den keine Luft beweget,

Der selber weder Fisch, noch Frucht am Ufer träget,

Und nur das Pech gebiehrt, aus welchem man erkießt,

Wie GOtt das Laster straft, das nicht zu sagen ist.

Es ist das arme Volk im Zweifel aller Sachen;

Man sieht ganz Stabia, Salern und Nola wachen:

Es bebet Capua; die Königin der See,

Des Landes bester Ruhm und Zier, Parthenope,

Vermeinet durch den Blitz und Donner zu zersplittern;

Die Thiere fürchten sich; des Volkes Herzen zittern.

Der klagt die Seinigen, und jener fremde Noth,

Viel wünschen ihnen auch aus Todesangst, den Todt,

Und sehen, was nicht ist. Der allermeiste Haufen

Kömmt auf die Tempel zu mit heißer Brunst gelaufen,

Sagt seine Sünden auf, spricht theiles etwas an,

Das selbst im Feuer steht, und wenig rathen kann,

Und

Das selbst im Feuer steht,) Die Bilder des Maria und der Heiligen, zu denen man in catholischen Ländern seine Zuflucht nimmt. Z.

Und theils weiß den Sinn doch besser zu erhöhen,

Zu dem, der einig hilft: so pflegt es herzugehen;

Wann böser Zustand ist, da nimmt man GOttes wahr,

Wo gutes Glücke wohnt, raucht selten ein Altar.

So fange, Musa, nun die Ursach an zu sagen,

Woher des Berges Glut, das schwere Donnerschlagen,

Der Quell des Feuers sey. Es glaube keiner nicht

Dies, was der Dichter Wahn von diesen Orten spricht,

Vulkanus habe sie zu seiner Werkstatt innen,

Aus welcher solcher Blitz und Flammen sich entspinnen,

Wann

---

theils weiß den Sinn) Einige wissen den Sinn doch besser
zu erhöhen. Z.

Wann böser Zustand ist) Siehe was Theophylactus im 12.
Cap. des ersten Buchs der Historien vom Kayser Mauricio
sagt. Der Autor aber hat hier ausgedruckt die Worte Silii
Italici lib. 7.

 Tanda adeo, cum res trepidæ, reverentia divûm
 Nascitur, & raræ fumant felicibus aræ. Op.

Quell des Feuers) Strabo nennet diese Aufstossung aus dem
Schlund des Berges κρατηρας πυρός, Crateres ignis; Dio
πηγας πυρός, fontes ignis. Op.

Vulcanus habe sie) Siehe was Photius aus dem Philo-
strato in Vita Apollonii Tyanei gezogen hat. Op.

dem Vulkanus habe) Wie dann auch ein Ort nicht weit
darvon Forum Volcani ist genennt worden; welchen Strabo
im 5. Buche anzeigt; und Silius im 12. sehr fleißig beschreibet. Op.

J 4.

Wann er des Jupiters Geschoß bey stiller Nacht,

Samt Brontes, Steropes und dem Pyracmon macht,

Daß Stahl und Amboß klingt. Sie nennen auch Giganten

So auf die Himmlischen aus stoltzem Grimm entbrandten,

Und wurden endlich noch mit großer Noth erlegt,

Wann Typhon sich nun her im tiefen Kerker regt,

Und seinen wilden Kopf aus aller Kraft erhöhet,

Auf den Vesuvius, als zur Beschwerung, stehet,

So

Pyracmon macht,) Servius zum achten Buche Æneidos Virgilii: Quid facturi sint, sagt er, ex nominibus docet. Nam Brontes à tonitru dictus est, ἀπο τῆς βροντῆς. Steropes à fulgetra, ἀπὸ τῆσ ϛεροπῆς. Pyracmon vero, qui nunquam a calenti incude discedit, ἀπὸ τȣ πυρὸ καὶ τȣ ἄκμονⵔ, Nam πῦρ ignis est, ἄκμων incus. Er will so viel andeuten; Der eine habe Donnerschmidt, der andere Blitzer, der dritte Feueramboß geheissen.

So sagt Ovidius im 5. Buche der Verwandlungen vom Typhoeus:

Dextra sed Ausonio manus est subjecta Peloro;
Læva, Pachyne, tibi, Lilibæo crura premuntur;
Degravat Ætna caput, sub qua resupinus arenas
Ejectat, flamamque fero sonit ore Typhoëus. Dß

So krachet, sagen sie, und bebt das ganze Land,

Und aus dem Rachen wirft er Steine, Pech und Brand.

Nun diese Freyheit ist Poeten ja zu geben,

Als Schülern der Natur, bey denen Steine leben,

Und Götter sterblich sind: ich habe mir erkiest

Sonst hier nichts anzuziehn, als was unleugbar ist.

Wir sind, diejenigen anitzt zu wiederlegen,

Mit vielem nicht gemeint, so vor zu geben pflegen,

Dieß

Wir sind diejenigen) Welche hierinnen der alten Babylonier, Assyrier und Chaldeer Meynung folgen: mit denen aber Aristoteles und andere nicht stimmen. Wie auch nicht mit denen, die, wie Psellus und Porphyrius, dafür halten, es rühre das Erdbeben und dergleichen von Geistern her, welche dergleichen Blitzen und Krachen unter uns erregen. Pythagoras aber, damit er zu verstehen gebe, daß die Ursache hierinnen nicht leicht zu ergründen sey; oder damit er scherzweise der Leute Nachforschung ein Genügen thäte, soll gesagt haben, das Erdbeben (dessen Art dann diese Aufwerffung des Berges auch ist,) sey eine Zusammenkunft der Todten, die, wann sie etwan unter einander in harten Zank und Zwiespalt geriethen, dergleichen Tumult und Getümmel erregten. Op.

J 5

Dies rühre mehrentheis nur von den Sternen her;

Und sonderlich vom Mars, Saturn und Jupiter,

Den Vätern solcher Macht; als wie sie dann auch lehren,

Daß alles, was sich hier kann regen und empören,

An Ursach und Beginn aus ihrem Himmel sey;

Doch kömmt was anders noch der Wahrheit näher bey.

Das Erdreich, alsoweit sein großer Umschweif reichet,

Ist löcherich und hohl, weil es ihm selbst nicht gleichet,

Und wegen vieler Art, in welcher es besteht,

Sich von einander trennt, und nie zusammen geht;

Auch gleichfals, weil es stets entweder was gebiehret

Und zeuget, oder was von seinem Wesen führet,

Und vorige Gestalt zu etwas anders macht;

Und dann, wie ihrer viel ihm weißlich nachgedacht,

Dieweil es selber lebt, indem ihm pflegt zu geben

Die Seele dieser Welt ein Theil von ihrem Leben,

Ist in und ausser ihm, durchdringt es um und an,

                                        Daß

Daß dieses große Thier den Athem schöpfen kann,

Und Blut und Adern regt. Nun weiß man, daß die Erde,

An keinem Orte sonst mehr hohl gefunden werde;

Als wo des Meeres Strand nicht ferren von ihr pflegt

Zu stehen, oder auch an ihre Gründe schlägt

Mit rauschender Gewalt: so werd auch stets gespüret,

Wie Thetys alles dies, was ihre Kraft berühret,

Verzehret und durchfrißt, besonders aber ihr

Daselbst macht Plaz und Raum und einreißt für und für,

Wo schwacher Boden ist. Wohin sie nun sich dringet,

Und welches Erden Glied sie durch ihr Salz bezwinget,

Da

· Daß dieses große Thier) Der Erdboden, dafür er von etlichen Philosophen ist gehalten worden. Ovidius im 15. Buche der Verwandelungen:

> Nam sive est animal tellus, & vivit, habetque
> Spiramenta. Op.

Heutiges Tages wird es wohl keinem Philosophen mehr einfallen, die Erde für ein großes Thier zu halten. Z.

Die Tethys) Die See. Von den Poeten wird vorgegeben, Tethys sey des Oceans Gemahlinn. Op.

Da führt sie auch mit sich zugleich hinein den Wind:

Wann alle Winkel nun ganz angefüllet sind,

Und eine Luft nicht weiß der andern nachzugeben:

So brauchet sie Gewalt, fängt an empor zu streben,

Und weil das Wasser ihr den Gang verstopfet hat,

Durch den sie kommen ist, als sucht sie andern Rath,

Reißt um und über sich, daß alles Land erzittert,

So weit die Winde gehn, daß Thal und Hügel splittert

Und giebt der Stärke nach. Es ist nichts auf der Welt

Das fast des Windes Macht die rechte Wage hält,

Weil auch die höchste Kraft ohn ihn sich nicht beweget:

Der Wind macht einig nur, daß sich das Feuer reget,

Ohn

Da führt sie auch mit sich) Hiervon redet Servius gar wohl,
zum 3. Buche Æncidos, bey dem Verse:

　　Sed horrificis juxta Ætna ruinis.

Ohn die Philosophen, ist auch eben in der Meynung Justia-
nus, oder vielmehr Trogus im 4. Buche.　Op.

Wann alle Winkel nun) Siehe sonderlich allhier und fol-
gends Senecam im 6. Buche seiner natürlichen Fragen. Auch
Aristotelem, lib. 2. Meteorologicorum, cap. 8.　Op.

Ohn ihn entschläft die See, und Nereus lieget todt;

Da bläßt das Segel auf, da kömmt ein Schiff in Noth;

Wann ihn der Eolus aus seiner weiten Hölen

Hervor läßt, daß er kann das ganze Meer beseelen,

Und durch das blaue Salz mit freyem Zügel gehn.

Die Oerter zeigen auch, so nächst dem Wasser stehn,

Dies rühre her, wann Wind und Flut bringt in die Erden,

Dieweil sie mehr als sonst ein Land, erschüttert werden,

Das weit liegt von der See; so soll auch Paphos seyn,

Und so Nicopolis mehr als einmal allein

Verkehret; Cypern ward durch gleiche Macht geregt,

Und Tyrus und Sidon der Städte Zier beweget,

Von

und Nereus) Dieser wird auch für das Meer bey den Heyden
   genommen. Op.

Wann ihn der Eolus) Seine Höle und Auslassung der
   Winde, derer König er genennnet wird, siehe beym Poeten,
   lib. 1. Æneid. Op.

Und so Nicopolis) Wie Seneca gedenkt. Paphos aber ist
   eine Stadt in Cypern gewesen. Nicopolis in Epiro. Op.

Von ihren Gründen aus. Der Mensch, das edle Thier,

Wohnt fast gesund und frisch in seinem Leibe hier,

So lange Luft und Blut behalten ihre Gänge:

Wo aber diese schon durch Krankheit in die Enge

Getrieben worden sind; geht Angst und Keichen an:

So auch wann hier die Flut und Wind nicht kommen kann,

Wo ihnen die Natur zu gehen hat gegeben,

Alsdann beginnen sie mit Macht sich zu erheben,

Und reissen grimmig aus. Dies ist der Unterscheid,

Daß in dem Leibe sich das Zittern weit und breit

Und von der Scheitel an bis an den Fuß erstrecket;

Das Beben aber wird hier weiter nicht erwecket,

Als wo der Raum nur ist, in dem die Luft sich regt.

So da als Chalcis schier zu Grunde ward gelegt,

Stund Thebens Boden doch, und sie blieb unberühret:

Als Egium erbebt, hat Patras nicht gespüret

Die

Chalcis schier zu Grunde ward gelegt,) Eine fürnehme
Stadt in der Insul Eubœa. Op.
hat Patras) In Achaja. Siehe Ptolem. in der 10. Tafel
Europens. Op.

Die nahe Nachbarinn.   Es fielen Helice

Und Buris sämtlich ein, nächst der Corinthersee,

Doch ward Achaja sonst im übrigen verschonet.

Daß aber hier anitzt die weit davon gewöhnet

Das Beben auch gehört, und so viel Städt' und Land

Erschüttert worden sind: so ist genug bekannt,

Bey denen die itzt sind und welche vormals waren:

Der ganze Boden hier sey um und um durchfahren

Mit Löchern, da der Wind sich dringet aus und ein,

Darinnen Schwefel auch gebürtig pflegt zu seyn,

Der Glut und Feuer hält.   Daß kann uns Baja weisen,

Und wo die Seelen hin zur Höllen sollen reisen,

Der schwarze Teich Avern, ingleichem Puteol,

Von dessen Wasser sich viel Krankheit mindern soll,

Und

so ist genug bekannt,) Sonderlich reden hievon Strabo und
Vitruvius im 6. Cap. des 6. Buches.   Op.

uns Baja weisen,) Davon oben.

Der schwarze Teich Avern,) Warum er also heisse, zeiget
Lucretius im 6. Buch an.   Op.

Und wo sich Cicero hat pflegen zu verweilen,

Das Quell, so Blödigkeit der Augen weiß zu heilen;

Und der Vulkanus Markt, der eine solche Glut

In seinen Gründen hat, daß auch die wilde Flut

Mit kochender Gewalt hoch von der Erden springet,

Und einen schwarzen Rauch aus seinem Harze schwinget.

Der Leucogeerstrom zeigt dies nicht minder an,

Der eine gute Lust zum Essen machen kann,

Und

Und wo sich Cicero) Cicerons Vorwerk, dessen hier erwehnet wird, (dann sein Cumanum an dem Lucriner ee ist ein anders gewesen) welches er erstlich sein Puteolan, nachmals seine Akademie genennet hat, ist zwischen dem Berg Gauro und der Stadt Puteol gestanden. Op.

Und der Vulkanus Markt,) Dessen schon erwehnet. Op.

Der Leucogeerstrom) Hiervon Plin. lib. 18 cap 11. Invenitur hæc inter Puteolos & Neapolim, in colle Leucogæo appellato. In eodem reperitur & sulfur: emicantque fontes Oraxi oculum claritati, & vulnerum medicinæ dentiumque firmitati: An welchem Orte sich die Gelehrten nicht kümmern durfen, was doch fontes Oraxi oder Araxi (wie in andern Exemplaren gelesen wird) für Brunen seyn müssen, weil ihrer sonderlich anderwarts nirgend erwehnet wird: dann die in Worten ausser Zweiffel mit einigen Buchstaben also zu heßen ist: emicantque & fontes, orexi, oculorum claritati, & vulnerum medicinæ dentiumque firmitati. Wie aber das griechische Wort ὄρεξις an statt des Lateinischen appetitus oder Appetitio eben so wohl von den Lateinern gebraucht wird, als unter andern vom Juvenale:

— rabidam facturus orexim.

Also

Und ist ein Wunderarzt. Wie soll ich auch verschweigen

Der Charoneergruft, aus welcher Dünste steigen

Von denen Thier und Mensch in kurzer Zeit erstickt?

Wann jemand aber auch sein Antlitz weiter schickt,

Steht nicht Enaria auf Flammen ganz gebauet,

Und mitten in der See? wird da nicht auch geschauet

Epopeus Feuers voll, als wie Vesevus hier?

Komm in Sicilien, da raget Aetna für,

Der oftmals auch das Land mit Aschen überschneyet,

Mit Steinen um sich wirft, gepichte Flammen speyet,

Dem Donner ähnlich wird, und läßt die Feuersee

Aus seinen Adern loß. Die Insul Lipare

Mit

Also bezeugen diejenigen, so von den Wässern und warmen Brunnen dieser Orten geschrieben haben, daß ihrer viel unter andern zur Erweckung der Lust zum Essen dienlich sind. Op.

Der Charoneergruft) Davon Plinius im 39. Cap. seines 2. Buchs der Naturhistorien. Op.

Steht nicht Enaria) Eine Insel, Campanien und dem Misenischen Gebirge gegen über gelegen. Op.

Epopeus) Der Berg mitten in itzgedachter Insel. Op.

Mit noch sechs Schwestern ist nicht weit darvon gelegen,

Die auch sich allesamt mit gleicher Hitze regen,

Und machen ihrer Glut zum öftern eine Bahn

Auch durch die Wellen selbst. Ist dann nun um und an

So vieler Felder Grund mit Schwefel angedünget,

Wie kann es anders seyn, als daß er etwas bringet,

Was die Natur ihn heißt? wo nun die Luft sich regt,

Und sucht die Hölen aus, und Stein zu Steine schlägt,

Darbey des Schwefels Kraft und Zunder sich befinden:

So geht das Feuer an, wie etwan von den Winden,

Wann

Mit noch sechs Schwestern) An der Mitternächtischen Seite Siciliens. Diese sieben Inseln werden die Eolischen oder
Bolcanischen, oder von der größesten aus ihnen die Lippa-
renserinseln genennet. Ihrer erwehnen Aristoteles, Marcia-
nus von Heraclea, Solinus, des Apollonii Ausleger, und
andere. Op.

Wie etwan von den Winden,) Der Autor Etnæ.

> Haut aliter, quam cum prono jacuere sub Austro,
> Aut Aquilone fremunt silvæ, dant brachia nodo
> Implicitæ, hæc serpunt junctis incendia ramis.

Besser aber Lucretius im 1. Buche.

> At sæpe in magnis sit montibus, inquit, ut altis
> Arboribus vicina cacumina summa terantur
> Inter se, validis facere id cogentibus Austris,
> Donec fulserunt flammæ fulgore coorto, Op.

Wann ihn ergrimmter Sturm den Wald zusammen treibt,

Ein Baum so oft und viel des andern Aeste reibt,

Daß durch Erhitzung sich die lichte Loh empöret,

Von der nicht eher wird zu wüten aufgehöret,

Bis mit der Büsche Zier den Stämmen auch das Kleid

Der Erden Laub und Gras durchaus ist abgemeyt.

Wird nun ein grüner Wald hier oben angestecket,

Was soll der Wind nicht thun, da wo er liegt verdecket,

Und seine Bande fühlt? dann daß der Erden Kluft,

Und nicht ihr Rücken nur, ein Kerker sey der Luft,

Ist leichtlich darzu thun. Dies was ich von mir treibe,

Des Athems warmer Geist, wohnt inner mir im Leibe,

Nicht in der äussern Haut. Mann sieht es auch daran,

Daß diese Kraft die See empor bewegen kann

Aus ihrer Tiefe her, kann Städte ganz verschlingen,

Kann Völker ihren Sitz zu hinterlassen zwingen,

Kann

dies was ich von mir treibe) Dessen Gleichniß bedienet sich Seneca, Natural. Quæst lib. 6. cap. 24 Op. kann Städte ganz verschlingen,) Siehe Senecam oben in diesem Buche cap. 29. Wie aber ein Ort von dem andern

K 2

durch

Kann heissen Länder seyn, wo sonst die Wellen gehn,

Und da die See hin thun, wo itzund Länder stehn.

Nun wie der Berg entbrennt, und wann die Glut sich wittert,

Das ganze Land umher mit solchen Beben zittert,

Ist mehrentheils erklärt; itzt zweifelt man daran,

Wie eine Flamme doch so lange währen kann,

Die

durch Erdbeben getrennet, wie die Flüsse vertrocknet, wie
neue Inseln hervor gebracht, Berge aufgeworfen, steinerne
Bildnisse von unten bis oben aus mitten entzwey geschnitten,
ganze Städte eingerissen, Felder fortgerücket, allerhand Leute zur Unsinnigkeit, Weibsbilder zu unzeitiger Geburt gebracht sind worden, und was dergleichen mehr ist, findet
man bey den Scribenten. Op.

so lange währen kann,) So lange, daß auch die alten Väter und Lehrer der Kirchen eine Vergleichung zwischen diesen
brennenden Bergen und den Höllischen Feuer anzustellen
pflegen.   Tertullianus in der Verantwortungsschrift gegen die Heyden: Adeo manent montes semper arden-
tes; & qui de cœlo tangitur salvus est, ut nullo jam
igni decinerescat.   Et hoc erit testimonium ignis æter-
ni hoc exemplum jugis judicii, pœnam nutrienus.
Montes uruntur & durant, quid nocentes & Dei
Hostes?
        Orientius im Commonitorio:
    Ignibus æternis immensos respice colles
        Iugiter amburi, non tamen imminui;
    Et gelidos fontes, & cætera flumina cerne
        Fundere semper aquas, semper habere tamen:
    Sic miseros vindex semper populabitur ignis,
        Ut semper servet pabula læta sibi.
Wo vielleicht pabula lenta soll geschrieben werden: dann
    dies Buch sehr falsch ist.
Und Pacianus in seiner Vermahnung zur Buße: Vim ejus
    (gehennæ) & de præsentibus æstimate; cujus fuma-
riola

Die dennoch irdisch ist, und eher sich nicht scheidet

Von dem, worauf sie fällt, bis alles abgeweidet

Und aufgerieben ist? nun steh' ich gerne zu,

Es schliefe längest schon die Glut in stiller Ruh,

Wann daß sie selber nicht, auch mitten im Verzehren,

Geartet wäre stets, was anders zu gebähren,

Darvon sie leben kann, indem die Feuchtigkeit

Und Luft ihr Nahrung giebt, und machet allezeit

Dem Feuer was zu thun: dann aus dem Koth und Erden,

Die bey der Hitze schwitzt, pflegt ein Alaun zu werden,

Und Schwefel, und das Harz, das Schwefel gleichet schier,

Braun, dicht, heißer Art; dies ist der Zunder hier,

Der

riola quædam, maximos montes subterranei, ignibus decoquunt. Æstuant indefessis flammarum globis Ætna, & Lisaniculus, & Vesuvius Campanus; & quo nobis judicii perpetuitatem probent, dissiliunt, devorantur, nec ullis tamen seculis finiuntur. Wo, oder was Lisaniculus für ein Berg sey, weiß niemand. Ich zweifele nicht, daß man lesen solle: Æstuant indefessis flammarum globis Ætna Siculis, & Vesuvius Campanus. Im übrigen, daß gleichwohl dieser Berg von oben her abnehme, will ich nicht streiten; Dann eben dies bestätiget Ælianus vom Berge Ætna lib. 8. Variarum. cap. 11. Op.

Der auch im Waſſer brennt, und ſich vom Waſſer nähret;

Darum auch die Gewalt der Glut nicht länger währet,

Als dieſe Feiſtigkeit, die oftmals wie ein Fluß

Sich aus der tiefen Kluft mit Brauſen heben muß,

Und pichen Wald und Feld. Dieweil der Berg nun brennet,

Und ſeine Gegend ſtets vom Waſſer wird berennet,

So daß, wann Harz, Alaun und Schwefel ſind verthan,

Ihr Saamen wiederum ſich doch erholen kann,

Und ſatte Nahrung hat: wie ſoll die Glut verſchwinden,

Und nicht von Zeit zu Zeit ſich auf das neue finden:

Wo ſonderlich der Wind in dieſes Mittel kömmt,

Von dem das Feuer gleich als ſeine Seele nimmt

Und machet, daß eh ſich die Flamme kann erheben,

Die Gründe zuvorher viel Seufzer von ſich geben,

Und

die oftmals wie ein Fluß) Caſſiodorus in oben erwehnten
Schreiben des Königs Theodorici; vom Veſuvio: Vide-
as illic quaſi quosdam fluvios ire pulvereos, & arenam
ſterilem impetu fervente velut liquida fluenta decur-
rere. Wie aber dies Feuer zu fließen pflege, erzehlt
Strabo, und Procopius im 4. Buche der Gothiſchen Ge-
ſchichte ausführlich. Op.
pichen Wald und Feld) Mit Pech überziehn. Z.

Und schüttern ihre Brust; wie auch zu Sturmes Zeit

Ein taubes Murmeln sich erreget weit und breit,

Und heißt der Schiffervolk die stolzen Segel streichen,

Der reissenden Gewalt so besser auszuweichen,

Wann die erzürnte See das schwache Haus erwischt,

Und ihrer Wellen Grimm mit Luft und Wolken mischt.

Es scheint uns aber hier im Wege noch zu stehen,

Weil Bims= und Eisenstein stets von dem Berge gehen,

In solcher Menge zwar, mit Krachen und Geschrey:

Ob dies auch nur Alaun, nur Harz und Schwefel sey?

Nein; sondern wann die Glut, erzeuget von den Winden,

Von Feuers Art genährt, sich selber auf muß zünden,

So greift sie nicht allein die schwachen Glieder an,

Sie reißt die Adern auf, durchdringet, wie sie kann,

Der

Ein taubes Murmeln) Dieses ungewisse Rauschen, welches vor dem Ungewitter pfleget vorher zu gehen, nennen die Grichen κωλοκυμα, das ist, einen tauben Fluß, oder taube Wellen. Darvon Aristophanes und sein Scholiastes, item Suidas im Worte κωλοκυμα, Op.

K 4.

Der tiefen Hölen Bau, erhebt sich aus dem Grunde,

Und treibet über sich mit aufgesperrten Schlunde

Geschmelzte Felsen aus, daß Luft und Erde brüllt,

Und alle Gegend fast mit Klüften angefüllt

Und öde werden muß.   Daß ferner auch die Steine,

Die Klüfte, dieser Kieß, des Berges Mark und Beine,

Noch nicht verzehret sind nach solcher langen Zeit,

Da doch so oft und viel das Feld damit beschneyt

Ganz häufig worden ist: kömmt von Natur der Erden,

Die niemals also sehr nicht kann erschöpfet werden,

Daß sie nicht wieder sich aufs neue selbst gebiehrt,

Und ihres gleichen stets an ihre Stelle führt.

Noch wundert sich das Volk, und weil es bey den Sachen

Von ihrer Eigenschaft nicht Rechnung weiß zu machen,

                       Gebraucht

---

aufgesperrten Schlunde) Der Autor Ætnæ saget, oris hiatu, welches die Griechen τον κρατηρα heißen. Dy.

daß Luft und Erde brüllt, Virgilius:

   — curvisque immugit Ætna cavernis. Dy.

Gebraucht die Augen mehr, als Sinnen und Verstand,

So meint es, was ihm nicht steht täglich vor der Hand,

Sey über die Natur; da ihre Kunst und Stärke

Sich dennoch sehen läßt durch so viel tausend Werke,

Die bey und über uns sich zeigen um und an.

Wer sicher und mit Ruh des Herzens sehen kann,

Wie Phöbus Tag für Tag pflegt mit den lichten Stralen

Der Allmacht weises Buch, den Erdenkreis, zu mahlen;

Wie Cynthia nach ihm, wann Hesperus der Welt

Den schwarzen Mantel giebt, der Wolken blaues Feld,

Gehörnet überscheint; wie Perseus flüchtig stehet,

Caßiopea sitzt, Bootes langsam gehet;

Wie

Der Allmacht weises Buch) Der heil. Basilius sagt: Diese ganze Welt ist wie ein vollgeschriebenes Buch, welches uns die Ehre GOttes ankündiget, und die verborgene und unsichtbare Majestät GOttes durch sich selber vorträgt. Von der Umwechselung aber und Verkehrung der Natur und unvergänglichen Dinge siehe Tertullianum de pallio, im 2. und 3. Cap. der gemeinen Austheilung nach.

Wie ordentlich der Lenz erquicket Land und See,

Wie bey der Winterzeit des Wassers Staub, der Schnee,

Den Aeckern Ruh verleiht; wie dies was itzt uns träget,

Und nach dem Tode deckt, Getreid' und Kräuter heget,

Die Thier und Vogel nährt; ja wie das große Haus,

Die schöne Kreatur, die Welt von unten aus

Bis oben hin, an Zier und Ordnung sey vollkommen:

Wer, sag' ich, solches nicht vor Wunder aufgenommen;

Kann ihn Vesuvius wohl etwas fremdes seyn?

Und will ja dieses ihm nicht ohn Bestürzung ein,

Was sagt er, daß ein Fluß verschluckt wird von der Erden;

Und anderwerts hernach muß ausgespeiet werden,

Wie

---

des Wassers Staub, der Schnee,) Also nennet ihn Sym-
bosius im 12. Räzel. Op.

Die schöne Kreatur) Der weise Jude Philo vom Geschöpfe
der Welt: ηκοσμος ηταλλιοτατος ἐςι τῶν γεγονότων.
Die Welt ist die vollkommeste von allen Kreaturen. Op.

Was sagt er daß ein Fluß) Der Autor ist hier in etwas dem
Ovidio 15. Methamorph. nachgegangen.

Wie Erasinus zwar und etwan Lycus sind?

Was dünkt ihn, daß ein Quell bald reich an Wasser rinnt,

Bald dürr und trucken ist? daß ferner, wie sie sprechen,

Das Harr dem Golde gleicht von Crathis klaren Bächen?

Das einer taumeln muß, so trinkt den Fluß Lynceß?

Und daß ein anderer den Wein durchaus verläßt,

Der seinen Durst einmal aus dem Clitor gestillet?

Daß feister Ochsen Aas das Feld mit Bienen füllet?

Daß todtes Pferdefleisch den schwarzen Käfer heckt,

Ein Krebs den Scorpion, der Koth den Frosch erweckt,

Der Phönix sich verbrennt, und wieder selbst gebiehret;

Und der Corallenstein, der manche Venus zieret,

Eh er die Luft erreicht, ein Kraut im Wasser war?

Dies alles ist Natur; wir aber sind so gar

Geblen-

Das feister Ochsen Aas) Man muß es den Poeten vergeben, daß er nach den Einsichten und Kenntnissen der damaligen Zeit spricht. Heütiges Tages, da die Experimentalphysik uns die Augen eröfnet hat, wird sich niemand mehr weis machen lassen, daß ein bloßes Aas, ohne Eyer, die von Insekten darin gelegt worden, etwas hervorbringen könne. Die Fabel vom Phönix darf nicht widerlegt werden, und von den Corallen ist es auch bekannt, daß sie Insektenwohnungen sind. B.

Geblendet und verstockt, daß wir in allen Werken

Des weisen Schöpfers Macht und Ordnung nimmer merken,

Als wann was neues sich, wie schlecht es auch mag seyn,

Vor unsern Augen zeigt.   Wie herrlich ist der Schein

Der edlen Sonnen doch! noch wirft man das Gesichte

Gar selten zu ihr auf? wann aber ihrem Lichte

Ein trübes Finsternis wird in den Weg gesetzt,

Da läuft der Pöbel zu, da wird es hoch geschätzt,

Und furchtsam angesehn.   Wir armen Leute pflegen

Mehr etwa, welches fremd' als groß ist, zu erwegen,

Und da was untergeht, so zittern wir dabey,

Als ob nicht alles hier bey gleichem Rechte sey,

Was unterm Himmel ist.   Doch mag man wohl bekennen,

Es sey nichts schrecklichers, als dieses Berges Brennen,

Das Schüttern weit und breit und heisser Schwefel Fluß,

Darum man billig auch die Herzen trösten muß,

                                                    Und

wann aber ihrem Lichte) Dieses ist aus dem Seneca genommen. Siehe dessen Quæst. Nat. lib. VII. cap. I. Op.

Und stärker fast wie sonst. Dann wie soll ich frey gehen,

Da auch die Erde selbst ihr Eigenschaft, das Stehen

Izt nicht behalten kann? kracht irgend wo ein Haus,

Dem nicht zu trauen ist, da springet man heraus,

Läßt Küch und Keller stehn; wo willt du Zuflucht finden,

Wann dieser große Bau, darauf wir Städte gründen,

Der alles schützt und hält, sich selbst empören will?

Was ist für Trost und Rath, wo bey der Flucht kein Ziel,

Wohin zu fliehen ist? will mich ein Feind verletzen,

So hab ich meine Faust, kann Schantzen vor mich setzen;

Vor Donner schützen mich die tiefen Höhlen fast;

Kömmt eine Windes Braut, so geht der Erden Gast

Der Schiffmann havenein: wann Feuer sich erregen,

So trägt man dennoch aus: des Feldes Trost, der Regen

Dringt durch die Dächer nicht: zu Pestzeit heist es, lauf!

Dies Uebel greiffet weit, und bricht von unten auf

Mit

Eigenschaft das Stehen) Seneca im 6. Buche der Natur-
fragen, im 1. Cap. si, quod proprium habet terra, perdidit, stare: ubi tandem residunt metus nostri. Op.

Mit bebender Gewalt, wirft Länder über hauffen,

Läßt sicher weder Vieh noch Leute vor ihm lauffen;

Verschluckt denjenigen zum öftern der noch lebt,

Jedoch was ist es mehr, ob mich ein Mensch begräbt.

Er, oder die Natur? ob ich in wenig Erde

Geleget, oder ja in viel verschorren werde?

Meinst du, Campanien sey nur ein Ort der Noth?

So weit du sehen kannst, mein Freund, da wohnt der Tod,

Auch hier ist dein Vesuv: der Leib, der Seele Wagen,

Der Kerker, den der Mensch muß an dem Halse tragen,

Der Mensch des Glückes Ball, die Fantasey der Zeit,

Darf nicht erwarten erst bis Aetna Feuer speyt,

Bis Blitz und Donner kömmt, bis Stadt und Land versinken.

Was scheuen wir die See, ein Tropfen, wann wir trinken;

Der

verschorren) verscharret, 8.

der Seelen Wagen,) Also nennet auch Cyprianus von der
Auferstehung Christi, carnem vehiculum animæ. Op.

des Glückes Ball,) Aristoteles beym Stobæo. Op.

die Fantasey der Zeit,) Phantasma temporis. Epictetus in
seinem Gespräche mit dem Kayser Hadrian. Op.

Der nicht die Kehle trift, kann unser Henker seyn.

Was soll die Erde thun? wir kommen doch hinein,

Wiewol wir auf ihr sind.   Was darf mich dies bewegen,

Ob ich sie, oder sie sich selbst mir auf wird legen?

Wie wohl doch stehet der: so alles was ihm kömmt

Vom Höchsten, der es schickt, beständig auf sich nimmt,

Und stellt ihm, wann er sieht das Volk sein Herz aussaugen,

Mit glüklicher Vernunft die Ursach unter Augen,

So in den Dingen steckt, die weltgemäße sind,

Erkennt, das alles hier vergehet und beginnt,

Beginnet und vergeht; ja daß auch GOtt Cometen,

Gewässer, Donner, Bliz und Beben als Propheten

Und Bothen zu uns schickt, durch die er oft und viel

Verkündigt, wie sein Zorn an uns sich rächen will!

Die

---

als Propheten) Dergleichen Prophezeyung wegen Entzündung
des Berges Vesuvii ist auch in den Sibyllischen Orakeln,
oder in Autoren derselben, im 4. Buche, Op.

Verkündigt, wie sein Zorn) Dies haben auch die Heyden erkannt; und ist zu sehen schöner Ort Virsroü im 2. Buche
Homeri vom Trojanischen Kriege.   Op.

Die Träumeweisen auch bekennen, daß den Leuten

Ein Erdebeben fast nichts anders an will deuten,

Als allgemeinen Fall, als neues Regiment,

Als grimme Kriegesnoth, die frembes Heer entbrennt,

Als Schrecken und Gefahr. Wann Gottes Wort will sprechen,

Daß GOtt erzürnet sey: so macht es aus den Bächen

Ein Pech, daß diesem gleicht, verkündigt, daß das Land

In wüstes Schwefelfeld soll werden umgewandt,

Und ganz im Feuer stehn. So hat man wahrgenommen,

Daß niemals diese Glut umsonst herauf ist kommen,

Sie führet dürre Zeit, und Pest und Schlacht mit ihr.

Ich suche den Beweiß der Bücher nicht herfür,

Was vormals sey geschehn; itzt aber, wer mag fragen

Was diese neue Glut des Berges uns will sagen?

Der

Die Träumeweisen auch) Artemidorus im 26. Cap. des 2. Buchs; Achmet im 154. Cap. Op.

Wann Gottes Wort will sprechen?) Hiervon erwehnt der Jude Elcha, in seinem Büchlein vom Ende der Welt. Op.

Der Ausgang ist schon da. Das bürgerliche Schwerdt

Hat Deutschland durch und durch nunmehr fast aufgezehrt.

Man hat den schönen Rhein gelehrt gefangen fliessen,

Die strenge Donau selbst in neues Joch gerissen,

Die Elbe roth gefärbt; (wer ist der nicht bereut

Die arme Stadt dabey!) dem Ocean gedräut,

Der alten Freyheit Band und Ketten angeleget,

Der Freyheit, welche sich ein wenig kaum noch reget,

Und doch um Hülffe ruft. Ost, West und Mitternacht

Hat vor und wider uns die Waffen aufgebracht,

Und uns und ihm gekriegt. Die Götter sind gezogen

Auf ihre Wolken zu, Gerechtigkeit verflogen,

Die

Der Ausgang ist schon da.) Der Poet hat sich hier nach den Vorurtheilen seiner Zeit gerichtet, wo man Erdbeben, Erscheinungen von Cometen, und andere dergleichen seltene Naturbegebenheiten gar zu gern für Ankündigungen göttlicher Strafgerichte ausgeben wollte. Sonst ist es seltsam genug, daß der Brand des Vesuvius in Italien den bürgerlichen Krieg in Deutschland vorher verkündigen sollen. Der Poet beschreibt den Krieg, der Deutschland dazumal verheerte, mit sehr lebhaften Farben. B.

Die arme Stadt dabey) Ohnfehlbar Magdeburg, welches Tilli mit solcher unerhörten und würklich mehr als barbarischen Grausamkeit zerstörte. B.

Die graue Treu verreckt, die Eintracht in der Flucht.

Der Friede sonderlich hat ihm ein Ort gesucht,

Das niemand finden kann. Wo ist die Zeit geblieben,

Die alte güldne Zeit, da keiner ward vertrieben,

Da keiner nicht gewust vom Worte Mein und Dein,

Da alles sicher stund? itzt schanzen wir uns ein,

Ziehn Wall und Mauren vor, und wann wir diese haben,

So werden wir mit List von andern untergraben,

Und unten auf bekriegt. Der große Jupiter

Schickt solche Schläge nicht im Wetter zu uns her,

Vesevus wütet nicht mit solchem wilden Knallen,

Wenn seine Feuerbach beginnet aufzuwallen,

Wirft seine Klüften nie mit solchem Donner aus,

Als wir, wir wildes Volk, des hohen Himmels Haus

Durch Schlangen von Metall und Menschenblitz erschellen,

Und schrecken Land und See. Alecto aus der Höllen

Hat, glaub' ich, selber erst geblasen in die Glut,

Da als der böse Mensch das Erz in heiße Flut

    verreckt) Heutiges Tages ein sehr unedles Wort. B.

Gezwungen, und den Zeug des Todes hat gegossen,

Wodurch ein edler Sinn muß sterben ungenossen,

Muß sterben, eh' er kann beweisen mit der Hand,

Wie strenge daß er sey für GOtt und für das Land.

Zur Zeit, als Mann und Mann sind aneinander kommen,

Und bloß die Tugend nur das Vortheil hat genommen,

Da hat auch Herz und Muth den Kranz des Sieges kriegt;

Itzt setzt ein kahler Troß, der in dem Vortheil liegt,

Den besten Helden ab; Achilles, der sonst schläget

Mit seinem Namen nur, wird vom Therfit erleget.

Wie daß ihr eine Kunst doch aus dem Sterben macht,

Ihr Leut, und sinnet nur auf Waffen Tag und Nacht,

Schließt Harnisch um den Leib, tragt Helm und Pickelhauben,

MachtStraße in die Welt durch Mord Brand Blut u. Rauben
Besäct

Zur Zeit als Mann und Mann) Wenn man ohne Vorurtheil von der Sache sprechen will, so wird man gestehn müssen, daß durch die Erfindung des Pulvers viel mehr Menschen im Kriege geschont werden, als da, wie Mann und Mann noch aneinander kam, und keine Schlacht geschah, wo nicht viel tausend Menschen von beyden Seiten auf dem Platze blieben, welches bey der neuern Art Krieg zu führen, was sehr seltenes ist. Z.

Y 2

Besäet sie mit Schand und Lastern um und an.

Verhindert, daß noch Recht, noch Satzung reden kann,

Erschöpft gemeines Gut, schont weder kleiner Wiegen,

Noch greiser Köpfe nicht, scharrt die begraben liegen

Aus ihrer Ruh hervor, und zeiget jederzeit,

Daß ihr zwar Christen heist, doch mehr als Türkisch seyd.

Wie wird ein freyer Sinn (wo irgend Fug kann werden

Die Wahrheit wiederum zu reden hie auf Erden)

Wie wird er Worte doch erfinden auf der Fahrt,

Die große Tyranney und die Cyclopenart

Mit einer klugen Hand recht an das Licht zu setzen?

Für was Geschlechte doch wird jene Welt uns schätzen,

Die nach uns leben soll: der Himmel schreyt uns zu,

Steckt Wunderzeichen aus, die Erde hat nicht Ruh,

Wirft Feuer um sich her, die Luft muß Pest gebähren;

Es drohet die Natur, an welches wir uns kehren,

So viel ein harter Felß, der aus dem Meere ragt

Mit scheußlicher Gestalt, nach Wind und Wellen fragt.

Ach!

Ach! Brüder, sollen wir das Schwerdt je ferner wetzen,

So laßt uns alles ja auf eine Spitze setzen,

Die nach der Freyheit strebt, die GOttes Sache führt,

Und eigen Nutzen fleucht. Wo euch Erbarmung rührt,

Mit Leuten, derer Haab und Gut euch offen stehet,

So denket, daß der Zweck des Krieges einig gehet

Auf Eintracht und Vertrag: Krieg ist des Friedens Knecht!

Wer auf was anders sieht, der hasset Ruh und Recht,

Und hat kein Glücke nicht. Bedenkt die schönen Städte,

Die Kirchen, hiebevor zwar Stellen der Gebete,

Itzt wüst, und Ställe fast: der werthen Bücher Schaar,

Die ihr (O Barbarey!) als eine schlechte Waar

Zu Staub und Pulver macht, und keines wieder schreibet;

Das Recht, das itzund schweigt und ungehöret bleibet,

Weil Mars die Trummel rührt; das Feld so öde liegt,

Und Pflug und Eisen darf, mit dem man itzund kriegt.

O Christe

,und keines wieder schreibet;) Dieser Zusatz ist außerordentlich naif. Z.

O Christe, GOtt und Mensch, der du herab bist kommen,

Und hast uns in den Bund der Einigkeit genommen,

Auf rüste deine Hand, reiß aus das grimme Schwerdt,

Dem Volke, das Gesetz' und Billigkeit verkehrt;

Laß seyn uns, wo wir sind; und wo wir nicht sind, ziehn;

Laß Land und Feld mit Frucht, mit Zucht die Herzen blühn;

Schick uns das Himmelskind, den theuren Frieden, her;

Erlöse dieses Land von Furchten und Beschwer;

Gieb, daß man überall die Freyheit höre melden;

Ja endlich auch, o HErr, schütt auf den frommen Helden,

Dem diese Schrift gehört, und auf sein ganzes Haus

Versicherung der Ruh, und allen Seegen aus.

Viel=

Bielgut.

Der Name Vielgüt, eines Luſtſchloſſes des Herzogs Heinrich Wenzels von Münſterberg in Schleſien, hat dem Poeten Gelegenheit gegeben, ein kleines philoſophiſches Lehrgedicht vom höchſten Gute zu ſchreiben. Er zeigt, daß weder Reichthum, noch hohe Würden, weder Schönheit, noch Wolluſt, und Nachruhm uns die wahre Glückſeeligkeit verleihen könne; er kömmt nachher ganz natürlich auf den angenehmen Landaufenthalt ſeines

Für:

Fürsten, den er uns mit sehr reizenden Farben schildert, und beweißt endlich zum Schluße
des Gedichts, worinn unser wahres Glück
bestehe.

Der Ausdruck in diesem Gedichte ist
durch und durch stark, lebhaft, der Materie
angemessen, und von einer gedrungenen und
gedankenvollen Kürze.

Wie sehr sind einige neuere Dichter,
wenn sie die Lustschlösser großer Herrn haben
besingen wollen, unter unserm Opiß geblieben!

Viel-

Vielgut.

Indeſſen daß mein Sinn der Welt gemeines Ziel

Vernichten, und ſein Lob auf etwas ſtellen will,

Das gut iſt und die Zeit des Lebens gut kann machen,

So komm, o höchſtes Gut, du Urſprung guter Sachen,

Des Böſen ärgſter Feind, erwecke mir Verſtand,

Verleihe kecken Muth, und ſchärfe meine Hand,

Zu dringen durch den Neid des Volkes von der Erden,

Das ſonſt mit ſeiner Schaar mein Meiſter möchte werden,

Und Wahrheit kaum verträgt. Du aber, wehrter Held,

O mehr als guter Fürſt, dem dieſe Luſt gefällt,

Der du das Gute liebſt, von dem ich hier will ſingen,

Beſchaue neben mir, wie nichts an vielen Dingen,

Am

---

wie nichts an vielen Dingen) Die Wortfügung in dieſer
Stelle iſt etwas verworren und dunkel. Der Sinn des
Poeten iſt anſtreitig folgender: Beſchaue mit mir, wie an
vielen Diengen nichts gutes iſt, und wie ſelbſt am Guten
manches gut heißt, und doch nicht gut iſt. Z.

Am Guten gutes sey, das gut heißt und nicht ist,

Und wenig diesem gleicht, was du dir hast erkiest.

Der Vater der Vernunft und Künst' und vieler Werke

Prometheus, hatte zwar aus seiner Weißheit Stärke

Dem Menschen, welchen er vor ohne Geist gemacht,

Des Feuers edlen Schein vom Himmel eingebracht

Durch nütze Dieberey in seines Leibes Höle,

Die erstlich dunkel war, daß also Witz und Seele

Des Körpers Wirthe sind; wann Epimetheus nicht

Ein Faß hätt' aufgethan, und an das Sonnenlicht

Viel Uebel, das uns kränkt mit Haufen ausgelassen.

Der Arme wollte sich zwar mit dem Deckel fassen,

Zu stopfen dies Geschirr: Doch leider gar zu spat,

Was einmal Luft bekömmt, das giebt auf keinen Rath,

Und

Prometheus) Die Fabel von Prometheus ist bekannt. Er
formte den Menschen aus Thon, und stahl, um den leb-
losen Klumpen zu beseelen, dem Jupiter das himmlische
Feuer. Jupiter rächte sich, indem er dem Epimetheus die
Pandora mit einer verschlossenen Büchse zusandte, in welcher alles Böse enthalten war, die auch Epimetheus zum Unglück des menschlichen Geschlechts eröfnete. 3.
Faß) ist hier nur soviel als Gefäß. 3.

Und kehrt nicht wiederum. Seit angeregter Zeiten

Sind Armuth, Ueppigkeit, Betrug, Gewalt und Streiten,

Und Krankheit, und der Tod geflogen um und an

Durch alles, was der Tag bey uns bescheinen kann.

Prometheus hat uns wohl ein klares Licht gegeben,

Ein Feuer aufgesteckt, dem Rechten nach zu streben,

Zu kennen, was uns dient; sein Bruder aber macht,

Daß schwarzer Nebel sich mit einer dicken Nacht

Um unser Herze legt, und läßt uns nicht entscheiden,

Wohin zu gehen sey. Was billig, das vermeiden,

Was falsch ist, suchen wir; worauf des Menschen Muth

Am meisten sieht und denkt, das heißt sein bestes Gut.

Ein Theil das pfleget sich zum Erze zu verdammen,

Und Höllenab zu gehn; da lesen sie zusammen

Das

Höllenab zu gehn) Der Poet setzt den Reichthum in die Hölle,
weil die Metalle tief aus der Erde gehohlt werden. Milton
thut es ebenfals in folgender schönen Stelle.

— man wundre sich nicht, daß Reichthum und Schätze
Tief im Abgrund entstehn; die Hölle schickt sich am besten
Für dies kostbare Gift. Verlohr. Par. Ges 2. B.

Das Gold, den reinen Koth, der bleichen Sorgen Kind,

Des Glückes Ausgespey, den Rauch, den theuren Wind

Der in die Tugend stürmt.   Sie scharren aus der Erden

Wodurch sie mehr und mehr dem Himmel fremde werden,

Darein kein Gold nicht kömmt.   Sie holen über Meer

Aus einer andern Welt der Laster Werkzeug her,

Versetzen ihren Hals den Wellen selbst zum Pfande,

Sind blutarm auf der See, um reich zu seyn zu Lande,

Das weit von dannen liegt. Wo ist dein Sinn und Rath?

Was baust du auf ein Haus, das keinen Boden hat,

O Mensch, du Glückesball, was baust du aus den Gründen,

Und suchest in der Bach, im Sande, deine Sünden?

Was laufst und rennest du, und schwitzest Tag und Nacht?

Was trägst du diese Last, die sorgenvolle Pracht

Durch Recht und Unrecht ein? daß Jason doch ist kommen

An Cokchos wilden Strand und hat das Fell genommen,
                                                    Nun

Darein kein Gold nicht kömmt) Der Dichter sieht unfehl-
bar auf den Ausspruch des Evangelii: Es ist schwer daß ein
Reicher in das Himmelreich komme   Z.
das Fell genommen) Das bekannte güldne Vlies. Z.

Nun weiß man um das Gold, und auch um Haß und Streit:

Da noch kein Gold nicht war, da war die güldne Zeit.

Die Götter haben selbst das was wir Gott itzt nennen,

Und erstlich Erde war, gar langsam lernen kennen.

Man sagt, daß Jupiter, zu zeigen seine Macht

Auf einen Feyertag den Blitz hervor gebracht,

Neptun den Dreyzankstab; Minerva trug die Eule,

Die Harfe Cynthius, Alcides seine Keule,

Die braune Ceres Korn, Pan Pfeiffen, Flora Gras,

Und Amor sein Geschoß; ein jeder wuste was

Mit dem er Meister ward: doch hatte schon vor allen

Der große Fürst Neptun dem Mittel wohlgefallen,

Wo nicht die Erde noch auf ihre Schoß gezeigt.

Wie wann des Tages Zier, die Sonne seewärts steigt,

Und ihre Stralen läßt mit einem schönen Blinken,

Daß Land und See sich freut, den süßen Schlaftrunk trinken:

So

die Sonne seewerts steigt) Dies Gleichniß ist ausserordentlich malerisch und anmuthig. Z.

So ließ sie gleichfals aus des Goldes falsche Pracht,

Dadurch der Himmel auch ihr dienstbar ward gemacht.

Alsbald nimmt Jupiter ihm Gold zu seinem Throne,

Zum Zepter, den er trägt; die Juno ihr zur Krone,

Mercur um seinen Stab, der vor nur hölzern war,

Und Pallas um den Schild: Der Gott der Kriegesschaar,

Mars, läßt ihm Helm und Schwerdt, der Titan seinen Wagen,

Saturn das Siegelheft mit Golde ganz beschlagen:

Ja der Gerechtigkeit, die nie geliebt den Schrin,

Muß ihre Wageschaal itzt selbst vergoldet seyn.

So ist das arge Gold ein Gott der Götter worden:

Der Himmel geitzet auch, und reizt mit seinem Orden

Den, der bey Gütern darbt, der seinen Feind bewacht,

Sich hasset, und liebt Geld, das blind ist, und blind macht,

Lahm kömmt, geflügelt weicht; der sein Gemüthe henket

An einen goldnen Strick, und nie vernünftig denket,

Daß dieses, was man kriegt und auch besitzt mit Pein,

Und übel leben lehrt, kein rechtes Gut kann seyn.

Was

Was soll ich aber dann von Ehr und Würden sagen,

Darauf ein stolzer Geist sein ganzes Wohlbehagen,

Und alle Sinnen setzt; ist dies das beste Gut,

Wann einer, dem sein Leib, sein eigen Fleisch und Blut

Zum Herren worden ist, des andern Leib und Leben

In seinen Händen hat, beherrschet nur was neben,

Und nicht was in ihm ist? dies Fell, dies Uberkleid

Kann unterthänig seyn: der Sinn bricht durch die Zeit

Und aller Fürsten Sinn, er läßt sich nicht regieren

Von einer fremden Hand, nicht bey der Nase führen,

Als wie ein armes Vieh, und was du für Gewalt

Hast über seine Haut, das hat auch dergestalt

Ein andrer über dich. Dies wird kein Gut nicht heissen,

Worauf ein böser Mensch sich pfleget zu befleissen,

Der alles Uebel thut, zu treffen auf sein Ziel,

Und wann es troffen ist, schafft was er kann, und will.

Es

Der Sinn bricht durch die Zeit) Die Gedanken, oder der unsterbliche Geist des Menschen läßt sich von keinem Mächtigen beherrschen. Z.

Es ist ein größer Lob, daß gute Leute fragen,

Warum nicht, als warum dir was wird aufgetragen.

Was kümmert Cato sich, daß etwa ein Vatin,

Ein Narr, hoch oben sitzt? ich bleibe wer ich bin,

Wann ich zu Fuße geh' und Struma prächtig fähret,

Der zwar soviel nicht kann, doch aber mehr verzehret

Dann einer, der nichts weiß, als nur verständig seyn.

Du Stock, die ganze Stadt, die kennet deinen Schein;

Kreuch in ein Löwenfell, so reden doch die Ohren;

Durch Hoheit wird der Stand des Herzen nicht verlohren:

Die Aehre beuget sich, worinnen Körner sind,

Die aufrecht steht, ist Spreu, und fleuget in den Wind,

    Zwar köstlich heist es wohl, ein Theil der Welt regieren,

Herr vieler Herren seyn, das Schwerdt und Zepter führen,

Besitzen Gut und Blut, doch ist hier minder Ruh

Als auf der wilden See; die grimmig ab und zu

                                Mit

Kreuch in ein Löwenfell) Eine Anspielung der bekannten Fabel vom Esel, der sich in eine Löwenhaut versteckte. Z.

Mit ihren Wellen jagt, und nie vermag zu stehen.

In einem großen Hof, wo tausend Leute gehen,

Zu suchen Gnad' und Recht, da schleichen auch hinein

Gefahr, Betrug und List: es führt der große Schein

Viel Schatten hinter sich. Die auf dem Throne sitzen

In voller Herrlichkeit, und also häufig schwitzen,

Was meinst du, daß es sey? Der Sommer thut es nicht,

Die Sonne kann nicht hin: was aus der Stirnen bricht,

Ist Arbeit und Beschwer. So viel hier Leute dienen,

Sind ihnen mehrentheils zu Dienste selbst erschienen;

Sie ehren nur die Macht des Fürsten, und nicht ihn,

Und wann sein Glücke fällt: so gehn sie auch dahin.

Ist ferner dies so gut, ein starkes Lob erlangen,

Bekannt seyn weit und breit, mit großem Titul prangen

Der kaum kann auf den Brief; der edlen Ahnen Zahl

Zerstümmelt und zerhackt um einen ganzen Saal

Mit

zu Dienste selbst erscheinen) Der Poet will sagen, alle diese
Leute, die hier dienen, sind blos sich selbst zu dienen, oder
ihres eigenen Vortheils wegen da. Z.
kaum kann auf den Brief) Der kaum Platz genug auf dem
Briefe hat. Z.　　M 2

Mit Wappen und Panier in ihrer Ordnung weisen?

Ich ehre deinen Stand: Doch soll ich dich auch preisen,

So lebe Ritterlich, und laß mich unverlacht,

Ob du gleich edel bist geboren, ich gemacht.

Wann schon ein gutes Pferd aus Barbarey nicht kommen,

Wann seine Schlacht schon nicht von Napels ist genommen,

Das sonst nur edel ist, und erstlich trifft das Ziel,

Es habe gleich sein Gras gefressen, wo es will:

So kriegt es doch den Preis. Die Bilder, die hier stehen,

Von welcher wegen du pflegst oben an zu gehen,

Die rufen auf dich her, und schauen, was du thust:

Folg' ihrer Tugend nach, hast du zum Lobe Lust.

Die Schönheit wird es seyn, die gut genennt kann werden,

Dann alles schön, ist gut: das schöne, was der Erden

Al-

ich gemacht.) Dieser Ausdruck ist stark, und zugleich sehr
    naif. Man wird sich erinnern, daß unser Dichter in den
    Adelstand erhoben worden. Z.
seine Schlacht) sein Geschlecht.   Die Neapolitanischen Pfer-
    de werden für sehr schön gehalten. Z.
erstlich trift das Ziel) welches am ersten das Ziel trift. Z.
hast du zum Lobe Lust.) wofern du nach Lob nach Ruhm be-
    gierig bist. Z.

Allhier nichts schuldig ist, was alles schöne macht,

Was Titans Haus besternt, was goldner Blumen Pracht

Auf Feld und Wiesen setzt, und Wald auf grüne Hügel,

Was Brunnen Quelle giebt, und Vögeln ihre Flügel,

Und alles uns verleiht was schönes an uns ist,

Dasselb' ist schön und gut. Wer dieses nicht erkiest,

Nicht gut vom ihm lernt seyn, der will mit etwas prangen,

Das ke ner Hoffart werth. Die rosenroten Wangen,

Der liljenweise Hals, die Augen, dieser Mund

Sind eine schöne Wand, ein Haus, das seinen Grund

Von innen haben muß. An Cedern, an Cypressen,

Am Lorbeerbaume zwar ist keine Zier vergessen,

Die Früchte desto mehr; ein wohl gemahltes Weib,

Das nichts zu zeigen weiß, als seinen zarten Leib,

Ist ein gemeiner Raub, dem Mann' ein theures Prangen,

Den Eltern eine Schmach, den Freunden ein Verlangen,

Der andern Frauen Neid, ein schöner Koth und Wust,

Ein Opfer und Altar der öffentlichen Lust,

Und

Und was du haben willst.   Gestalt pflegt auszutreten,

Und ist ihr Kupler selbst; die keiner hat gebeten,

Die bleibt am meisten keusch.   Es weiß die ganze Welt,

Daß reiner Wille sich mit Schönheit kaum gesellt,

Mit Schönheit, welcher Stahl und grimmes Feuer weichet,

Doch die nicht minder bald zerrinnet und verbleichet,

Wie eine Blume thut, die mit dem Tage steht,

Und wann der Abend kömmt, mit ihm auch untergeht.

Viel suchen großen Ruhm, und meynen zu bekleiben

Durch Lob, das nimmer stirbt, mit lesen und mit schreiben,

Und sehen dies doch nicht in ihren Büchern an,

Daß einer, welcher Lob und Ruhm verachten kann,

Sey über alles Lob.   Was willst du dich bemühen,

O Mensch, der Sterblichkeit des Menschen zu entfliehen,

Wann du die Menschen-fleugst, machst noch im Leben dir,

Aus deinem Hauß ein Grab, und dichtest für und für

Auf

Gestalt pflegt auszutreten) Schönheit pflegt anzuschwei=
. ken. S.

Auf Bücher, an den Mayn zur Messe fort zu senden,

Da kluge Thorheit wird von so viel tausend Händen

Durch Land und See geschleppt? bedenke, daß die Welt

Noch einen weitern Raum als Deutschland in sich hält,

Und Holland auch darzu.   Vermeynst du, daß dein Wesen

Madrit, Paris, und Rom, pflegt sonderlich zu lesen,

Da mehr Gehirne wächst?   Drückt an Quinsai Bach

Des Landes China Volk dir deine Träume nach?

Kennt Nilus deine Hand? sey sicher, dieses Schlachten,

Das keiner Völker schont, wird deiner Kunst nicht achten;

Die Weisheit nehm' ich aus, die Noth und Tod zerbricht;

Wer diese Kunst nicht kann, der kann gar keine nicht.

Noch hab' ich nie gesagt von Epicurus Söhnen,

Der rauhen Art, die Gott und Menschen pflegt zu höhnen,

Und

an den Mayn zur Messe) Die Frankfurther Messe war zu
Opitzens Zeiten in Ansehung des Bücherhandels eben so berühmt, als itzo die Leipziger-Messen. B.

Und schätzet ihren Bauch für Gott und für ihr Gut;

Demselben opfert sie den Wein der Erden Blut,

Und lebet so dahin, als dürfte sie nicht sterben,

Und stirbt, als sey hernach kein Leben mehr zu erben:

Sie denkt nicht einmal dran, daß ihre Schwelgerey

Der bloßen Dürftigkeit und Krankheit Mutter sey.

Was klaget doch so sehr des Volkes Lenz, die Jugend,

Der Tag verlaufe sich, und sey zu kurz zur Tugend?

Sie selbst fleugt vor der Zeit, und nicht die Zeit vor ihr.

Was schiebest du viel auf? dein heute das ist hier,

Nicht lebe morgen erst. Du must das wilde Fressen,

Den Wein, der Venus Milch, die Venus auch vergessen,

Zu leben nach Gebür. Was deine Gurgel heißt,

Worauf ein Bauersmann und Schiffer sich befleißt,

Was

---

und schätzen ihren Bauch) Die grobe Wollust wurde eigentlich nicht vom Epikur als das höchste Gut betrachtet; seine Nachfolger aber erniedrigten und verfälschten die eigentliche Meynung ihres Lehrers. Z.

was deine Gurgel heißt,) was deine Gurgel fordert, verlangt. Z.

Was See und Acker trägt, das wird gezeugt zum Leben,

Und bringt das Leben um: wilst du dem Leibe geben,

So frage die Natur,   Man soll, daß uns der Wein

Nicht Schaden bringen mag, ihm selber schädlich seyn,

Und Bach darunter thun.   Die Vollheit lehret hassen,

Endeckt, was dunkel ist, pflegt Argwohn auszulassen,

Und alles was nicht taugt: sie schärft die schnöde Brunst,

Die Liebe, welche nichts von einer Himmels Gunst,

Vom besten Guten weiß.   Dann wohnet solchen Dingen

Auch etwas gutes bey, die bösen Ausschlag bringen?

Die Liebe, sucht in Müh und Arbeit ihre Ruh,

Im Schmerzen ihre Lust, schleußt dessen Herze zu

Der ihr die Augen gönnt, heißt Knechte nach den Frauen,

Den Edlen nach der Magd, den Greiß nach Jungen schauen,

Beschönt, was greulich ist; sie wird in Angst begehrt,

In Hofnung fortgepflanzt, in Furchtsamkeit gewehrt,
Und

Bach darunter thun) Waſſer darunter thun. Z.
Vollheit) ſo viel als Völleren, Trunkenheit. Z.
ſie wird in Angſt begehrt,) Dieſe ganze Stelle von der
Liebe iſt außerordentlich ſchön. Z.

Und Eckel, folgt ihr nach: Die Röthe, dieses Blicken,

Der Schweis, das Herzenweh, dies auf und nieder schicken,

Der Seufzer, zeiget ja, daß ihre beste Frucht

Ein wahres Stücke sey der rechten schweren Sucht.

O Gut, o böses Gut, was kannstu du denen geben,

Die deine Folger sind, und dir zu Dienste leben!

Du Wollust, wann du mir zu schauen hast gebracht

Die Furche, die ein Schiff auf wilder See gemacht,

Und eines Adlers Flug: so will ich dir auch finden

Den Weg, auf welchen du gewohnt bist, zu verschwinden,

Und nimst mit dir dahin die Blüte von der Zeit,

Für welche du nichts giebst, als Armuth Schmach und Leid.

Kom mit mir, wenn du kannst, ich will dir etwas weisen,

Darnach du nicht erst darfst bis in Peru hin reisen,

Wo solches Werkzeug wächst, darauf dein Volk sich fleist.

Komm mit mir an den Ort, der Vielgut ist und heißt,

In

Vielgut ist und heißt.) Wir haben schon erwehnet, daß Vielgut der Name eines Fürstl. Lustschlosses war. Heutiges Tages finden wir in unsern Deutschland mehr französische Benennungen wie Monbijoux, Monbrillant, Sanssouci, so sehr schämen wir uns unsrer eignen Sprache. Z.

Jn unserm Schlesien, dem itzt nicht reichen Lande

Das dannoch Vielgut hat; schau' an dem kleinen Strande

Der Weyde, dessen Ruh, der seinen Sinn gesetzt

Auf etwas, das den Leib und Sinn zugleich ergetzt.

Vergönne mir, o Trost des Landes, dein Verweilen,

Und angenehme Lust, auch andern mitzutheilen:

Ein Fürst, ein hohes Haupt, ist ein gemeines Gut,

Kann nicht verborgen seyn, und was er sagt und thut,

Ja fast auch bey sich denkt, zerbricht, und wieder bauet,

Das wird von Jung und Alt begierig angeschauet,

Und hin und her gewälzt. O wohl dem, der wie du

Kein anders nicht beginnt, als wo das Volk darzu

Mit Haufen rennen mag, und auf die Wage setzen

Das Leben, so er führt! ein Stein pflegt Stahl zu wetzen,

Die Obrigkeit, ihr Volk: ein Mensch, wie ich, der fällt

Und steht auch heimlich auf: ein Herr, vor aller Welt,

Wo=

___

dein Verweilen) deinen Aufenthalt. **B.**

Wohin nun soll ich wol die Augen erstlich senden?

Dein Vielgut, edler Fürst, das ist an allen Enden

Ein Vielgut wie es heißt, ein Wohnplatz aller Ruh,

Ein Ausgang der Natur, und trifft dem Namen zu,

Als wie der Name dir. Hier hast du aufgesetzt

Ohn Hoffart, nicht ohn Lust, ein Haus das dich ergetzet,

Und deine Sorge kühlt, so durch dein hohes Amt,

Durch unser Vaterland, und durch uns allesamt

Dir stets wird aufgelegt. Was wollt ihr Menschen bauen

Bis nach den Wolken zu? was last ihr Marmor hauen

Mit solcher theuren Kost? worzu taugt dieser Pracht?

Was mauret ihr euch ein? die Unschuld wird bewacht

Vor ihrer Frömmigkeit. Was wolt ihr euch beschliessen,

Verriegeln um und um, und fürchtet das Gewissen

Das mitten in euch wohnt? was hilft es, daß die Wand

Von aussen schöne sey, und drinnen fehlt Verstand

Des Hauses bester Schmuck; Es ließ ihm Nero machen

Gar einen güldnen Hof, darein von allen Sachen

Nichts

Nichts schlimmers kam, als er, der Wust, der schnöde Grauß,

Der ganzen Erden Spott. Hier ziert der Herr das Haus,

Das Haus, so ferren liegt von Falschheit, von dem Neide,

Der in Palästen wächst. Der stille Strom, die Weyde

Lauft ringes hier umher, und wird doch kaum gehört;

Und dieses hat ihn auch sein Herzog selbst gelehrt,

Das Bild der Gütigkeit. Hier wohnen die Najaden,

Der keuschen Nymphen Chor, so mit den Schwanen baden,

Die unser Phöbus liebt, weil keiner, wie man sagt,

Wann Zeit zu sterben ist, sich über dies beklagt,

Was Tod genennet wird: sie fangen an zu singen.

Ein süsses Grabelied, und gehn von diesen Dingen

Mit solcher Frölichkeit, als ihnen auch bewußt

Wie uns, und kundig sey, daß dieser Erden Lust

Zergeht und eitel ist. Hier sieht man frölich irren

Um

wann Zeit zu sterben ist) Nach allen neuen Beobachtungen
ist der Schwaneugesaug für eine Fabel zu halten. Z.

Hier sieht man frölich irren) Diese ganze folgende Beschreibung ist außerordentlich annuthig. Z.

Um ihre Körbe her mit einem süßen Kirren

Der frommen Tauben Schaar; hier Vieh und Heerde gehn

Auf ihre Weide zu; hier schöne Rosse stehn

Durch ihren ganzen Stall.   Geliebt dir zu spaziren?

Hier kannst du dich zur Lust der Gärten lassen führen,

An welchen die Natur nicht wenig hat gebaut

Und reichlich sich erzeigt?   Hast du auch sie beschaut,

So nim der Wiesen wahr: hier lebet auf den Teichen

Der Enten zahmes Wild; hier sind die hohen Eichen,

Der Busch, so allerseits den ganzen Ort umringt,

Wo Pan der Waldgott selbst mit seinen Faunen singt,

Und um die Stauden tanzt, wo manche Drias gehet,

Und durch ihr kühnes Lob den starken Sinn erhöhet,

Der alle Liebesbrunst getrost verlachen kann:

Wo manches schnelles Wild auf seiner freyen Bahn,

Die ihm sein Herr gezeugt, der einig Macht zu schonen

Und Macht zu geben hat, mag ungehindert wohnen,

Mag laufen hin und her.   Du immer grüner Wald,

Ihr

Ihr Bäume Jupiters, der Hirschen Aufenthalt,

Der leichten Hindin Ruh, ihr Häuser der Geflügel,

Ihr frischer Hitzeschirm, ihr Thäler, und ihr Hügel,

Ihr Wiesen, Busch und Feld, ihr Ort der Einsamkeit,

Wer euch besuchen kann, wer seine stille Zeit

Mit eurer Lust vermengt, und läßt sich dies ergetzen,

Was ihm sein Schöpfer giebt, den muß man selig schätzen,

Muß preisen seine Lust, es mag des Glückes Schein,

Und dieser Zeiten Lauf, gleich noch so böse seyn.

Ihm wohnt viel gutes bey und seinem ganzen Leben,

Wann sich die Sonne will aus ihrer Ruh erheben,

Und schickt die Morgenröth im kühlen vor ihr her,

So steht er auf mit ihr, sein Haupt ist ihm nicht schwer

Von einer fremden Last: er pflegt sich an zu legen,

Zwar sauber, doch nicht stolz, mit seinem Morgensegen,

Und rufet dessen Schirm zum allererſten an,

Ohn welchen weder Mensch noch Thier sich regen kann,

Der

Bäume Jupiters) Die Eichen waren dem Jupiter geheiliget. Z.
Hitzeschirm) Dies ist wieder eins von den glücklichen zusammen
 gesetzten Wörtern, die Opitzen besonders eigen sind. Z.

Der alles schafft, und ist: ihn lobt er mit dem Munde,

Und mit dem Herzen auch, und bringt die erste Stunde

Mit seinem Helfer zu.   Auf dieses, wo sein Sinn,

Und nicht ein andrer will, da geht er selber hin,

Er wünschet, daß ihn GOtt auch ferner also treibe,

Zu leben, wie er heischt, und bey gesundem Leibe

Gesundes Herze sey; nimt also frölich für,

Was seines Amtes ist, verfähret nach Gebühr

In allem, was er schafft, und läßt ihm sein Gewissen

Mit Sachen, die ihm nicht gebühren, unzerrissen,

Und treibt sie also fort, daß auch der helle Tag

Dies was er redt und thut und denkt bescheinen mag.

Kömmt dann das Mittagsmahl, so pfleget er zu leben

Von diesem sonderlich, was ihm sein Gut gegeben,

Was etwan auf der Jagt sein Windspiel hat gehetzt,

Damit er vor den Muth, itzt auch den Leib ergetzt;

Was

vor den Muth,) vorher dem Muth. Z.

Was ihm sein Teich gebracht; ißt seinen keinen Bissen,

Nimmt seinen klaren Trunk mit redlichem Gewissen,

Ist sicher, daß kein Gift auf dessen Tafel kann

Der seine ganze Zeit dergleichen nichts gethan,

Das Giftes würdig ist: ihm wird ein Glas gereichet,

Nicht zwar darvor ein Mensch verschwarzet und verbleichet,

Ein helles Cristallin, daraus ihm, wann er trinkt

Des Bachus schöner Glanz bis in die Augen blinkt.

Er siehet frölich zu, wird eines ausgestochen,

Das Muth zu reden macht; als wie vor wenig Wochen

Die güldne Stute war, die, also ritterlich

Ich meinen Mann gewehrt, mich dennoch neben sich

Fast hätte hingelegt. Der Wein erfrischt die Alten,

Und weckt die Jugend auf: ich kann darvon nichts halten,

Daß

Die güldne Stute) Dies war unstreitig ein Becher, oder ein Glas, und man sieht wohl, daß Opitz kein Feind vom Weine gewesen. Z.

Daß einer gar kein Glas in seine Fäuste nimmt,

Und zu der Sicherheit des Lebens nüchtern kömmt.

Es heist uns die Natur mit Maaße mäßig leben,

Die ihrer Güter Schaar nicht hat umsonst gegeben:

Wer seine Zeit vollführt, wie izund wird gesagt,

Der weiß was sich geziemt, sitzt, wie es ihm behagt,

Heist wegthun, wann er will, erträgt nicht Zank und Streiten

Das voller Sinn gebiehrt, läßt doch den Frölichkeiten

Beym Essen ihren Platz, thut alles nach der Lust,

Die dieses Reichthum hat, ihm selbst seyn wohl bewust.

Im Fall er also dann mit Ruh ist aufgestanden,

So nimmt er nachmals auch kein anders unterhanden,

Als einig, was ihm GOtt und sein Gemüthe heist.

Indem der Hundesstern anitzt so heftig gleißt,

Und Feld und Wiesen kocht mit seinem schweren Hitzen:

Erkiest er ihm ein Ort, an dem er frey kann sitzen,

Liegt etwan bey ein Quell, sucht Schatten an der Bach,

Spaziert um ihren Strand den kühlen Bäumen nach,

und

Und bringt die Stunden hin mit ehrbaren Gedanken,

Die immer eines sind, nicht augenblicklich wanken,

Als wie ein schwaches Schiff, das, wo der Wind hin steht,

Den blinden Wellen nach mit vollem Seegel geht.

Indessen, will nun fast das große Licht der Erden,

Das Auge dieser Welt, wie wir auch, schläfrig werden,

Da nimmt er wiederum das Nachtmahl also ein,

Daß wohl zu sehen ist, den Tag einmal satt seyn,

Sey der Natur genug; legt dann darauf sich nieder,

Und allen Kummer auch, dankt seinem Schöpfer wieder,

Befiehlt ihm Leib und Geist, der ihn die ganze Nacht,

Indem er ruhig schläft gar väterlich bewacht.

O drey und viermal ist der selig ja zu nennen,

Der also leben kann, und keinen besser kennen

Nicht lernet als sich selbst: der, was sein Stand und Zeit

Nur immer leiden will, mit stiller Einsamkeit

In

die immer eines sind.) die immer einig untereinander sind. Z.

R 3

In dem was sein ist lebt, und bey sich kann vernichten,

Wo Ruh nnd Einfalt wohnt, worauf die Leute dichten,

Das nichts als eitel ist. Was nutzt ihm der Demaut,

Das viel zu theure Glas, an seiner werthen Hand?

Kann etwas das nicht lebt des Menschen Glieder zieren

Der Seel' und Sinnen hat? der Raub von wilden Thieren,

Der Würmer Webegarn soll dieses Hoffarth seyn?

Habt ihr nichts Eignes nicht, muß euer ganzer Schein

In dem was flüchtig ist, und außer euch, bestehen?

Dem Höchsten hat beliebt, euch gleichfalls zu erhöhen:

Ihr aber schätzet euch noch minder, als ein Thier,

Dieweil ihr ja von ihm entlehnet eure Zier,

Und seine Schuldner seyd. Wer an dem Orte wohnet,

Wo Demuth Wirthin ist, der bleibet ganz verschonet

Von solcher falschen Pracht und Gauckeley der Welt,

Die nur gemeiniglich von Nichts am meisten hält.

Er fraget von ihm selbst sein Herze, das nicht leuget,

Nicht Schmeichelworte giebt, und wann er je betreuget

Mit

Mit einer guten List, so stellt er auf ein Wild,

Auf keinen Menschen nicht. Er zeucht kein falsches Bild

Vor sein Gesichte her, er redet was er denket,

Und denket was er redt; hat nichts bey sich versenket,

Das andern Schaden bringt; er führt sein Herze bloß,

Sein Herze, welches ihm ein Schutz, ein starkes Schloß

Und freyer Hafen ist. Er zähmet seine Sinnen,

Die nur sehr irden sind, und führet sein Beginnen

Aus ihren Augen weg, sein Geist sieht über sich,

Und weiß, daß diese Last der Zeit so ihn und dich

Von allen Seiten drückt, durch Leid nicht ist zu wenden;

Drum nimmt er, was GOtt schickt mit ausgestreckten Händen,

Mit eisernem Gemüt' und allen Freuden an,

Erkennt, daß beydes er kein Uebel leiden kann,

Und auch kein Uebel thun, verhänget böse Sachen,

Braucht Ruthen und auch Schwerd die Bösen gut zu machen,

Die Guten besser noch; zu prüfen, wer ihn liebt,

Und wer ihm Herz und Sinn in beydem Glücke giebt.

Ein

Ein armes junges Kind nimmt oftermals ein Messer

Und spielet um sich her, ein Vater weiß es besser,

Beraubt es ohn Gefahr: so thut der Vater auch,

Der alles hat erzeugt, und reißt uns den Gebrauch

Der scharfen Güter aus, darinn ein Mensch sich stechen,

Ja Seel' und Hals zugleich darüber könnte brechen.

Wie bitter er auch ist, so nimm den Trank nur ein,

Den er dein Arzt dich reicht, wo du gesund willst seyn.

Ein Leben, das von Noth, von Kreuze nicht kann sagen,

Dem alles auf der Welt ergehet nach Behagen,

Ist wie ein todtes Meer, das ganz steht unbewegt,

Und niemals an das Land mit seinen Wellen schlägt.

Ein Fechter fordert aus, ein Landsknecht liebt das Kriegen,

Ein weiser Mannes Muth will über Unglück siegen,

Begehrt den Feind zu sehn; er steht, wann alles fällt,

Und schlügen schon vielleicht auch Stücke von der Welt

Auf

Stücke von der Welt) Nach der bekannten schönen Stelle aus dem Horaz;
> Si fractus illabatur orbis
> Impavidum ferient ruinæ. **J.**

Auf seinen Hals herab; er kann mit großem Herzen

Vernichten Furcht und Trost, zertreten Noth und Schmerzen,

Stirbt ab der Sterblichkeit, ist seines Lebens voll,

Und hoffet auf den Tag, an dem er wandern soll.

Und solches kömmt daher, daß diese trübe Höle,

Dies Sündennest, der Leib, an seiner reinen Seele

Die minsten Kräfte hat; der Seele, welcher Glut

Nach ihrem Himmel steigt, wie sonst ein Feur thut,

Das freye Luft bekömmt; die nicht ihr Gut aus Sachen

Erzwingt, so sterblich sind und gleichfalls sterblich machen,

Die alles Gut und Lust nur in sich selber sucht,

Da Freuden ohne Leid, ohn Reichthum ohne Flucht

Beständig wohnen kann; die ihren Heyland kennet,

Die herzlich Tag und Nacht für seiner Liebe brennet,

Mit ihm sich ganz vergnügt, und itzt schon zu voran

Woraus sie kommen ist im Himmel wohnen kann.

Dies Gut ists, was ihm hier ein frommer Sinn begehret

Und was das höchste Gut nach Wünschen ihm gewähret,

Derselbe, dem er Gut und Leben in die Luft

Mit allem Willen streut, und kömmt, so bald er ruft.

Trost=

Trostgedicht

in

Widerwertigkeit des Kriegs.

In vier Bücher.

Die Kenner und Kunstrichter sind schon
längst über den vorzüglichen Werth dieses vortreflichen Lehrgedichtes unsers Opißens überein-
gekommen, und wir selbst haben schon oben
in seinem Leben errinnert, daß wir gleichfalls
eine ganz besondre Hochachtung für dieses
Meisterstück hegen. Der Leser wolle sich
wieder errinnern, daß Opiß dieses Gedicht
in seinem 24. Jahr, und also in seinem vollen
Jugendfeuer gemacht hat, und daß er selbst in

den

den unglücklichen Kriegeszeiten lebte, die er
uns in so starken Bildern abmahlt. Wir
wollen hier in Anpreisung der Schönheiten
dieses Trostgedichts nicht weitläuftig seyn;
unsre Leser werden sie auf allen Blättern in
Ueberfluß wahrnehmen. Opitz sagt in der
lateinischen Zueignungsschrift an den Dänischen Kronprinz Ulderich, daß er dieses Gedicht, von allen Büchern beraubt, verfertigt
habe. Man sieht indes keinen Mangel von
Belesenheit darinn, und hat sich der Dichter
hauptsächlich des Bœthius Bücher de Conso-
latione Philos. wie auch des Lipsius Bücher
de Constantia, sehr zu Nutze gemacht, wo-
bey ihm sein treues Gedächtniß sehr muß zu
Hülfe gekommen seyn. Wenn dieses Gedicht

dicht einen Fehler hat, so sind es einige unedle Sprüchwörter und Ausdrücke, und einige
zu öftere Wiederholungen, die darinn häufiger
vorkommen als in anderen Gedichten von diesem großen Manne.

Wie sehr freuen wir uns, daß wir
dieses Gedicht zu einer Zeit abdrucken laß-
sen, da unser Deutschland nach so vielen Un-
ruhen endlich wieder ein paar ruhige Jahre
genossen hat! Der Himmel gebe doch,
daß der itzige Friede von der längsten Dauer
sey, und die fürchterlichen Gemälde vom
Kriege, die Opitz vor mehr als hundert Jahren
entwarf, und die leyder so oft auf den vorigen
geendigten Krieg paßten, nie wieder auf unser
Vaterland paßen mögen!

Trost-

Trostgedicht
in Widerwertigkeit des Kriegs.

Erstes Buch.

Inhalt.

Der Poet hat hier der beredten Leute Gebrauch nicht nachfolgen können, welche dessen Unfall, den sie trösten wollen, auf das Beste, als möglich verkleinern; sondern er beklagt weitläuftig in diesem ersten Buche den itzigen unglückseeligen Böhmischen Krieg, der größer und mehr bekannt ist, als daß er mit scheinbaren Worten möge geringer gemacht, und mit Stillschweigen verdecket werden. Darneben beweißt er, es geschehe dies alles nicht ohne sonderbare Schickung GOttes, und setzt die Ursachen, warum er seiner Kirchen solches Kreutz und Trübsal zusende.

Des

Des schweren Krieges Laſt, den Deutſchland itzt empfindet

Und daß GOtt nicht umſonſt ſo heftig angezündet

Den Eyfer ſeiner Macht, auch wo in ſolcher Pein

Troſt her zu holen iſt, ſoll mein Gedichte ſeyn.

Dies hab ich mir anitzt zu ſchreiben vorgenommen:

Ich bitte, wolleſt mir geneigt zu Hülfe kommen,

Du

ſoll mein Gedichte ſeyn) Opitz rechnet dieſes ſein Lehrgedicht
unter die heroiſchen Gedichte, wenn er im 5. Capitel ſeiner
Poeterey alſo ſagt: „Ein heroiſch Gedicht, das gemeiniglich
weitläuftig iſt, und von hohem Weſen redet, ſoll man
ſtracks von ſeinem Inhalte und der Propoſition anheben,
wie Virgilius in den Büchern vom Ackerbau: Quid fa-
ciat lætas ſegetes &c. und ich, (wiemahl ich mich ſchä-
me, daß ich in Mangel anderer deutſchen Exempel mich
meiner eignen bedienen ſoll, weil mir meine Wenigkeit und
mein Unvermögen wohl bewußt iſt) in dem erſten Buche
des Troſtgedichts in Widerwärtigkeit des Kriegs: des
ſchweren Krieges Laſt ꝛc. Nachmals haben die Heyden ihre
Götter angerufen, denen wir Chriſten nicht allein folgen,
ſondern auch an Frömmigkeit billig ſollten überlegen ſeyn.
Virgil ſagt:

Vos, o clarisſima mundi lumina &c. und ich:

Dies hab ich mir anitzt zu ſchreiben vorgenommen,
Ich bitte, wolleſt mir geneigt zu Hülfe kommen,
Du Geiſt, von GOtt geſandt ꝛc. ” Op.

Wir haben indes ſchon gezeigt, daß dieſe äußere Aehnlichkeit
mit dem Heldengedicht in Anſehung der Propoſition und der
Anrufung, ein Lehrgedicht deshalb nicht zum heroiſchen Gedichte mache. Z.

Du höchster Trost der Welt, du Zuversicht in Noth,

Du Geist, von GOtt gesandt, ja selber wahrer GOtt!

Gieb meiner Zungen doch mit deiner Glut zu brennen,

Regiere meine Faust; laß meine Jugend rennen

Durch diese wüste Bahn, durch dieses neue Feld,

Darauf noch keiner hat vor mir den Fuß gestellt.

Das ander ist bekannt. Wer hat doch nicht geschrieben

Von Venus Eitelkeit und von dem schnöden Lieben,

Der blinden Jugend Lust? Wer hat noch nie gehört,

Wie das Poetenvolk die großen Herren ehrt,

Erhebt sie in die Luft, und weiß heraus zu streichen,

Was besser schweigenswerth, läßt seine Feder reichen,

Wo

Du Geist von GOtt gesandt) Man hat es dem Verfasser der Meßiade für einen zu großen Stolz auslegen wollen, daß er zu Anfange seines Gedichts den heiligen Geist angerufen. Man sieht aber, des Bey vieles vom Milton nicht zu gedenken, daß es Opitz in einer lange nicht so erhabnen Materie schon länger als hundert Jahre vor ihm gethan habe. Z.

Das ander ist bekannt) Gleichfals nach dem Virgil im dritten Buche vom Ackerbau

Cætera, quæ vacuas tenuissent carmina mentes
Omnia jam vulgata. Z.

Wo Menschen Tapferkeit noch niemals hingelangt;

Macht also, daß die Welt mit bloßen Lügen prangt?

Wer hat zuvor auch nicht von Riesen hören sagen,

Die Wald und Berg zugleich auf einen Ort getragen,

Zu stürzen Jupiter mit aller seiner Macht,

Und was des Wesens mehr? Nun bin ich auch bedacht

Zu sehen, ob ich mich kann aus dem Staube schwingen,

Und von der großen Zahl des armen Volkes dringen,

So an der Erden klebt;　Ich bin Begierde voll

Zu schreiben, wie man sich im Kreuz' auch freuen soll,

Sein Meister seiner selbst.　Ich will die Pierinnen,

Die nie nach deutscher Art noch haben reden können,

Samt ihrem Helikon mit dieser meiner Hand

Versetzen bis hieher in unser Vaterland.

Es

aus dem Staube schwingen.) Wieder nach dem Virgil.
　　Georg. III.

　　　　　　tentanda via est, qua me quoque possim

　　Tollere humo. 3.

Es wird in künftig noch die Bahn, ſo ich gebrochen

Der, ſo geſchickter iſt, nach mir zu beſſern ſuchen,

Wann dieſer harte Krieg wird werden hingelegt,

Und die gewünſchte Ruh zu Land und See gehegt.

Da aber ich vielleicht mich höher möchte wenden,

Als daß mir möglich ſey, recht wieder anzuländen,

So ſey es doch genug, was ich zu thun begehrt:

In großen Sachen iſt auch Wollen lobenswerth.

Doch nein; der den ich mich erkohren anzuſtehen,

Wird ſeiner Gnaden Wind in meine Seegel wehen,

So daß mein kühnes Schiff, das izund fertig ſteht,

Und auf die Höhe will, nicht an den Boden geht.

Wann dieſer Steuermann das Ruder uns regieret,

Wann dieſer ſanfte Weſt wird auf der See geſpüret,

Da

auch Wollen lobenswerth.) Nach dem bekannten Verſe des
Propertius:

In magnis & voluiſſe ſat eſt. B.

Da kömmt man wohl zu Port, es ist kein Stürmen nicht
Kein Kieß, kein harter Grund, an dem das Schiff zerbricht.

Die große Sonne hat mit ihren schönen Pferden
Gemessen dreymal nun den weiten Kreiß der Erden,
Seit daß der strenge Mars in unser Deutschland kam,
Und dieser schwere Krieg den ersten Anfang nahm.
Ich will den harten Fall, den wir seither empfunden,
Und männiglich gefühlt (wiewol man frische Wunden
Nicht viel betasten soll) durch keinen blauen Dunst
Und Nebel überziehn, wie der Beredten Kunst,
Zwar sonsten mit sich bringt.   Wir haben viel erlitten,
Mit andern und mit uns selbst unter uns gestritten.
Mein Haar das steigt empor, mein Herze zittert mir,
Nehm ich mir diese Zeit in meinen Sinnen für.
Das edle deutsche Land mit unerschöpften Gaben
Von GOtt und der Natur auf Erden hoch erhaben,
Dem niemand vor der Zeit an Kriegesthaten gleich,
Und das viel Jahre her an Friedenskünsten reich

?In voller Blüte ſtund: ward, und iſt auch noch heute,

. Der Widerpart ſich ſelbſt, und fremder Völker Beute.

Iſt noch ein Ort, dahin der Krieg nicht kommen ſey,

So iſt er dennoch nicht geweſen furchtefrey.

Daß Land hat grauſamlich von Reuterey erklungen,

Der über großen Laſt zu weichen faſt gedrungen.

Kein Vorgebirge hat ſich weit genug erſtreckt,

Kein weiter Wald die Zahl des Heeres ganz bedeckt.

Was hilft es; das izund die Wieſen grüner werden,

Und daß der weiſſe Stier entdeckt die Schoos der Erden

Mit ſeiner Hörner Kraft, daß aller Platz der Welt,

Wie neu gebohren wird? Das Feld ſteht ohne Feld,

Der Acker fraget nun nach keinem großen Bauen,

Mit Leichen zugeſät; er fragt nach keinem Thauen,

Nach keinem Düngen nicht: Was ſonſt der Regen thut,

Wird izund gnüg gethan durch feiſtes Menſchenblut.

Wo

Der Widerpart ſich ſelbſt) Opitz ſagt: Sein Widerpart
ſelſelbſt. Man hat es ſo geändert, weil ſelſelbſt ein hartes und
heutiges Tages ganz unbekanntes Wort iſt. Z.
durch feiſtes Menſchenblut) daß dies nach der gewöhnlichen
poetiſchen Art übertrieben ſey, darf man kaum erinnern. Z.

Wo Tityrus vorhin im Schatten pflag zu singen,

Und ließ von Galathee Wald, Thal und Berg erklingen,

Wo vor das süsse Lied der schönen Nachtigall,

Wo aller Vögel Ton bis in die Luft erschall:

Ach! ach! da hört man itzt die grausamen Posaunen,

Den Donner und den Blitz der feurigen Carthaunen,

Das wilde Feldgeschrey: wo vormals Laub und Graß

Das Land umkrönet hat, da liegt ein faules Aas.

Der arme Bauersmann hat alles lassen liegen,

Wie, wann die Taube sieht den Habicht auf sich fliegen,

Und giebet Fersengeld; er selbst ist in das Land,

Sein Gut ist fortgeraubt, sein Hof hinweg gebrandt,

Sein Vieh hindurch gebracht, die Scheuren umgeschmissen,

Der edle Rebenstock tyrannisch ausgerissen,

Die Bäume stehn nicht mehr, die Gärten sind verheert;

Die Sichel und der Pflug sind itzt ein scharfes Schwerdt.

Und

---

und giebet Fersengeld) Ein proverbialischer Ausdruck, der
für die Poesie viel zu niedrig ist. B.

Und dieses ist das Dorf. Wer aber will doch sagen

Der Städte schwere Noth, das Jammern, Weh und Klagen,

So männiglich geführt, das unerhörte Leid,

Des Feindes Uebermuth und harte Grausamkeit?

Das alte Mauerwerk ist worden aufgesetzet,

Die Thore stark verwahrt, die Degen scharf gewetzet,

Die Waffen ausgeputzt, die Wälle ganz gemacht,

Die Pässe weit umher verhauen und bewacht.

Ein jeder ist verzagt. Eh', als der Feind noch kommen,

Hat allbereits die Furcht viel Oerter eingenommen,

Und Oberhand gehabt. Mir schüttert Haar und Haut,

Wann, daß ich denken will, was ich nur angeschaut.

Das Volk ist hin und her geflohn mit hellem Haufen,

Die Töchter sind bey Nacht auf Berge zugelaufen,

Schon halb für Schrecken todt; die Mutter hat die Zeit,

In dem sie einen Mann erkannt, vermaledeyt.

                                   Die

---

die Sichel und der Pflug) Nach dem Virgil Georg. I.
      Et curvæ rigidum falces conflantur in ensem.
Hat allbereits die Furcht) Im Text stehe eigentlich: da hat
   die Furchte schon. B.

Die Männer haben selbst erbärmlich müssen sehen,

Wann sie ihr liebes Weib und Kinder angesehen.

Die kleinen Kinderlein, gelegen an der Brust,

So noch von keinem Krieg' und Kriegesmacht gewußt,

Sind durch der Mutter Leid auch worden angereget,

Und haben allesamt durch ihr Geschrey beweget;

Der Mann hat seine Frau beweint, die Frau den Mann

Und was ich weiter nicht aus Wehmuth sagen kann.

Vielminder werd' ich nun des Feindes harte Sinnen,

Und große Tyranney genung beschreiben können:

Dergleichen nie gehört. Wie manche schöne Stadt,

Die sonst das ganze Land durch Pracht gezieret hat,

Ist itzund Asch und Staub? Die Mauren sind verheeret,

Die Kirchen hingelegt, die Häuser umgekehret.

Wie wann ein starker Fluß, der unversehens kömmt,

Die frische Saate stürzt, die Aecker mit sich nimmt,

Die

die frische Saate) Die Saate ist Opitzen geläuffger, als die
Saat. Z.   D 4

Die Wälder niederreist, läuft ausser seinen Wegen:

So hat man auch den Blitz und schwefelichte Regen,

Durch der Geschütze Schlund mit grimmiger Gewalt,

Daß alles Land umher erzittert und erschallt,

Gesehen mit der Luft hin in die Städte fliegen:

Des Rauches Wolken sind den Wolken gleich gestiegen,

Der Feuerflocken See hat alles überdeckt,

Und auch den wilden Feind im Lager selbst erschreckt.

Das harte Pflaster hat geglüet und gehitzet,

Die Thürne selbst gewankt, das Erz darauf geschwitzet;

Viel Menschen, die der Schaar der Kugeln sind entrannt,

Sind mitten in die Glut gerathen und verbrannt,

Sind durch den Dampf erstickt, verfallen durch die Wände:

Was übrig blieben ist, ist kommen in die Hände

Der ärgsten Müterey, so, seit die Welt erbaut

Von GOtt gestanden ist, die Sonne hat geschaut.

Der Alten graues Haar, der jungen Leute Weinen

Das Klagen, Ach und Weh, der Großen und der Kleinen,

Das

Das Schreyen ingemein von Reich und Arm geführt

Hat dieſe Beſtien im minſten nicht gerührt.

Hier half kein Adel nicht; hier ward kein Stand geachtet,

Sie muſten alle fort, ſie wurden hingeſchlachtet;

Wie, wann ein grimmer Wolf, der in den Schafſtall reißt,

Ohn allen Unterſcheid die Lämmer nieder beißt.

Der Mann hat müſſen ſehn ſein Ehebette ſchwächen,

Der Töchter Ehrenblüth' in ſeinen Augen brechen,

Und ſie, wann die Begier nicht weiter iſt entbrannt,

Unmenſchlich untergehn durch ihres Schänders Hand.

Die Schweſter ward entleibt in ihres Bruders Armen,

Herr, Diener, Frau und Magd erwürget ohn Erbarmen:

Ja, die auch nicht gebohrn, die wurden umgebracht,

Die Kinder, ſo umringt gelegen mit der Nacht

In ihrer Mutter Schoos: eh' ſie zum Leben kommen,

Da hat man ihnen ſchon das Leben hingenommen:

Viel ſind auch, Weib und Kind, von Felſen abgeſtürzt,

Und haben ihnen ſelbſt die ſchwere Zeit verkürzt,

Dem

Dem Feinde zu entgehn.   Was darf ich aber sagen,

Was die für Herzeleyd, so noch gelebt, ertragen?

Ihr Heyden, reicht nicht zu mit eurer Grausamkeit:

Was ihr noch nicht gethan, das thut die Christenheit,

Wo solcher Mensch auch kann den Christennamen haben.

Die Leichen haben sie, die Leichen aufgegraben,

Die Glieder, so die Erd' und die Natur versteckt,

Sind worden unverschämt von ihnen aufgedeckt.

Mehr hat mich Grau und Scheu nicht schreiben lassen wollen;

Um derertwegen auch, die nach uns kommen sollen,

(Wo daß die schlimme Welt noch länger kann bestehn)

Will ich und muß auch viel mit Schweigen übergehn.

        Ey! ey! du werthes Land, was kannst du doch erfahren,

Das nicht genugsam schon in diesen kurzen Jahren

An dir verübet sey? Wie hat dein alter Stand

In solcher kurzen Zeit so sehr sich umgewandt?

Du wärest sonst der Markt und Schauplatz aller Sachen:

Dardurch ein schöner Ort sich kann berufen machen:

                                        Du

Du giengeſt überhoch den andern Ländern für;

Was allenthalben iſt, das ſahe man bey dir.

Dies Lob iſt itzt dahin: die Kirchen ſind beraubet,

Die Kammern ſind erſchöpft, das Gold iſt aufgeklaubet,

Viel Weiber ihrer Ehr und Männer quit gemacht,

Sehr vielen Kindern ſind die Väter umgebracht;

Und nicht nur durch das Schwerdt: die Luft iſt ſchädlich worden

Hat auch das Feld geräumt, und jämmerliches Morden

Durch ſtrenge Peſtilenz und Krankheit angeſtellt.

Wie mancher kühner Mann, wie mancher freyer Held,

Der hohes Lob gehofft mit Streiten zu erwerben,

Hat müſſen ohne Blut des faulen Todes ſterben,

Hat ſeinen Mörder nicht entgegen können gehn,

Und, wie ein Krieger ſoll, zu ſeinem Ende ſtehn.

So iſt die Gottesfurcht auch mehrentheils verſchwunden,

Und die Religion gefangen und gebunden,

Das

Hat auch das Feld geräumt) Hat die Menſchen darinn aufe gezäumt. Z.

Das Recht liegt unterdrückt, die Tugend ist gehemmt,

Die Künste sind durch Koth und Unflath überschwemmt,

Die alte deutsche Treu hat sich hinweg verlohren,

Der Fremden Uebermuth der ist zu allen Thoren

Mit ihnen eingerannt, die Sitten sind verheert,

Was GOtt und uns gebührt ist alles umgekehrt.

Wer hier nicht wird bewegt, wer sonder Weh und Schmerzen,

Dies ungerechte Recht des Krieges kann beherzen,

Der ist aus hartem Stahl und Kieselstein erzeugt,

Es hat ein Tyger ihn an seiner Brust gesäugt.

Daß aber jemand nun vermessen wollte meynen,

Wir wären ausser Schuld, und unbedacht verneinen,

GOtt habe seinem Volk und Kirchen dieses Leid

Vergeblich zugeschickt, der irret treflich weit.

Der

Wer hier nicht wird bewegt.) Der vorige, und nunmehr glücklich geendigte Krieg ist zwar überhaupt viel menschlicher geführet worden, als derjenige, welchen Opitz in dieser Stelle beschrieben hat; wie manches aber paßt nicht auch auf die Grausamkeiten und Ausschweifungen, die in den letzten Kriege begangen worden, und die leider! von jedem Kriegesheere unzertrennlich scheinen, wenn es auch von den besten und gütigsten Feldherrn geführt wird! Z.

Der HErr von Anbegin, ein Richter aller Sachen,

Der alles sieht und hört, der Augen hat, zu wachen,

Dem niemand kann entgehn, der kräftig um und an

In allem ist, was ist, was war, und werden kann,

Der schickt uns alles zu, der ordnet alle Dinge

Im Himmel und bey uns, wie groß, und wie geringe

Sie immer mögen seyn; Glück, Unglück, Leben, Tod,

Krieg, Fried' und Einigkeit, kömmt alles her von GOtt.

Was suchen wir viel nach? was darf man Zweifel tragen?

Wie lange soll er auch durch Wunderzeichen sagen,

Dies komme nicht ohn ihn? hat nicht die hohe Luft,

Hat nicht der Himmel selbst uns deutlich zugeruft?

Hat der Comete nicht sich grausam ausgestrecket;

Hat nicht der Feuerschwanz die Sternen selbst erschrecket,

                                               Daß

Hat der Comete nicht) Die mehresten Dichter haben die Cometen für Unglücksboten gehalten. Virgil sagt:
   Non secus ac liquida si quando nocte cometae
   Sanguinei lugubre rubent.
Claudian:
   Et nunquam terris spectatum impune Cometem.
Silius Ital:
   Regnorum eversor rubuit letale cometes.

                                               Laße

Daß ſie verblaſſet ſind? der Monde ſtund verzagt

Und meynt', er würde nun aus ſeiner Bahn verjagt:

Der weiſſe Bär hat faſt die Flucht von dar genommen,

Aus Furchte, Phaeton der wäre wiederkommen,

Und hätte wie zuvor durch ſeinen Unverſtand

Den Himmel und ſein Dach geſteckt in neuen Brand.

Den ſcharfen Prediger, den ſchrecklichen Propheten,

Der niemals ſonder Blut, der niemals ſonder Tödten,

Der niemals ſonder Krieg und Aenderung entſteht,

Den Boten hat uns GOtt ja hoch genung erhöht,

Su

Taſſo macht folgende Beſchreibung von ihm:
Qual con le chiome sanguinose horrende
Splender cometa suol per l'aria adusta
Che i regni muta, e i feri morbi adduce,
Ai purpurei tiranni infausta luce.

und Milton ſchreibt ihm eben ſolche Einflüſſe zu, wenn er
vom Satan ſagt:

— er brannte gleich einem Cometen,
Welcher im nordlichen Himmel den Ophiucus herabſtammt,
Und Verderben und Krieg den ſcheußlichen Haaren entſchüttelt.

Wir haben indeß ſchon erinnert, wie wenig man auf alle
dieſe Vorherbedeutungen zu achten habe; und heutiges Tages,
da man weiß, daß die Cometen eben ſo wie andere Geſtirne
ihren abgemeſſenen Lauf haben, würde es einem Poeten
kaum zu vergeben ſeyn, wenn er ſie noch ferner für außer=
ordentliche Boten der göttlichen Rache ausgeben wollte.　Z.

So seyn auch, wie man sagt, die abgelebten Seelen

In ihrer Menschenart aus den betrübten Hölen

Gedrungen an das Licht. Was niemand hören mag

Ohn Abscheu, Furcht und Grauß, ist kommen an den Tag,

Hat sichtbarlich bey uns und unter uns geirret;

Die Ordnung der Natur ist worden ganz verwirret:

Die Waffen haben selbst aus heimlicher Gewalt,

Von niemand angerührt, geklungen und erschallt:

Das Wasser ward verkehrt, die unbefleckten Brunnen,

Ihr reines Silberquell ist blutig vorgeronnen:

Der Flüsse Vater auch, der sonsten schöne Rhein,

Hat seine Last gefühlt, daß nun für klaren Wein

Das

Die Waffen haben selbst) Man muß einem Poeten vergeben, daß er solche vermeyntliche Wunderzeichen nacherzehlt, da so viel alte und neue Geschichtschreiber sich nicht gescheut haben dergleichen geschehene Anzeigungen auf die Nachwelt zu bringen. Was kann man indeß nicht alles für wunderbar halten, wenn die Seele einmal hiezu geneigt ist. Sogar das sehr natürliche Gefrieren des Rheins giebt Opiz als ein Wunderzeichen an. B.

Das große Kriegesheer der scheußlichen Maranen

An seinem Ufer sey, daß ihre stolze Fahnen

Nun ständen aufgestreckt, wo vor Thriambus war,

Und man izunder noch kann sehen sein Altar.

Es hat der schöne Rhein, aus Schaam sich fast verloren,

Ist weit und breit umher durch kaltes Eiß verfroren;

Wo vor das Seegel pflag auf Niederland zu gehn,

Da konnte man izund mit Roß und Wagen stehn.

Nun lauft, ihr, welche man nur also muß erweichen,

Lauft hin, und saget izt, es mangelt euch an Zeichen,

GOtt, GOtt treibt dieses Werk, des großen Zornes Brunst

Und Rache greift uns an: und solches nicht umsonst.

Wir alle sind befleckt mit Schanden und mit Sünden

Von Adams Zeiten her; nicht Einer ist zu finden

Der sonder Boßheit sey: wir sind aus GOttes Huld

Entfallen durch uns selbst um unsrer Laster Schuld.

Die

Thriambus) Bachus.

Die Welt lebt in den Tag, begehret nicht zu wiſſen

Von Zucht und Frömmigkeit, iſt trotzig ausgeriſſen,

Wie eine wilde Bach, thut, was ihr ſelbſt behagt,

Lacht, wann man ihr von GOtt und GOttes Eifer ſagt.

Und darum läßt er ſich an ſeiner Kirchen ſehen,

Schützt los des Zornes Strom, verſtopft vor ihrem Flehen

Die Ohren ſeiner Gunſt, doch nur auf kleine Zeit:

Sein Grimm iſt nicht ſo groß, als ſeine Gütigkeit.

Wir können nicht vorbey, und müſſen alle ſagen,

Er gebe billig uns das ſchwere Joch zu tragen;

Er ſtrafet billig uns durch Feuer, Krieg und Schwerdt,

Weil wir uns auch von ihm zum Böſen abgekehrt.

Wie lange hat er doch die Heucheley geduldet?

Was mag er uns doch thun, das wir nicht wohl verſchuldet?

Ob

---

wie eine wilde Bach) Opitz ſagt immer die Bach, ſtatt, der Bach Die Jäger nennen ein wildes Schwein weibli chen Geſchlechts, die Bache. Z.

Schützt los) Läßt los, ein Ausdruck, der noch itzo bey Müh lengewäſſern gebraucht wird. Z.

Ob auch der Sünden Zahl uoch größer wachsen kann?

Klagt das Gewissen sich und uns nicht selber an?

Das Gute fliehen wir, das wir doch sollten fassen,

Das Böse lieben wir, das wir doch sollten hassen:

Dann kömmt es, daß der Herr dies Schrecken in uns jagt,

Dann kömmt es, daß er uns mit solchem Jammer plagt:

Drum sind die Felder itzt ganz weiß von Todenbeinen,

Drum hört man überall Brand, Mordgeschrey und Weinen,

Drum sind zugleiche wir und unser schönes Land

Des Feindes Tyranney gegeben in die Hand.

Doch wird der große Zorn nicht nun und ewig währen;

Er wird sich wiedrum gar gnädig zu uns kehren,

Der Vater seiner Schaar: nicht einen, den er liebt,

Den läßt er ungestraft und allzeit unbetrübt.

So lange dir es hat nach deinem Wunsch ergangen,

So lange hast du auch noch niemals angefangen

Ein rechtes Gotteskind, ein rechter Christ zu seyn,

Kreutz, Unglück, Angst und Qual ist unser Prüfestein.

So

So ist der Frommen Feind, der Teufel, auch nicht stille,

Sucht allzeit, wie er sich und seinen Haß erfülle,

Macht Gruben in den Weg, hebt Groll und Streiten an,

Stößt Ruh und Frieden um, thut alles, was er kann;

Sieht, wie er wider uns den ganzen Rüstzeug bringet.

Als wie ein Rosenknopf von Dörnern ist umringet,

Gepresset und gedrückt, so muß die Kirche stehn,

So pflegt sie zwischen Noth und Trübsal aufzugehn.

GOtt will uns also auch die rechte Strasse lehren,

Die Sünden abzuthun, den Glauben zu vermehren,

Zu werden neu und rein: Bey Freuden, Lust und Ruh

Verdirbt der Ehren Lob, die Laster nehmen zu.

Wann alles um uns scheint, geht, wie wir uns gedenken,

So schlägt man aus der Art, so pflegt man sich zu lenken,

Kömmt auf die breite Bahn, die zu der Wollust trägt,

Und Ueppigkeit für Zucht, für Tugend Laster hegt.

Ein Pferd, das immerzu bey vollem Futter stehet,

Das nie geritten wird, nie an dem Wagen gehet,

P 2   Wird

Wird wilde, beißt und schlägt, trägt keinen Reuter nicht:

So reißt der Mensch auch aus, wann ihn der Haber sticht.

Das Gute wächst durch Noth. Ein Quell, das stille stehet,

Das nie geräumet wird, verstopft sich und zergehet,

Wird Schlamm und fauler Koth: jemehr es wird gerührt,

Je größer wird sein Fluß, je klärer auch gespürt.

Es ist der Kirchen Art, ja auch die Art der Heyden:

Durch Arbeit, Zwang u. Drang durch Leiden u. durch Meiden

Steigt jedermann empor: durch immer glücklich seyn

Schleicht unser Untergang mit bösen Sitten ein.

So konte Cyrus nicht die Sarder besser strafen,

Als nur durch dies Gebot, sie sollten blos mit Schlafen,

Mit

der Haber sticht) Ein Sprichwort, zu niedrig für die Poesie. Z.
So konnte Cyrus nicht) Justinus im 6. Cap. des 1. Buchs
erzehlt dies also: Lydis a Cyro victis arma & equi adem-
ti, jussique cauponas & ludicras artes & lenocinia
exercere. Et sic gens industria quondam potens, &
manu strenua, effeminata mollitie luxuriaque virtutem
pristinam perdidit; & quos ante Cyrum invictos
bella præstiterant, in luxuriam lapsos otium ac desidia
superavit. Ein ähnliches fast eben so listiges Mittel brauchte der bekannte Julian wider die Christen, indem er sie nicht
nur unfähig machte, die geringsten öffentlichen Bedienungen
zu bekleiden, sondern ihnen auch untersagte die Schulen der
Redner und Weltweisen zu besuchen. Z.

Mit freyer Gasterey, mit Spiel und Frölichkeit,

Mit Tanzen und mit Lust bestatten ihre Zeit.

Der Römer großes Lob hat schöner nie geglissen,

Als wie sie Krieg geführt, sich ritterlich geschmissen,

Wie alles albern war, wie ihre Weißheit noch

Nach aller Mäßigkeit, nach Brey und Knobloch roch:

Alsdann stund alles wohl, die unverzagte Jugend

Die Blum und Zier der Stadt gieng aller Krieges Tugend,

Gieng Ruhm und Ehren nach: ein wohlgeputztes Pferd,

Ein Küris und ein Helm, ein Schild und scharfes Schwerdt,

War ihnen weit mehr lieb, war mehr in ihren Augen,

Als Huren, die das Geld und Kräften aus uns saugen,

Als Schwelgerey und Wein, als Worte voller Pracht,

Als Fluchen und Geschrey, das keinen Krieger macht.

Da war Sicilien in ihrer Macht verbunden,

Carthago ausgebrannt, Corinthus überwunden,

Nu=

geglissen) geglänzt, gestralt. B.
sich ritterlich geschmissen) ein etwas unedler Ausdruck. B.
wie alles albern war.) soll wohl so viel heißen, wie alles
noch ungekünstelt, simpel war. B.

Numantia zerstört; kein Feind, kein Schrecken kam,

Das ihnen ihren Muth und hohe Sinnen nahm.

Da ließ sich Mutius, da ließ sich Cocles blicken,

Da hielt Fabritius der gantzen Stadt den Rücken;

Da trat Camillus auf, schlug die Franzosen aus,

Da steckte Mutius die Hand, nicht ohne Grauß

Des Feindes, in die Glut: Kein Ort war ihnen gleiche,

Es hieß nur alles Rom, es gieng in ihrem Reiche

Zu Abend in die See der gülden Sonnen Lauf,

Und stund zu Morgen auch in ihrer Herrschaft auf.

Was nun die große Stadt durch Schweiß und Blut erworben,

Das ist hernach durch Glück und Wollust gantz verdorben:

Dann wie kein Hannibal nicht mehr vorhanden war,

Wie alles stille lag und sicher für Gefahr,

Da musten endlich die mit ihren Lastern kriegen,

Die keinem zuvorhin nicht konten unten liegen,

Ver=

schlug die Franzosen aus) Man kann die damaligen Gallier
nicht wohl mit der neueren Benennung Franzosen belegen. Z.

Verbiengen über sich den Sünden ihren Zaum,

Und gaben falscher Lust und Ueppigkeiten Raum.

Da durfte Marius und Cinna sich erregen,

Da durfte Cäsar Rom zu seinen Füssen legen:

Die Stadt, so alles zwang, so allzeit unverzagt,

Ward durch den Ehrgeiz zahm, ward ihres Bürgers Magd.

Die Stadt, die aller Welt vor diesem vorgeschrieben,

Vollbrachte, was hernach ihm Einer ließ belieben.

Es half kein Cicero, noch tausend Zeugenschaar;

Es half kein Cato zu, wie sauer er auch war.

Die Freyheit gieng nun fort. Nun dieser wird erstochen,

Bezahlet mit der Haut; nicht aber ungerochen:

Octavius wacht auf, und nimmt sich seiner an,

Macht was noch ledig ist ihm vollends unterthan.

Da ward kein Scipio, kein Fabius gehöret,

Kein Bürgermeister mehr, noch Rathesherr geehret.

Da war kein Cassius, kein Brutus in der Stadt,

Der feindlicher Gewalt frey unter Augen trat.

An Tugend ſtatt kam Mord, Neid, Liſt und Hofepoſſen:

Wie ſich Tiberius im Hurenhauß' entſchloſſen,

Was Claudius befahl, was Nero, was das Schwein

Domitianus hieß, das ließ man Amen ſeyn.

So hat die ſchöne Stadt zuſehend abgenommen,

Und iſt je mehr und mehr bis auf die Neige kommen:

Die ſonſt in Leidenszeit den Wolken gleiche ſtund,

Sank in der Wohlfahrt hin in aller Schände Grund.

Es ward nach Gottesdienſt itzt weiter nicht gefraget,

Der Raub der ganzen Welt ward übel durchgejaget.

Es muſte die Natur ganz werden umgewandt,

Aus Thälern Berg gemacht, aus Bergen glattes Land.

Was wir zu dieſer Zeit gar übel glauben können,

Das durft' ein ſchlechter Mann durch Uebermuth beginnen:

Kein

Das ließ man Amen ſeyn) das ließ man geſchehen; ein ſon-
barer Ausdruck, der ſich in dieſe Beſchreibung von der Römern nicht wohl ſchickt. B.

Kein Laster war zu groß: zwey Tonnen Goldes werth,

Und mehr, ward durch ein Weib auf einen Trunk verzehrt.

Dies thut der Ueberfluß. Was will man aber sagen

Von Sachen, welche sich mit Heyden zugetragen?

Ob billig wohl ein Christ ihm diese ganze Welt,

Und aller Völker Heer für seinen Spiegel hält.

Der edle große Mann von Isai gebohren,

Zum König Israel vom Himmel selbst erkohren,

Wie wird er zum Gebet' und Andacht angeregt,

Als GOtt ihn wegen Mord und schnöder Unzucht schlägt!

Herr! spricht er, wasche mich von meinen Missethaten:

Ich muß es nur gestehn: ich bin zu sehr gerathen

In

und mehr ward durch ein Weib) Er zielt hiermit auf die
Egyptische Königinn Kleopatra, die mit dem Antonius eine
Wette eingegangen war, wer das kostbarste Gastmal geben
würde. Man weis, daß sie eine von ihren großen Perlen,
die sie im Ohre trug, und die von einem unschätzbaren Werthe war, in einer Schaale mit Essig zergehn ließ, und so
austrank. S.

P 5

In schwerer Sünden Wust: es ist von mir gethan,

Was dir zugegen läuft, und ich nicht läugnen kann.

Ich bin in Uebelthat empfangen und erzeuget,

Es hat die Mutter mich mit Sündenmilch gesäuget.

Du hast die Warheit lieb, und bist den Lügen feind,

Du weissest alles wohl, wie sehr man es verneint.

So scheine mir nun zu, mit deiner Gnadensonne,

Laß den zerknirschten Geist, empfinden Freud und Wonne.

Nimm mich doch wieder an, erquicke mein Gebein,

Heb meine Glieder auf, die ganz zerschlagen seyn.

Laß nicht dein Angesicht auf meine Sünden schauen;

Gieb mir ein neues Herz, ein neues Zuvertrauen.

Verwirf nicht deinen Knecht, verstoß mich nicht von dir;

Laß deinen guten Geist mich trösten für und für,

Und wie die Worte sind. So heisset Nothdurft beten,

So heisset Unglück uns vor GOttes Augen treten,

Den Himmel anzusehn, auf den man wenig sieht,

An den man wenig denkt, wann alles grünt und blüht.

　　　　　　　　　　　　　　　　　Dies

Dies, was versehrt, das lehrt: iemehr man Saffran reibet

Je stärker schmeckt er auch. Je mehr man Tugend treibet

Je höher schlägt sie aus; die Widerwertigkeit

Soll wie ein Fechtplan seyn, und wie ein steter Streit,

In welchem GOtt uns zeigt, wie, und mit was für Wegen

Uns möglich sey die Macht der Sünden zu erlegen,

Wie wir der Seelen Feind bestehen nach Gebür,

Und kommen dann mit Ruhm, Ehr und Triumph herfür.

Es müssen über dies der Kirchen Qual und Plagen

Ein klares Zeugniß seyn, es sey nach diesen Tagen,

Ein Tag der grösser ist, da diese ganze Welt

Dem Richter über uns, wird werden vorgestellt.

O wohl dann dem, so hier auf Christus Wort ist kommen,

Gebuldig seine Last die sanfte Last, genommen!

Wer dieses Joch erträgt, der sieget und besteht!

Wer ist nicht höret: Kommt, wird endlich hören; Geht,

O wohl

Dies was versehrt, das lehrt) Quæ nocent, docent. Z.

O wohl dem, welchen GOtt hier, als ein Vater quälet,

Der wird hernach ganz frey, ganz quit und los gezehlet!

Den GOtt mit Treuen meynt, den er von Herzen liebt,

Wird von den Bösen hier gepresset und betrübt.

Die itzt mit Sicherheit im Rosengarten sitzen,

Die werden anderswo mit Schrecken müssen schwitzen.

Wer hier der Christen Schaar, durch Schwerdt und Feuer jagt,

Wird künftig durch den Wurm, der nimmer stirbt, genagt.

So soll die Welt auch sehn, daß keine Noth und Leiden,

Daß keine Tyranney GOtt und sein Volk kann scheiden;

Und daß ein solcher Mensch, der die Gewissen zwingt,

Vergeblich und umsonst die Müh und Zeit verbringt;

Daß wir vor unser Maul kein Blat nicht dürfen nehmen,

Das wir vor keinem uns nicht scheuen oder schämen,

Er sey auch, wer er will, daß unsers Herzen Grund

Nicht falsch, nicht anders sey, als etwann Red' und Mund?

Kein Würgen, keine Schlacht, kein Martern und kein Pressen

Zwingt uns der Frömmigkeit und GOttes zu vergessen.

Der Zweck der Christenheit muß GOttes Name seyn,

Nicht Eitelkeit der Welt, nicht äusserlicher Schein

Und gleissend Heucheley: Wir müssen kundbar machen,

Daß Christen Noth und Tod verhönen und verlachen:

Wir müssen lassen sehn ganz richtig, klar und frey,

Daß die Religion kein Räubermantel sey,

Kein falscher Umhang nicht. Was macht doch, ihr Tyrannen,

Was hilft, was nutzet euch das Martern, das Verbannen,

Schwerdt, Feuer, Galgen, Rad? Gezwungen Werk zerbricht:

Gewalt macht keinen fromm, macht keinen Christen nicht.

Es ist ja nichts so frey, nichts also ungedrungen,

Als wohl der Gottesdienst: so bald er wird gezwungen,

So ist es nur ein Schein, ein hoher falscher Ton:

Gut von sich selber thun das heißt Religion,

Das

Gewalt macht keinen fromm,) Wie viel Ehre macht dem
Dichter dieser Geist der Duldung und Sanftmuth, der aus
dieser ganzen Stelle hervorleuchtet! Z.

Das ist GOtt angenehm. Laßt Ketzer, Ketzer bleiben,

Und glaubet ihr für euch; begehrt sie nicht zu treiben

Geheissen willig seyn ist plötzlich umgewandt,

Treu, die aus Furchte kömmt, hat mißlichen Bestand.

Ein Mensch kann seinen Sinn wohl vor den andern schließen:

Der Glauben lieget tief. GOtt kennet die Gewissen,

Sucht aller Nieren durch, sieht aller Herzen Raht,

Und weiß, was ich, und du, und der, verschuldet hat.

Mehr sollen Christen nicht, wo daß die Christen heissen,

Und in der Wahrheit sind, von Herzen sich befleissen

Zu tragen ihre Noth, wie ihr Herr Christus trug,

Da ihn des Vaters Grimm von unsert wegen schlug.

Das Lamm, das reine Lamm von Anbegin geschlachtet,

Der Fürst der Seeligkeit, hat seiner nicht geachtet,

Hat williglich über sich genommen fremde Schuld,

Mit Liebe, Niedrigkeit, Gehorsam und Geduld.

Des wahren GOttes Sohn, der GOtt von allen Zeiten,

Der auf der hohen Luft und Wolken pflegt zu reiten,

Der

Der Waſſer, See und Meer umgreift mit ſeiner Hand,

Die großen Hügel wiegt, den Himmel überſpannt,

Der kam zu uns herab, ward Menſch der Menſchen Willen,

Des Vaters großen Zorn, der uns betraf, zu ſtillen;

Nahm auf ſich Hunger, Durſt, Froſt, Hitze, Schmach u. Spott,

Stund alle Marter aus, gieng endlich in den Tod.

Der König aller Welt ließ ſich mit Dörnern krönen,

Vor dem die Erde bebt, ließ ſchimpflich ſich verhönen!

Durch den die Sonne ſieht, der ward als blind verdeckt.

Der unbegreiflich iſt, ward an das Holz geſtreckt.

Den aller Engel Schaar mit ihren Stimmen ehren,

Der muſte Schimpf und Hohn der Läſtermäuler hören:

Der Blitz und Donner ſchickt, der ward nur ausgelacht,

Der Tod und Leben giebt, ward ſchändlich umgebracht.

Sein Haar war voller Blut, der Rücken voller Striemen,

Die Hände blau und ſchwarz durch Zwang der harten Riemen:

Kein Glied iſt nicht an ihm, das nicht gelitten hat;

Die Zunge ſchließ ich aus, mit der er für uns bat.

Hier

Hier unſer Kreutz iſt ſchlecht, und wegen Sünd- und Schande,

Der nichts verſchuldet hat, hat mehr noch ausgeſtanden,

Mehr Qual und Pein gehabt, als jemand leiden kann,

Und ſeinen Mund doch nicht dargegen aufgethan.

Er muß der Spiegel ſeyn, indem wir ſchauen ſollen,

Wo daß wir nach der Zeit auch mit ihm herrſchen wollen.

Wer Chriſtus Ebenbild zu werden nicht begehrt,

Wer ihm nicht folgen will, iſt ſeiner auch nicht werth.

Der Kirchen Eigenſchaft iſt dulden hier auf Erden;

Ihr Acker muß durch Blut der Frommen feiſte werden:

Ihr allererſter Grund iſt Morden, Blut und Pein,

Ihr Fortgang der iſt Blut, Blut wird ihr Ende ſeyn.

Und letzlich müſſen wir durch dieſes Mittel ſchauen,

Daß GOtt ſey unſer Schild, daß unſer Zuvertrauen,

Allein auf ihm beruht, daß er die Seinen liebt,

Daß er bey ihnen iſt, und treue Hülfe giebt.

Ach! laſſe niemand doch ſo ſchändlich ſich betriegen,

Er wolle für gewiß durch Menſchenbeyſtand ſiegen.

                                     Wann

Wann alles lustig steht, sind Freunde mannigfalt;

Kömmt nur ein kleiner Wind; so wird die Liebe kalt.

Da fällt viel Kummer für, da hat man sehr zu fragen,

Wie dieses und wie das sich habe zugetragen;

Da geht es langsam her, eh' als man retten will.

Wie jener arme Tropf, der in den Brunnen fiel,

Sollt' erst, wie sich es doch verlaufen, Antwort geben,

Und stund bis an den Hals, trug Sorge für sein Leben:

Ach, mein Freund, rief er, schaut und springt mir izund bey,

Hernach fragt, wie der Fall doch zugegangen sey.

Hilft aber jemand ja, so ist doch sein Vermögen

Viel minder noch als nichts, wann GOtt nicht ist zugegen,

Und ihm den Rücken hält: der Mensch ist nur ein Raub

Der

Wann alles lustig steht,) Nach dem Ovid.

    Donec eris felix, multos numerabis amicos,

    Tempora si fuerint nubila, solus eris. Z.

Der nimmer stillen Zeit, ist Asche, Koth und Staub;

Sein Wehren baut doch nichts; die Kraft der Menschenhände,

Und auch der Mensch mit ihr, lauft stündlich zu dem Ende,

Das allen ist bestimmt. Drum sezt uns GOtt so zu,

Auf daß man sehen soll, daß er uns Vorschub thu,

Wo Menschen Rettung fehlt, und alle von uns laufen;

Daß er allein uns schützt, steht für den kleinen Haufen,

Fängt Spieß und Degen auf, daß kein Feind weiter kömmt,

Als wo er ihm sein Maaß und leztes Ziel bestimmt.

Wir dichten Tag und Nacht, wir jagen, laufen, traben,

Wir brauchen großen Fleiß mit Schanzen, Bauen, Graben,

Wir nehmen hier und da die besten Vortheil ein,

Izt dünkt uns dieser Ort, izt jener besser seyn;

Da liegt das Dorf nicht gut, da steht der Wald im Wege,

Aus Sorge, daß der Feind sich nicht darhinter lege:

Man krieget dies und das wohl durch Verrätherey;

We

Wer fragt, ob Kriegeskunst List oder Tugend sey?

O arme Kreatur, mit deinem viel Erfahren,

Mit deiner Emsigkeit! Der Fürst der Himmelsschaaren,

Der Wagen Israels sitzt über uns und lacht,

Sieht auf den Erdenkreiß; Ihn jammert deiner Macht

Und viel zu schwachen Kraft. Nach allen Thun und Rennen,

Auf so viel Schweiß und Blut, da muß man doch erkennen,

Daß aller Menschen Witz, daß alle Macht der Welt

Nichts sey als Kinderwerk; daß Er den Platz behält.

Laß kommen Pharaon mit seinen Reutereyen,

Laß alle Teufel aus, laß Pfeil und Kugel schneien:

Wann Rath und That erliegt, wann alles ist gethan,

Kömmt GOtt doch in das Spiel, und nimmt sich unser an.

Er

List oder Tugend sey) Virgil:

— dolus an virtus, quis in hoste requirat? V.

Er nimmt sich unsrer an, er wird sein Volk erhören,

Wird schlagen die, so uns und ihn in uns versehren,

Wird darthun, daß doch der, so uns ißt thut Verdruß,

Hier zeitlich, und hernach dort ewig, büssen muß.

Ende des ersten Buchs.

Troſt=

Trostgedicht

in

Widerwertigkeit des Kriegs.

Zweytes Buch.

Inhalt.

Hier hebet der Poet an zu erzehlen, wie sich ein Mensch in dieser langwierigen Verfolgung des Vaterlandes die Traurigkeit aus dem Gemüth solle schlagen: und sagt erstlich, von der göttlichen Vorsehung: es müsse so seyn, und wäre nun das Beste, Gehorsam leisten, und bedenken, wer der über uns sey; nemlich, dasjenige und höchste Gut, von welchem alle Dinge zu gutem Ende gerichtet werden. Hernach leitet er uns von der Eitelkeit dieser Welt, auf den Weg der Tugend, und lehret wie ein weiser Mann in aller Anfechtung und Gefahr sicher und unbewegt stehen könne.

Bisher nun sey der Krieg, und auch um wessen wegen

Er unser Land betrift. Itzt, hilft mir GOttes Segen,

So will ich weiter gehn auf dieser neuen Bahn,

Und zeigen, wie man sich hinwieder trösten kann.

Die schöne Poesie, als die von oben kommen,

Und aus dem Himmel selbst ihr erstes Quell genommen,

Hat allzeit mir behagt: ich trage freylich Gunst

Von meiner Kindheit an zu dieser edlen Kunst;

Doch gleichwohl kann und will ich nimmermehr verneinen;

Es sey nicht gänzlich Nichts, was viel Gelehrte meynen.

Sie wird von manchen kaum zum besten angelegt,

Der als ein schädlich Gift und Pest sie bey sich trägt.

Poeten sollen mir Bericht in Weißheit geben,

Und sagen, wie ich doch in diesem armen Leben

Die bösen Lüste fliehn, das Kreutze tragen soll:

So sind sie Eitelkeit und falscher Meynung voll,

Hier

Hier sitzt der große Fürst, Achilles, der Vertrauten

In ihrer zarten Schoos, spielt eines auf der Lauten,

Läßt Troja Troja seyn, hält diese Schlacht für gut,

Die ohne Todesangst den Feinden Abbruch thut.

Da fasset Jupiter sein Weib bey ihren Füssen,

Und henkt sie in die Luft, des Zornes Lust zu büssen.

Da steht der weise Mann Ulysses, seufzt und klagt,

Er werde gar zu weit vom Vater weggejagt,

Und wollte gerne heim: da liegt der Kern der Helden

Ihr starker Hercules, und fluchet, wie sie melden,

Auf seiner Frauen List, und das vergifte Kleid,

Durch das er sterben muß, weint, seufzet, heult und schreit.

O weg mit solcher Kunst, weg, weg mit solchen Sachen,

So die Gemüther nur verzagt und weibisch machen,

Die

Läßt Troja Troja seyn,) Niemand hat vielleicht das menschliche Herz besser gekannt und geschildert, als Homer. Wenn man seine beyden vortreflichen Gedichte aus dem wahren Gesichtspuncte ansieht, so werden die Vorwürfe wegfallen, die ihnen Opitz hier macht. Z.

Die leichtlich, wie man will, durch der Gedichte Schein,

Und äusserlichen Glanz, zu überreden seyn.

Ich lasse diesesmal die Zuckerworte bleiben,

Will auf mein Deutsches hier von deutscher Tugend schreiben,

Von Mannheit, welche steht; will machen offenbar

Wie keiner unter uns in Nöthen und Gefahr,

Die itzt vor Augen schwebt, so gänzlich sey verlassen,

Daß er nicht wiederum ein Herze solle fassen.

Es ist noch Trost genug auf dieser zweiten Welt,

Durch welchen sich ein Mann und Christ zufrieden stellt.

Laß uns zuförderst doch erkennen und bedenken,

Wie dies, darum wir uns so grämen, martern, kränken,

Nicht anders gehen muß; daß Gottes weiser Rath,

Der nicht zurücke weicht, es so geordnet hat.

Der GOtt von Ewigkeit sitzt auf des Himmels Vesten,

Streckt seine starke Hand von Osten bis in Westen;

Von seiner Weißheit Macht, die nimmer Unrecht will,

Hat diese ganze Welt ihr Wesen, Lauf und Ziel.

Dies

Dies müssen wir gestehn: kein Volk ist so verblendet,

Kein Land so gar von Zucht und Erbarkeit gewendet,

So wild' und ungezähmt, das nicht erkennen kann,

Es sey was über uns, dem alles unterthan.

Sie müssen der Natur sich ja gefangen geben,

Wo daß sie Unterricht und Lehren widerstreben.

Wohin sie immer sehn, hoch, niedrig, nah' und weit,

Da ist ein Ueberweiß und Bild der Göttlichkeit.

Schaut jemand über sich, da geht der Sonnen Wagen,

Kömmt weiter nicht herab, den Monden zu verjagen

Von seiner kalten Bahn; hier steht der weiße Bär,

Hält seinen Platz vor sich, fällt nimmer in das Meer.

Der schöne Lucifer verkündigt uns den Morgen,

Und Hesperus zeigt an, die Linderung der Sorgen,

Die Nacht, sey bey der Hand; die andern Sternen auch,

Die Augen in der Luft, behalten den Gebrauch,

Nachdem

ein Ueberweiß) so viel als Beweiß. **Z.**
Die Augen in der Luft,) So nennt Milton gleichfalls die
Sterne, wenn er den Satan zur Eva sagen läßt:
— mit unzehligen Augen
Wacht itzt der Himmel; wen sonst, als dich zu betrachten o Eva. **Z.**

Nachdem sie bis itzund von Anfang her gelaufen,

Gehn allzeit ihren Weg, und kommen nicht zu Haufen,

Und werden nie vermengt: ihr Sitz wird nie verwandt,

Man spürt an ihnen nichts, als Ordnung und Bestand.

Nun wann wir weiter auch bey uns betrachten werden

Der Elementen Art; Luft, Feuer, Wasser, Erden,

Wie Naß und Trucken sich, wie Kalt und Warm begehn,

Da wird man der Natur Verbündniß wohl verstehn.

Auf daß wir aus der Luft nun auch herunter steigen,

Wer kann den schönen Lauf der Dinge doch verschweigen?

Was aus der Erden wächst, lebt durch der Wurzel Saft,

Ein jedes hat sein Thun, ein jedes seine Kraft.

Schau auch den Thieren zu, wie allesamt sich paaren,

Wie alle sind bedeckt mit Schuppen, Federn, Haaren:

Dies hat ein starkes Horn, dies einen scharfen Zahn,

Dies Klauen; jenes was, mit dem es fechten kann.

Dies kreucht, dies fleucht, dies schwimmt, dies geht auf seine Füße

Ein jedes kann der Speiß', als wie es soll genießen.

                                        We

Wer dieſes ohngefehr, ſo zuzugehen ſpricht,

Der lebet ohngefehr, hat ſeine Sinnen nicht.

Wann daß wir aber dann auch auf uns ſelber kommen,

Da können wir nicht fort, da müſſen wir verſtummen:

Des Menſchen ſchöner Leib, ſein himmliſcher Verſtand

Der zeigt auf Gottes Macht, wie gleichſam mit der Hand.

Dies iſt das große Buch der armen blinden Heyden;

Wir Chriſten haben mehr: wir können uns beſcheiden

Von Adam Zeiten her: Wir wiſſen aus der Schrift

Was GOtt, ſo viel ein Menſch zwar wiſſen ſoll, betrifft.

Was wollen wir dann nun uns wider ihn erheben,

Und ſeiner weiſen Macht, Befehl und Ordnung geben?

Was kümmern wir uns dann? Was klagen wir dann viel,

Weil GOtt, das höchſte Gut, es alſo haben will?

Was

Des Menſchen ſchöner Leib) In einem Neujahrsgedichte,
das wir hernach vorlegen wollen, hat Opitz die Beweiſe, die
man von dem wundervollen Bau des menſchlichen Leibes her-
nehmen kann, weitläuftiger, und vortreflich ausgeführt. S.

Was heisset trozig seyn, und mit dem Himmel streiten,

Wie Mimas und sein Volk gethan vor alten Zeiten:

Wann dieses nicht so heist? Es hift doch kein Verdruß,

Am besten, gerne thun: dann wer nicht will, der muß.

GOtt will, sich ausgesezt, nichts lassen immer währen:

Es soll ein Wechsel seyn, es soll sich alles kehren:

Was war, was ist, was wird, hat seinen rechten Lauf:

Wann eines niederfällt, so geht ein anders auf.

Wie Fäulichkeit das Holz, Rost Eisen pflegt zu fressen,

So ist sein Zweck, Maas, Tag und Stunde zugemessen

Dem allen was hier ist: ein jedes Ort und Land,

Ein jedes Königreich hat seinen Stillestand.

Die Ursach ist zwar auch in äusserlichen Werken:

Wann Untreu wird erregt, wann sich die Laster stärken,

Wann weiser Rath gebricht, wann fremdes Volk einschleicht,

Wann Obrigkeit von Art der alten Rechte weicht,

Und

Mimas) Einer von den himmelsstürmenden Riesen. Z.
Fäulichkeit) man sagt izt Fäulniß. Z.

Und was noch weiter iſt: doch eigentlich zu ſchreiben,

Der erſte Quell iſt GOtt, der thut dies alles treiben,

Der ſtellet alles an, der hat ein jedes Haar

Der Menſchen abgezehlt, geſchweige Zeit und Jahr.

Er danket Fürſten ab, ſetzt andre an die Stelle:

Da hilft nun nichts darfür, wie ſehr man widerbelle,

Wie ſeltſam man auch thu, wie oft man ſage: Nein:

Es iſt der alte Lauf, und wird auch noch ſo ſeyn.

Des Himmels ſchöner Bau muß wie ein Kleid veralten,

Kann ſeine Zierlichkeit nicht immerzu behalten,

Das Firmament giebt nach, und unſer Erdenkreis

Nimmt ab, je mehr und mehr, wird wie ein alter Greiß.

Hoch, niedrig, klein und groß wird alles fort geriſſen,

Kein Regiment, kein Stand vermag ſich auszuſchlieſſen,

Wie prächtig er auch iſt, wie heftig er ſich wehrt:

Die Städte fallen um, kein Stein bleibt unverheert.

Wo iſt der Perſer Kraft? wo iſt die Macht der Griechen?
Wo

thut treiben) Wir haben dieſe veraltete Wortfügung ſchon
oben wo angemerkt. Z.

Wo ist doch ihr Athen, wo Sparta hingewichen?

Wo manches edles Reich und altes Regiment?

Ach GOtt! sie werden kaum in Büchern noch genennt?

Wo sind die Wunderwerk, in solcher Pracht gebauet,

Daß einem, welcher sie betrachtet, gleichsam grauet?

Stehn alle Pfeiler noch? wo ist die schöne Gruft,

So Artemesia erhöhet in die Luft?

Hat der Dianen Kirch' auch ewig mögen dauren?

Wo ist doch Babylon mit ihren dicken Mauren?

Wo ist das große Bild der Sonnen zu Rhodis,

Das seinen Daumen auch gar kaum umklaftern ließ?

Wo ist der Jupiter, den Phidias gegossen?

Hat Cyrus noch sein Haus? Sie sind, wie Schnee verflossen,

Auf den zu Frühlingszeit die heisse Sonne fällt.

Sie wusten nicht wohin, sie brachten Gold und Geld

Tief aus der Erden her, und schmierten es mit Menge

Auch wiederum darauf: dies Wesen war zu enge,

Sie

Dianen Kirch') Der berühmte Tempel der Diana zu Ephe-
sus. B.

Sie hinderten der Luft faſt ihren Tageſchein,

Der Himmel ſchiene ſelbſt für ſie zu niedrig ſeyn.

Itzt iſt die hohe Pracht, ſo die Natur verworren,

Und ihrer Zier beſchämt, der Erden gleich geſchorren.

Wo dieſer Hoffart vor kein Menſch noch Thier genaß,

Da weidet man nun Vieh, und wächſet Laub und Gras.

Wo iſt das ſchöne Rom, dem nichts auf Erden gleiche,

Nichts nächſt gefunden ward, die Göttinn aller Reiche,

Der Auszug der Natur, das Haupt der ganzen Welt?

Ihr Aas iſt noch zu ſehn, ſie ſelber iſt gefällt.

Wo iſt ihr großer Stolz, wo ſind die Waſſergänge?

Wo ſind die Gaſſen doch, ſo unerhörter Länge?

Das Capitolium, die Tempel allzumal,

Vierhundert, wie man ſagt, und mehr noch an der Zahl?

Wo

---

geſchorren) geſcharrt. Z.

Die Göttinn aller Reiche) Nach dem Martial.

Terrarum dea gentiumque, Roma
Cui par eſt nihil & nihil ſecundum. Z.

Ihr Aas) etwas niedrig, an ſtatt ihr Gerippe ihre Ueber-
bleibſel. Z.

Wo Fabius vorhin, wo Scipio gegangen,

Wo Julius den Raub der Völker aufgehangen,

Wo Cicero der Faust mit Worten widerstrebt,

Wo Maro, wo sein Fürst Octavius gelebt?

Wo mancher theurer Held, wo so viel hohe Seelen

Erzogen und geborn, da sind itzt alte Hölen,

Da ist itzt Mord und Raub. Ihr königlicher Rath,

Und sie darzu ist hin, die überreiche Stadt;

Ihr Wesen hat mit ihr nun müssen ganz verschwinden,

Die Laster nehm' ich aus, die sind noch da zu finden,

So viel man ihrer will; dann auch die alte Schaar

Wird noch auf diesen Tag vermehret Jahr auf Jahr.

Nichts ist so überhoch, da nicht das Glück hinreiche

Mit seiner langen Hand; das Schwerdt macht öfters gleiche,

Die schon nicht gleiche sind: das ganze Vaterland

Steht mehrmals besser nicht, als in gewehrter Hand.

Der

erzogen und geborn) geborn klingt freylich sehr hart, wir haben es aber nicht mit Herr Trillern ändern wollen, erzogen und
erzeugt. Diese harte Auslassung des e kömmt noch einigemal
in diesem Gedichte vor. 3.

1ster Band. R

Der Krieg ist Gottes Zeug, mit welchem er zertrete,

Was nicht mehr stehen soll; die allerbesten Städte

Sind, wie ein großer Baum, der wächset lange Zeit,

Und wird auf einen Tag hernachmals abgemeyt.

So muße Tyrus auch ganz eingeäschert werden,

So ward Jerusalem geleget auf die Erden.

Die GOtt sonst liebe Stadt; sein auserwähltes Haus;

So ist kein Platz so gut, er hat noch endlich aus.

Was wollen wir uns dann von dessentwegen grämen

So andern widerfährt, und der Natur uns schämen?

Die Welt kann nicht bestehn, die Länder nicht in ihr,

In Ländern keine Stadt, in keinen Städten wir.

Das Feld wird durch das Jahr begabt mit reichem Segen,

Auch wiederum verdeckt durch Kälte, Frost und Regen:

Der Himmel giebet uns des schönen Tages Pracht,

Er bringt hergegen auch die schwarze trübe Nacht.

Zu Zeiten liegt die See ganz stille, glat und eben,

Zu Zeiten pflegt sie sich mit Wellen zu erheben,

Zu

Zu stürmen in die Luft: wie dann begehren wir,

Daß uns das gute Glück ersehe für und für?

Dies ist sein altes Thun; es steht auf einem Rade:

Was neulich oben war, erfüllt mit Gunst und Gnade,

Das ist itzt unten an; und was vor unten war,

Das steht itzt oben auf, ist ausser der Gefahr.

Vermeynest du, du seyst nicht glückhaft dieser Stunden,

Weil das, was glücklich war, ist allbereits verschwunden,

So meyne gleichfals nicht, du seyst itzund in Pein,

Weil das, was schmerzhaft ist, auch muß vorüber seyn.

Des Winters Sonnenglanz, des Mondes Stillestehen,

Des Sommers kühler Wind pflegt eilends zu vergehen,

Viel eher noch das Glück, als wie ein Weibsbild,

Die ihres Fleisches Lust bald hier bald da bald stillt,

Begehrt den der sie haßt, und haßt der sie begehret,

Liebt keinen immerfort; so wird es auch verkehret,

Schlägt augenblicklich um. Es ist der Lauf der Welt,

Dies fällt und jenes steigt, dies steigt und jenes fällt.

Die auf dem Schiffe ſind, ſie ſchlafen oder wachen,

Sie gehen oder ſtehn, ſie machen, was ſie machen,

Führt doch der Wind ſie fort: wer hier zu Schiffe geht,

Muß folgen der Natur die nimmer ſtille ſteht.

Viel beſſer iſt es ja ſich beugen, als zerbrechen,

Es heiſſet närriſch thun, an GOtt ſich wollen rächen.

Iſt auch ein kluger Menſch der nicht der Pſiller lacht,

Die, wie man leſen kann, ſich an den Sud gemacht,

Dieweil er um ihr Land und Gegend härter blieſſe,

Als ihnen gut und lieb; ſie nehmen Schild und Spieſſe,

Und auf das Ufer zu: da kömmt ein Sturm daher,

Bedeckt das tolle Volk durch Sand und wüſtes Meer.

Was iſt des Menſchen Macht und ſeine große Thaten?

Ein Stäublein: Was ſein Licht? Ein Traum von einem Schatte

Sein

als zerbrechen) Ein bekanntes Sprichwort der Lateiner:

Melius eſt flecti, quam frangi. S.

Der Pſiller lacht) Dieſen Streit der Pſiller mit dem Winde

erzehlt Herodot. Lib. IV. c. 173.

Sein Geist? Ein bloſer Rauch: Sein Leben? Müh uud Leid;

Er ſelbſt des Glückes Spiel, ein Raub der ſchnellen Zeit,

Des Wankelmuthes Bild: das andre, Schleim und Galle,

Geboren; daß er hier in Ungewißheit walle,

In Zwang und Kummer ſey. Das Thier, das edle Thier,

Das alle Thiere zwingt, der Erden Lob und Zier,

Kömmt bloß und arm hieher: Sein erſtes Thun iſt Zagen,

Iſt große Dürftigkeit, iſt Weinen, Noth und Klagen.

Die andern Thiere zwar kennt jedes ſeine Kraft,

Und weiß auch von Natur von ſeiner Eigenſchaft;

Der Menſch allein, ihr Haupt, und Herr ſo vieler Sachen

Muß alles, was er thut von andern lernen machen,

Und daß er ißt und trinkt, redt, ſitzet, geht und liegt,

Kömmt nur durch Unterricht; ſchläft auch nicht ungewiegt;

Kann nichts nicht von ſich ſelbſt, das Weinen ausgenommen;

Wird, alſobald er nur aus Mutterleib iſt kommen,

R 3   Gefan-

(ein Raub der ſchnellen Zeit) Dieſes iſt faſt von Wort zu
Wort wie Ariſtoteles den Menſchen bey dem Stobæo beſchreibt:
Homo eſt imbecillitatis exemplum, temporis ſpolium,
fortunæ luſus, inconſtantiæ imago, invidiæ & cala-
mitatis trutina, reliquum vero pituita & bilis. Z.

Gefangen und gepreßt, geknüpft an Hand und Fuß:

Sein Anfang der ist Qual, und Qual ist sein Beschluß.

Wie thöricht handeln dann, die ihnen lassen grauen

Für dem, was menschlich ist, die nicht zurücke schauen,

Was sie doch selber sind, und leben furchtevoll

Für dem, was keiner nicht vermeiden kann noch soll.

Wer seine Zuversicht dem Wesen hat ergeben,

Das nur den Leib betrifft, der kann nicht ruhig leben,

Der muß in Aengsten stehn. Kein Glück ist also frey

In dem nicht etwas noch von Angst und Kummer sey.

Mann findet allzeit was, das man nicht haben wollte,

Und allzeit mangelt was, das nicht gebrechen sollte.

Was ist das schnöde Geld? Was bringt es vor Gewinn?

Raubts nicht, wer stärker ist, dem Schwachen allzeit hin?

Vermag es, mir den Durst und Hunger auch zu stillen?

Vermag es, mich vor Frost und Kälte zu verhüllen?

Ja, sagst du, gieb nur Geld, so wird auch wohl gethan,

Daß Hunger, Durst und Frost vertrieben werden kann,

Wol

Wohl gut, ich kann so Rath für meine Nothdurft finden;

Sie aber selbst vermag ich nicht zu überwinden;

Sie fordert allzeit was, ihr Glück ist nimmer gar;

Ihr Geitz hört nimmer auf, itzt mangelt hier, itzt dar.

Gieb einem so viel Land, als hundert Ochsen pflügen;

So viel ein Habicht ihm getraut zu überfliegen

Auf einen Sommertag: gieb einem so viel Geld,

Als Spanien bisher bringt aus der neuen Welt;

Doch wirst du ihm die Lust zu mehrern nicht erwehren;

Je mehr er haben wird, je mehr er wird begehren.

Ist schon das Armuht weg, so bleibt doch die Begier:

Bin sonst ich auch betrübt, kein Reichthum hilft darfür.

Laß einen kranken Mann in Seid' und Sammet liegen,

Häng' allen Schmuck um ihn, daß sich die Stollen biegen,

Er bleibt doch siech und schwach: so einen kranken Muth,

Ein Herze voller Pein macht Gold und Geld nicht gut.

So

Die Stollen biegen.) Die Stufen auf den Treppen. Z.

So iſt es gleichfalls auch beſchaffen mit den Ehren:

Kann auch ein hohes Amt mir meine Tugend mehren?

Wird meiner Laſter Zahl durch Würden zugedeckt?

Macht Hoheit einen fromm? Wird Cato auch erſchreckt,

Um daß Vatinius, der Abſchaum aller Thoren,

Ins Bürgermeiſter Amt vor ihm wird auserkohren,

Und ſitzet oben an? Der Glanz der Herrlichkeit

Iſt nur ein bloßer Glanz und ein Betrug der Zeit:

Er wird viel leichter noch gefunden, als behalten,

Wann er gefunden iſt; die Gunſt kann bald erkalten

Von der er hergerührt. Wer darauf Hoffnung ſetzt,

Vergleicht ſich dem, der Glaß für ganz beſtändig ſchätzt.

Nun großer Herren Macht, wie bald wird die verkürzet?

Sie werden oftermals ganz plötzlich abgeſtürzet

Von ihrer Majeſtät: wie hoch ihr Sitz auch ſey,

So iſt er dennoch nicht von Angſt und Sorgen frey.

Wie

Cato auch erſchreckt) Cato gab ſich zweymal vergeblich Mühe, Prätor oder Conſul zu werden. Z.

Wie nichtig ist doch auch des Adels Namen führen!

Ist dieses nicht, sich nur mit fremden Federn zieren?

Wann Adel einig heist von Eltern edel seyn,

So putzt mich heraus ein angeerbter Schein,

Und ich bin, der ich bin. Kann gleich von vielen Zeiten

Dein Stamm bewiesen seyn, wann gleich zu beyden Seiten

Kein Wappen an der Zahl, kein blanker Helm gebricht,

Du aber bist ein Stock, so hilft die Ankunft nicht.

Was soll ich ferner nun auch von der Wollust sagen?

Ist nicht ihr Anbeginn voll Furcht, und Leid und Zagen,

Ihr Ende voller Reu? Was kömmt nicht vor Beschwer

Vor Siechheit, Qual und Pein, von ihrer Uebung her?

Bringt sie auch große Lust, wie wir zu nennen pflegen,

So sind die Thiere weit den Menschen überlegen,

Die blos auf Geilichkeit und Leibeswartung gehn,

Und allesamt sich sonst auf anders nichts verstehn.

So

Geilichkeit) ist nicht mehr gewöhnlich, wir sagen Geilheit, Wollust. Z.

So iſt ja alſo klar, daß nichts von dieſen Dingen,

Mir rechte Sicherheit und Ruh vermag zu bringen:

Sie haben nicht Beſtand, ſind über unſer Recht,

Und welcher ſie beherrſcht, der iſt des Glückes Knecht.

Kein Kluger liebt ein Menſch von ihrer Kleidung wegen,

Die ſonſten greulich iſt. Wilſt du zur Wage legen

Des Weſens Nichtigkeit, darum man hier ſo kriegt,

So wirſt du ſehn, daß nichts, als Kohl darunter liegt.

Dies, was wir unſer Gut mit ſeinem Namen nennen,

Iſt kein Gut eigentlich, wie ſehr wir nach ihm rennen;

Wie ſehr wir nach ihm thun. Wer ſein am meiſten hat,

Der hat am meiſten auch zu ſorgen früh und ſpat.

Jemehr man Holz zulegt, je mehr die Glut ſich breitet,

Jemehr das Glücke ſich mit ſeinen Gaben ſpreitet,

Jemehr wird nachmals dann durch Unglück umgekehrt:

Wo viel vorhanden iſt, da wird auch viel verzehrt.

Wil

_____

ein Menſch) ein Frauenzimmer. Menſch iſt itzo, wenn es
vom weiblichen Geſchlecht gebraucht wird, ein Schimpf-
wort. B.

Will aber jemand Gut, das immer währet, finden,

Das weder durch Gewalt noch Waffen soll verschwinden,

Der binde nur sein Schiff der Tugend Anker an,

Die nicht zu Boden sinkt, die nicht vergehen kann.

Sie thut es nur allein, sie, sie die schöne Tugend;

Des Alters Aufenthalt, die Nährerinn der Jugend,

Der Reichen bester Schatz, des Adels Zier und Pracht,

Ja, die das Armuht reich, den Pöbel edel macht.

Laß kommen, wer da will, laß schnarchen, brausen, toben,

Laß wüten alle Welt; sie schwimmet allzeit oben,

Sie wird nicht unterdruckt: kein Feind ist so versucht

Der nicht durch ihre Kraft gebracht wird in die Flucht.

Führt neue Felsen auf, macht meilendicke Wälle,

Umringt euch mit der See, grabt ein bis in die Hölle,

Kein Bollwerk ist so gut, kein Thurn so hoch gebaut,

Kein Graben so geführt, für dem der Tugend graut.

Laß einen Edelstein mit Koth und Mist umschmieren,

Er

mit Koth und Mist) Dies ist wieder einer von den sehr un-
edeln Ausdrücken, die Opitz in diesem schönen Gedicht stehn
lassen.   B.

Er wird doch seinen Glanz und Kräfte nicht verlieren:

Stoß einen edlen Sinn in Kummer und Gefahr,

Thu mit ihm, was du willt, er bleibt doch, wie er war.

Treib einen weisen Mann von allen seinen Sachen,

Heiß ihn ins Elend ziehn, er wird dich doch verlachen.

Schleuß Ketten um ihn her, verbirg ihn in ein Schloß

Da niemand zu ihn kann, sein Geist geht allzeit los.

Ein Fels in tiefer See, ob schon die starken Wellen

Mit Stürmen und Geräusch ihm sich entgegen stellen,

Hält unbeweget aus; wie sehr das Wasser springt,

Wie sehr die scharfe Luft von Norden pfeift und klingt:

So wird ein hoher Muth auch nimmermehr gezwungen,

Durch keine Dürftigkeit, durch keine Noth verdrungen:

Sollt alles, was hier ist, zu Grund und Boden gehn,

So bleibt er immerzu auf freyen Füssen stehn.

Kein

Ein Fels in tiefer See,) Nach dem Virgil:

> Ut pelagi rupes, magno veniente fragore
> Quæ sese, multis circum latrantibus undis,
> Mole tenet. 3.

Kein Harnisch, kein Gewehr, kein Spieß, kein scharfer Degen

Kann einen Weibersinn zur Tapferkeit bewegen:

Vergeuß ihn ganz in Stal, so wird er doch gejagt;

Ein freyer Sinn ist, bloß und nackend, unverzagt.

Ein großer starker Wurm reißt an der Spinnenweben

Baum, Garn und Stangen durch, die Fliege muß nur kleben,

Bezahlet mit der Haut. Stoßt Unglück an die Thür,

So bleibt ein feiges Herz: ein Mann steht für und für.

Die Freyheit will gedruckt, gepreßt, bestritten werden,

Will werden aufgeweckt (wie auch die Schoos der Erden

Nicht ungepflüget trägt) sie fordert Widerstand,

Ihr Schutz, ihr Leben ist der Degen in der Hand.

Sie trinkt nicht Muttermilch. Blut, Blut muß sie ernähren,

Nicht Heulen, nicht Geschrey, nicht weiche Kinderzähren:

Die Faust gehört darzu: GOtt steht demselben bey,

Der erstlich ihn ersucht, und wehrt sich dann auch frey.

Ist Friede durch das Land, ist niemand zu bestehen,

So

ist niemand zu bestehen,) ist niemand anzugreiffen, zu überwinden. 3.

So ſtreicht man müßig hin; aus vielen müßig gehen'
Kömmt ſichers Leben her, und endlich mit der Zeit,
Auf gar zu ſicher ſeyn, erfolget Dienſtbarkeit.

Die Tugend lieget nicht in einem zarten Bette:
Das harte Feldgeſchrey, die Paucken, die Trompete,
Des Feindes Angeſicht, der Grimm, das rothe Blut,
Dies iſt ihr rechter Sporn, von dannen nimmt ſie Muth.

Wann dieſe Wächter uns ſind aus den Augen kommen,
Da wird uns auch der Sinn zur Munterkeit genommen:
Wird einmal dann das Herz umringet von der Nacht,
Gewiß, es iſt ſo bald nicht wieder aufgewacht

Nun unſer weiſer Mann gewohnet nicht zu wanken,
Gewohnet durch zu gehn mit feurigen Gedanken,
Zu ſtehn, als eine Wand; der wird von nichts verſehrt,
Sein Reichthum blühet ſtets, bleibt ganz und unzerſtört.

Er

Nun unſer weiſer Mann) Dieſes Flickwort nun kömmt eini=
gemal in dieſem Gedichte vor. Z.

Er läßt den Feind das Geld und sonsten zeitlichs Wesen,

Gleich wie Caligula die Muscheln, zu sich lesen,

Das Beste bleibet ihm: er weiß wohl, Gold und Geld

Sey nichts, als theurer Koth, und Tockenspiel der Welt.

Er stehet hoch empor, weit von des Pöbels Haufen,

Sieht diesen hier, den da, und jenen sonsten laufen,

Verlacht die Eitelkeit, verhönet Schmach und Spott,

Schaut seinen Glücke zu, erschrickt vor keiner Noth.

Er weiß, daß im Gemüth, in Sinnen und Verstande

Der rechte Mensch besteht, und daß nur einem Bande

Der Leib zu gleichen sey, das uns zusammen hält,

Bis unser Stündlein kömmt, und reißt uns von der Welt.

Und darum schätzt er auch des armen Leibes Güter

Vor keine Güter nicht: was angeht die Gemüther,

Was den Verstand betrifft, das heisset er allein

Nach seinem rechten Werth arg oder köstlich seyn.

Drum

---

die Muscheln zu sich lesen) Man sehe den Svetonius im Le-
    ben des Caligula. Z.

Tockenspiel) Puppenspiel. Z.

Drum läßt er williglich des Glückes Sachen fliehen,

Wann der sie wieder holt, der ihm sie nur geliehen,

Der ganz gerechte GOtt, der, wie es ihm beliebt

Dem etwas, jenem nichts, dem viel, dem wenig giebt.

Drum saget er auch nicht, daß Krieg, Verfolgung, Leiden,

Flucht, Krankheit, Geldverlust, u. was man nicht kann meiden,

Zum höchsten böse sey; er weiß, woher es kömmt,

Und daß es muß so gehn, nachdem es ist bestimmt.

So tritt er frölich hin, begehrt nicht abzuweisen,

Was auf ihn dringen will, bringt wider Stal und Eisen,

Den Muth, der eisern ist, lernt warten auf sein Ziel,

Nicht wünschen, daß es ihm gelinge, wie er will,

Seht, was Ulysses thut, sein Schiff wird durch die Winde,

Und

seht was Ulysses thut) Opitz hat hier den Horaz Epist. 2.
Libr. I. vor Augen gehabt:

Rursus, quid virtus & quid sapientia possit,
Utile proposuit nobis exempla Ulyssem:
Qui domitor Trojæ, multorum providus urbes,
Et mores hominum inspexit; latumque per æquor
Dum sibi, dum sociis reditum parat, aspera multa
Pertulit, adversis rerum immersabilis undis.

Der deutsche Dichter hat indeß dieses schöne Gemälde etwas
zu sehr ausgedehnt; und einige unedle Ausdrücke kommen
gleichfalls hernach vor, wie z. E. die Zähne wässern ihm,
bunt über Ecke gehn rc. B.

Und Wellen angerannt, gestossen auf die Gründe,

Geführet in die Luft, geworfen hin und her;

Es legt sich wider ihn der Himmel und das Meer.

Was richten sie doch aus? die andern fremden Waaren,

Gefärthen, Ruder, Raub, Gold, Silber, läßt er fahren,

Zieht auch die Kleider aus, und wirft sie willig hin,

Dies, was sein eigen ist, kann niemand ihm entziehn.

Wie wohl die Stimme klingt der listigen Sirenen,

Vermag sie doch für ihn so lieblich nicht zu tönen,

Er seegelt noch darvon: was Circe thut und macht,

So wird er dennoch nicht aus seiner Art gebracht.

Der Cyclops will ihm zu, der große Menschenfresser,

Die Zähne wässern ihm; Ulysses weiß es besser:

Wo sonst kein Waffen hilft, da zwingt er durch den Wein,

Und stößt der Bestien das Stirnenfenster ein.

Sein

das Stirnenfenster ein.) Das einzige Auge, welches der Riese Polyphem auf der Stirn hatte.　Z.

Sein unverzagter Geist, sein Geist, erzeugt zu Kriegen,

Zu Ehren angewöhnt, der kann nichts als nur siegen,

Als immer oben seyn; er schöpft kein Wasser nicht,

Er bleibet, wer er erst, wann Mast und Boden bricht.

Du kannst, Fortune, ja den werthen Helden zwingen

Hin in die tiefe See, bis an den Hals, zu springen;

Du kannst ja wider ihn vermischen Luft und Flut,

Kannst fordern, willst du so, sein Leben, Gut und Blut:

Daß aber er vor dir die Knie auch solle beugen,

Viel weinen, kläglich thun, sich wie ein Weib erzeigen,

Sein Leben, seine Zeit, verdammen für und für,

Sein Herze lasse gehn, das stehet nicht bey dir.

Er weiß wohl, daß das Meer, auf das er sich gewaget,

Der strenge kalte Nord, durch den er wird gejaget,

Die Klippen, und der Sturm, in Gottes Händen stehn,

Drum läßt er ihm auch es nach Gottes Willen gehn.

O, sagt er, schwimme fort, was nicht will bey mir halten;

Mein Herze, mein Verstand, soll doch mit mir veralten:

Mein

Mein unerschöpfter Muth, mein guter treuer Rath,

Der nicht ein kleines Theil gethan vor Troja hat,

Der bleibt so lang', als ich: laß alles von mir laufen:

Bunt über Ecke gehn, Freund, Gut, Knecht, Schiff ersaufen:

Es muß seyn ausgelegt, dies ist der Reise Zoll,

Um mich und meinen Sinn steht alles recht und wohl.

Das Unglück hat mir ja von außen was genommen,

Zum Herzen aber ist es mir so wenig kommen,

So wenig als das Meer; das leichter diese Welt,

Als mein Gemüthe mir wird haben umgefällt.

So bricht der große Mann, der Held zur Pracht geboren,

Zur Tugend rechten Pracht, vom Himmel auserkoren,

So bricht er endlich durch, behält die Oberhand,

Sieht, was uns allen lieb, sein liebes Vaterland.

So muß ein Kecker seyn: er kann nicht unten liegen,

Er hat sich nicht gewöhnt zu schmiegen und zu biegen,

Er läßt gar willig gehn, was ihm nicht zugehört,

Und was sein eigen ist, das bleibet unversehrt.

Des

Des Donners harte Kraft, wie die Gelehrten sagen,

Pflegt in den Lorbeerbaum gar nimmer einzuschlagen:

So ist auch für der Macht des Glückes jederzeit

Der Tugend grünes Laub versichert und befreyt.

Sie läßt sich sonderlich durch Kreuz und Unglück sehen,

Wann alles knakt und bricht, wann alle Winde wehen,

Wann Sturm und Wetter kömmt, da tritt sie dann herein,

Macht schauen jedermann auf sie, und ihren Schein.

Die Sternen pflegen sich bey Tage nicht zu rühren,

Bey Nachte sieht man sie den ganzen Himmel zieren:

So ist die Tugend auch, wann sie zu schaffen kriegt,

Die sonst zu guter Zeit, ganz wie vergraben, liegt.

Sie hält des Glückes Zorn für lauter Schimpf und Scherzen,

Sie wird durch keine Quaal, durch keine Leibesschmerzen

Aus ihrer Burg verjagt: sie giebt sich nimmer blos,

Kein Streit noch Widerpart ist ihrer Macht zu groß.

Wie

gar nimmer einzuschlagen:) Dieses möchte nach den neuern
Beobachtungen wohl nicht ganz ausgemacht seyn. Z.

Wie sollte sie auch nicht Gedult in Leiden haben?

Wir wissen ja gar wohl von den Spartanerknaben,

Wie sehr man ihnen hat mit Schlägen zugesetzt,

Noch gleichwohl haben sie kein Auge nicht genetzt.

Die Frauen pflegten auch in Indien vor Zeiten,

Nachdem ihr Mann verschied, selbst unter sich zu streiten,

Die vor die Liebste dann von allen ward erkannt,

Sprang zu ihm in die Glut, und ward mit ihm verbrannt.

Wie

Spartanerknaben,) Von der ausserordentlichen scharfen Geißelung der spartanischen Knaben sagt Cicero im zweyten Buche der Tuskulanischen Fragen: Spartæ pueri ad aram sic verberibus accipiuntur, ut multus e visceribus sanguis exeat: nonnunquam etiam, ut, quum ibi essem, audiebam, ad necem; quorum non modo nemo exclamavit unquam, sed ne ingemuit quidem. Von den Huronen und Jraquoießen ist es bekannt, daß sie die allerabscheulichsten Martern, welche die menschliche Grausamkeit jemals kann erfunden haben, nicht nur ohne die geringste Verzuckung, oder ohne das geringste Geschrey zu machen, ausstehn; sondern daß sie meistentheils unter diesen Martern mit der größten Gelassenheit singen, Toback rauchen, und dergleichen. Z.

in Indien vor Zeiten) Es ist noch heutiges Tages in vielen Ländern von Indien der Gebrauch, daß die Weiber sich mit ihren verstorbenen Männern zugleich verbrennen lassen. Z.

Wie soll doch manches Weib in ihren Kindesnöthen,

So übermännlich seyn, und auch gar kaum erröthen

In ihren Angesicht, ob schon die Last sie dringt;

Da ihr Geschlechte doch verzagt seyn mit sich bringt,

Was siehet man auch nicht die wilden Thiere leiden,

Wie laufen sie herum in allen dicken Heyden,

Durch Hecken, Busch und Berg? Was Hunger stehn sie aus?

Wie schlägt Reif, Eis und Schnee zu Winter in ihr Haus?

Was dulden sie doch nicht von wegen ihrer Jungen?

Wie werden sie von uns nicht ohne Blut bezwungen?

Dies hält die Stirne vor, das schärfet seinen Zahn,

Das spitzt ein starkes Horn, der spricht die Klauen an:

Was schwach und furchtsam ist behilft sich mit dem Laufen:

Die Löwen halten Fuß: so ist es mit dem Haufen

Der Menschen auch bewandt: wer scheu ist, sucht den Steg,

Auf den der Feind nicht kann, und wirft den Schild hinweg.

Gleich wie der Wind die Spreu bis in die Lüfte führet,

Und streut sie hin und her, den Weitzen nicht berühret:

So

So nimmt ein feiger Mensch gar leichtlich das Panier

Das auch ein Hase sucht; ein Held steht nach Gebühr,

Thut nichts, das schädlich ist, und das sich nicht geziemet,

Weicht von der Tugend nicht. Ist Cato gleich berühmet,

So fällt er endlich doch in Ungerechtigkeit,

Um daß er aus der Welt sich reisset vor der Zeit.

Es ist wohl lobenswerth, daß er den greisen Haaren,

Den Augen, die vor nichts noch je erschrocken waren,

Zur Schmach, dem Cäsar nicht zu Fusse fallen will

Und überwunden seyn, das ander' ist zu viel.

Er sticht sich erstlich selbst, und als man ihn verbunden,

Muß doch das Pflaster fort, er reisset in die Wunden,

Wirft, wie ein toller Hund, die Därmen in die Schoos,

Und läßt den stolzen Geist aus seinem Kerker los.

Ein

---

ist Cato gleich berühmt,) Der Dichter spricht hier von dem
Selbstmorde des Cato, welcher von so vielen Alten und Neuern bewundert worden, mit vieler Einsicht und philosophi-
schen Richtigkeit. Z.

Ein Kriegsmann darf nicht fort, es sey dann zugegeben

Durch seinen Capitein: wir sollen aus dem Leben,

Es gehe, wie es will, auch eher nicht entfliehn,

Bis uns des Lebens Herr erlaubet fort zu ziehn.

Muß Tullius nicht auch mehr als ihn ansteht, klagen,

Nachdem ihn Clodius will aus der Stadt verjagen?

Wie weibisch stellt sich doch der sonsten große Mann?

Er zieht so seltsam auf, hat alte Kleider an,

Ist bleich, er seufzet, weint, fällt allen zu den Füssen,

Daß, die er beugen will, der Kleinmuth lachen müssen.

So stürzt den tapfern Sinn nur einig die Gefahr,

Der vor so unverzagt in fremden Fällen war.

Was soll, du wahres Bild der wohlberedten Zungen,

Was soll doch dieses seyn? Wo wirst du weggedrungen?

Von

Wie weibisch stellt sich doch) man hat dem berühmten Cicero nicht ohne Grund vorgeworfen, daß er in verschiednen
Auftritten seines Lebens allzuwenig Muth und Standhaftig-
keit gezeigt habe. Z.

Von meinem Rom: von Rom? Ist Rom die ganze Welt?

Ist nicht noch hier und dar genugsam Land und Feld?

Was spricht dein Socrates, nachdem er soll bekennen,

Von welcher Gegend er sich pflege herzunennen?

Ich, sagt er, von der Welt.   Ein witziger Verstand,

Hält alles, was hier ist, für unser Vaterland,

Ist nirgend fremder Gast, ist überall daheime:

Kein Platz ist weit und breit, dahin er sich nicht reime.

So fahren sicherlich itzt hin, itzt wieder her,

Die Vögel durch die Luft, die Fische durch das Meer.

Ist außen seyn so viel? Was thun wir, die wir reisen?

Wir pflegen uns gewiß gutwillig zu verweisen.

Ist nicht der schöne Bau der Erden das Gemach

Und stolze Haus für uns? Der Himmel unser Dach?

Das

Was spricht dein Socrates) Socrates nannte sich einen
Weltbürger. Z.

außen seyn) auswärts, außer seinem Vaterlande seyn. Z.

S 5

Das grüne Feld ein Saal, mit Bäumen schön umringet?

Ist nicht die volle See, die reichlich Speise bringet?

Die Brunnen klaren Trank? Ist Mittag, Mitternacht,

Ist Aufgang, Niedergang, nicht weit genug gemacht?

Ein enger Sinn läßt sich an einen Winkel binden,

Und meynt, es sey kein Ort mehr in der Welt zu finden,

Da auch gut wohnen ist: daselbst ist Noth und Pein,

Wo Tugend, wo Geduld, wo Langmuth nicht kann seyn.

Der Freunde wegen auch sich kränken und betrüben,

Daß sie genommen sind, das heißet also lieben,

Wie einer, den ein Weib erquicket und ergetzt,

Der alle seine Lust auf die Berührung setzt.

Der liebet seinen Freund, der, wann er schön muß scheiden,

Ihn gleichwohl bey sich hat, und durch Gefahr und Leiden

In seinem Herzen trägt, sich dann mit ihm bespricht:

Den nimmt kein Abschied weg, der Tod auch selber nicht.

Kömmt

Kömmt nun das Unglück her, und heißt uns Urlaub nehmen,

Wir wollen gerne gehn und uns mit nichten grämen;

Es zeucht doch dieses fort, der lange widerstrebt,

Wer ist ein Pilgram hier? Ein jeder so da lebt.

Hinauf und über uns soll unser Sinn sich richten,

Soll lernen Haß und Neid und allen Fall vernichten,

Soll immer eines seyn, nicht zittern und nicht flehn,

Wie kleine Kinder thun, wann, daß sie Larven sehn.

Es sind auch anders nichts, als Larven alle Sachen,

Um welcher willen wir uns Leid und Kummer machen:

Des leichten Glückes Gunst ist, wie des Meeres Schaum,

Der brauset und zergeht; ist, wie ein süsser Traum,

Der, ehe man erwacht, entwischet aus den Sinnen;

Laß etwas unser seyn, daß wir behalten können,

Das nicht verlohren wird, das immer eigen bleibt,

Das keine Feuersbrunst, kein Schiffbruch von uns treibt.

Der

Der Feind hat dir dein Schloß, dein Haus hinweggerissen,

Fleuch in der Mannheit Burg, die wird er nicht beschliessen.

Er hat den Tempel dir verwüstet aus und aus:

GOtt schleust sich nirgend ein, sey du sein reines Haus.

Er hat dich von der Lust der Bücher weggetrieben:

Schau, ob du in das Buch des Lebens bist geschrieben.

Er hat den Acker dir verheeret, weit und breit:

Der Acker des Gemüths trägt auch bey Winterzeit.

Er hat die Töchter dir durch Noth und Zwang geschändet:

Gut, daß er dies nur nicht mit ihrer Gunst vollendet.

Er hat dein Weib erwürgt: viel wünschen ihnen das;'

Er hat dein Kind entleibt; der Mensch ist Heu und Graß,

Er hat das Vieh hinweg: das Brod ist doch verblieben,

Er

viel wünschen ihnen das;) Diese Antwort steht hier wohl
nicht an der rechten Stelle, da sie auch außerdem etwas un-
gezogen klingt. Z.

Er hat das Brod auch fort: der Tod wird keinen Dieben.

Er hat dein Geld geraubt: behalt du nur den Muth,

Er hat dich selbst verwundt: die Tugend giebt kein Blut;

Man mag sie, wie man will, verfolgen, neiden, haffen,

Sie hält ihr großes Wort: sich nicht bewegen laffen:

Ist einer Eichen gleich, je öfter man sie schlägt,

Jemehr man sie behaut, jemehr sie Aeste trägt.

Sie ist wohl ausgeübt, sich hoch empor zu schwingen,

Mit Flügeln der Vernunft, von diesen schwachen Dingen;

Dient GOtt, ehrt Ihn allein, thut nur, was Ihm behagt,

Ist über alle Macht, wird keines Menschen Magd.

Sie

der Tod wird keinen Dieben) Der eigentliche Sinn diefer
Antwort ist nicht wohl zu beftimmen. 3.

Ist einer Eichen gleich) Nach dem Horaz Od. 4. Lib. IV.

Duris ut ilex tonfa bipennibus,

Nigræ feraci frondis in Algido

Per damna, per cædes, ab ipso

Ducit opes animumque ferro.

Sie steht, und wird auch stehn. Im   erzen liegt verborgen,

Was nicht genommen wird, was frey ist aller Sorgen:

Dies, was hier aussen ist, was niemand halten kann,

Mag fliehen, wann es will; es geht uns gar nicht an.

Ende des zweyten Buchs.

Trost=

Trostgedicht

in

Widerwertigkeit des Kriegs.

Drittes Buch.

Inhalt.

In diesem Buch wird geredt von der Unschuld und dem gutem Gewissen: welch eine feste Mauer und Zuflucht es sey, ihm wohl bewust seyn, und um GOttes, der Religion, und der Freyheit willen, Gewalt leiden.   Darneben wird auch angezeigt: was unverzagte ritterliche Helden, welche gute Sache mit großem Muth und Beständigkeit schützen, für unsterbliches Lob und Ruhm bey den Nachkommen zu gewarten haben.

—————

Db

Obwohl der Tugend Trost, von dem wir itzt gehöret

Ein männliches Gemüth' auf alle Fälle lehret

Beherzt und freudig seyn in dieser letzten Zeit,

Da nichts, als Elend ist, als Krieg und schwerer Streit;

Doch ist dies nicht genug. Wir müssen ferner wissen,

Wie eine gute Sach, und heiliges Gewissen,

Das Leid und Kümmerniß des Herzens wenden kann,

Was Uebel und Gewalt uns auch wird angethan.

Ist etwas auf der Welt bequem und gut zu nennen,

Nach dem man früh und spät soll trachten, laufen, rennen,

Um das den Herren soll ersuchen Groß und Klein:

So wird es wohl gewiß der edle Friede seyn.

Wo

Wir müssen ferner wissen) Man sieht aus verschiedenen Stellen, daß Opitz sich kein Bedenken gemacht hat, die sogenannten rimes riches, wie hier Gewissen und wissen, zu gebrauchen. Die neuern Dichter sind ihm mit Recht hierinn gefolget, besonders da unsre Sprache gewiß keinen zu großen Ueberfluß an guten Reimen hat. Uebrigens wird der Leser bemerken, daß die beyden gleichlautenden Wörter müssen wissen in einer einzigen halben Zeile nicht sehr angenehm klingen. Z.

Wo er sein Lager hat, wird Gottesfurcht geübet,

Gerechtigkeit erbaut, Schaam, Erbarkeit geliebet,

Die Künste fortgepflanzt, die Güter nehmen zu;

Land, Stadt, Mensch, Vieh und Feld genießt der süßen Ruh.

Erwacht der strenge Mars, da bleibt nichts unversehret,

Gar kein Gesetze gilt, kein Recht wird mehr gehöret,

Weil Waffen und Gewehr zu viel Getümmel macht:

Die Frömmigkeit reißt aus, die Zucht giebt gute Nacht.

Was aber können doch die armen Künste machen?

Was kann Apollo thun bey solchem wilden Krachen?

Dringt auch der Musen Ton und lieblicher Gesang

Durch solches Feldgeschrey, und durch der Pauken Klang?

Die starke Schwefelglut, der Schall von den Geschützen,

Von denen Jupiter auch könnte lernen blitzen,

Macht, daß die Vögel sich begeben in die Flucht,

Daß Fisch und Wild entrinnt, und neue Wohnung sucht.

Es

reißt aus) entfließt; nicht mehr edel genug. Z.

Es kehrt sich alles um, muß über Haufen fallen;

Und was am schlimsten noch ist unter diesen allen,

Der sühlet oftermals am meisten in der That,

Der an dem Wesen selbst am minsten Theiles hat.

Tisiphone wird los, kömmt an den Tag gegangen,

Gefärbt mit Pech u. Rauch, umkrönt mit schwarze Schlangen,

Läßt ihren Acheron, den brennenden Morast,

Hat Zwietracht, Gram, und Neid, Haß, Zank, und Mord gefast,

Und wirft sie auf den Plan. Es rotten sich zu Haufen

Auch manche, die zuvor dem Henker kaum entlaufen.

Wer Güter, Haus und Hof, verschlemmt, verpraßt, verzehrt,

Wer nirgend sicher ist, wen große Schuld beschwert,

Wer keine böse That für sich zu viel seyn schätzet,

Wer an des Landes Fall', Herz, Augen, Sinn, ergetzet,

Wem alles gleiche gilt, ob der, ob jener siegt,

(Dann fromme Völker man so leichte nimmer kriegt)

Der

Tisiphone wird los) Nach dem Virgil:
Saevit & in lucem stygiis emissa tenebris
Pallida Tisiphone. R.

Der kömmt und trägt sich feil: und diese sollen finden,

Was vor verloren ist? die sollen überwinden,

Die legt man in die Stadt, die legt man auf das Feld,

Die werden, als ein Bild der Tugend vorgestellt?

So folgt gemeiniglich ein großer Krieg dem kleinen,

Und was noch weiter ist, es bleibt nicht bey dem einen,

Es schiessen mehr hernach. So ist das tiefe Meer;

Bald kömmt allhier ein Fluß, bald da ein andrer her.

Dies alles, und noch mehr, ist stark, uns zu bewegen,

Daß niemand unbedacht soll Kampf und Streit erregen;

Gar leichtlich kann das Schwerd aus seiner Scheiden seyn,

Es steckt sich aber nicht so leichtlich wieder ein.

Ein Christlicher Herr weiß, daß der, auf den er trauet

Hoch aus den Wolken her auf alle Menschen schauet,

Und

Die sollen überwinden) Wir werben unsere Kriegesvölker heutiges Tages noch auf eben die Art an, wie Opitz hier so lebhaft beschreibt; wie oft mußten wir also mit ihm in den vorigen Kriegen ausrufen:
die sollen überwinden?
Die werden als ein Bild der Tugend vorgestellt?	Z.
Ein Christlicher Herr) Diese halbe Zeile ist außerordentlich hart.	Z.

Und daß er endlich Ihm, der keinem Unrecht thut,

Soll geben Rechenschaft für jeden Tropfen Blut.

Er schaffet, was er kann, die Zwietracht zu vermeiden,

Er will an seinem Recht' auch lieber Unrecht leiden,

Eh als durch ihn der Krieg, der Streit, der Mord, der Brand,

Dies Jammern soll entstehn, nur um ein Stücke Land.

Der König herrschet recht, regiert am allerbesten;

Erweitert wohl sein Reich, der nach des Himmels Vesten,

Nach Gottes schönen Stadt bestellt sein Regiment,

Da nichts, als stete Ruh, als Huld und Freundschaft brennt.

Der Wille, den der Fürst der Fürsten uns verschrieben,

Sein letztes Testament, das heißt: Einander lieben,

Heißt Fried und Einigkeit: dies ist der letzte Zoll,

Das Loos, durch welches man die Kirche kennen soll:

Ein hohes Herze läßt den Krieg sich nicht erschrecken,

Erfordert es die Noth; pflegt doch ihn nicht zu wecken,

Im Fall er immermehr verhütet werden kann:

Ein wildes grimmes Thier läuft alle Menschen an.

T 3   Derglei-

Dergleichen Obristen zwar hat es wohl gegeben,

Die nichts so sehr gesucht, als Aufruhr zu erheben,

Um daß man von der Kunst und großen Tapferkeit,

Mit welchen sie begabt, nur sage weit und breit.

Ein schädlicher Gebrauch! Ist auch ein Arzt zu loben,

Der wünschet, daß die Pest doch sollte grausam toben,

Daß überall von ihm die Sage möchte gehn:

Der Mann könn' auf die Cur sich sonders wohl verstehn?

Wer wollte den Patron nicht in der See ertränken,

Der sich, wann Sturmwind kömmt, mit Fleisse dürfte lenken,

Auf Stein und Klippen zu, zu kriegen das Geschrey,

Wie sehr bescheiden er im Schiffregieren sey?

Will aber sonsten ja kein Rath und Weg ersprießen,

Will unser Nachbar gar von keinem Frieden wissen,

Wird uns das harte Joch und Dienstbarkeit zu schwer,

So sucht man billig dann das Schwerdt und Faustrecht her.

Dies

Dergleichen Obristen) Dergleichen Feldherrn, die blos aus
Begierde nach Ehre und Reichthümern ihre Fürsten zu
offenbar ungerechten Kriegen beraubet haben, wird man leider
in allen Geschichten antreffen. Z.

Dies hat ja die Natur die Bestien gelehret,

Nicht uns nur die Vernunft; wann eines wird versehret,

So thut es, was es kann: kein Würmlein ist so schwach,

Es giebet der Gewalt nicht, als bezwungen, nach.

Was kann nun besser seyn, dann für die Freyheit streiten

Und die Religion, wann die von allen Seiten

Gepreßt wird und gedrückt, wann die kömmt in Gefahr,

Wer soll nicht willig stehn für Heerd und für Altar?

Der Zweck ist recht und gut: vom Teufel ist der kommen,

Der auch dem Teufel selbst, (wie oftmals wird vernommen)

Um seinen guten Sold getreulich dienen will.

O weg dergleichen Sinn! O weg das böse Ziel!

Ein solches Lästermaul liegt dort und hier darnieder.

Wer GOttes wegen kriegt, für den kriegt auch GOtt wieder,

Dem reicht er seine Hand, dem springt er treulich bey,

Zu Trutze dieser Welt, und aller Tyranney.

Was

für Heerd und für Altar?) Nach dem bekannten Lateinischen:
pro aris & focis pugnare. Z.

T 4

Was hat man jener Zeit in Frankreich doch gewonnen,

Wie hin durch ganz Paris die neuen Hochzeitsbrunnen

Gequollen sind, durch Blut, durch Christenblut, gemacht,

Wie auch der Bräutigam fast selbst ward umgebracht?

Was ward für Wütherey und Toben nicht getrieben?

Der streitbare Colin ward erstlich aufgerieben,

Auf Erden fortgeschleppt, ins Wasser eingesenkt,

Mit Feuer halb verbrannt, in Lüften aufgehenkt.

Die andern folgten nach: da wollte nichts verschliessen,

Wie sehr man sich verkroch: es wurden fortgerissen,

Hoch, Niedrig, Reich und Arm: Ein Mann, ein bloßer Mann

Hat, wie er sich gerühmt, vierhundert abgethan.

Ich

Wie hin durch ganz Paris) Die sogenannte Pariser Blut-
hochzeit ist unstreitig das allerabscheulichste Blutbad, so jemals in der Welt angestiftet worden ist. Sie wurde 1572.
am Bartholomäus Tage von Carln den IX. ausgeführt; viele tausend Protestanten wurden allein in Paris niederge-
metzelt, und der Prinz von Navarra, der nachmalige Heinrich der vierte, stand selbst in großer Lebensgefahr. Z.

Der streitbare Colin) Der unglückliche Admiral Coligni,
dessen Leichnam noch an den Galgen gehangen wurde. Opitz
hat seinen Namen dadurch, daß er ihm eine deutsche Endigung
geben wollen, zu unkenntlich gemacht. Z.

Ich meyne, daß man sey den Alten nachgegangen,

Busiris nemlich hat die Gäste so empfangen,

Und Diomedes auch, der gute milde Mann,

Nahm fremde Leut' also mit seinen Rossen an.

Nun dies war in Paris: was anderswo geschehen,

Ist über Menschenthat: kein Bitten, Seufzen, Flehen,

Kein Klagen ward erhört. Man übte solche Pein,

Daß auch der Henker soll davor erschrocken seyn.

Kein Hugenottenhaus, kein Winkel ward vergessen,

Der armen Leute Fleisch von Hunden aufgefressen,

Theils auch der Feisten Schmeer von Aerzten aufgekauft,

Der Rhodan selber stund, der sonst so strenge lauft:

Der Leichen große Zahl ist häuffig vorgeschossen,

Und hat ihn zugestopft, so, daß er nicht geflossen,

Bis endlich noch das Blut, das aus den Körpern trat,

Das Wasser aufgeschwellt und fortgeführet hat;

Und

Busiris) Busiris verbrannte seine Gäste in einem glühenden
Ochsen, und Diomedes zerhieb sie in Stücken, und fütterte
seine Pferde darmit. Z.

Und als das todte Heer so stark nach Tours geschwommen,

Hat fast die ganze Stadt die Flucht von dar genommen,

Alarm, Alarm geruft. Zu Arles trank man nicht,

Dieweil ohn diesem Fluß sonst Wasser dar gebricht.

O Schande dieser Zeit! Wer hat vor Zeit und Jahren

Auch in der Heydenschaft dergleichen doch erfahren?

Noch ward auch Geld gemünzt, und gar darauf geprägt:

Die wahre Gottesfürcht hat Billigkeit erregt.

O schöne Gottesfurcht, durch Menschen Blut besprenget,

O schöne Billigkeit, da alles wird vermenget,

Da nichts nicht als Betrug, als Falschheit, wird gehört,

Da der Natur Gesetz auch selber wird versehrt!

Was half der Meuchelmord? Die Kirch ist doch verblieben,

Grünt mehr itzt da, als sonst, und sie sind aufgeschrieben

In Gottes rechte Hand, der wird auf jenen Tag,

Da niemand aussen bleibt, da nichts sich bergen mag,

Sie zieren allesamt mit einer Ehrenkronen,

Die nicht verloren wird, wird reichlich sie belohnen,

Die

Die theuren Märtyrer; sie werden nach der Zeit

Vor allen herrlich seyn, dort in der Ewigkeit.

Nun was sich nach der That mit Carlen zugetragen,

Wiewol er drauf geruht, beliebt mir nicht zu sagen:

Es bleibet einmal wahr: Gewalt und Tyranney

Sind auch noch auf der Welt nicht ihrer Strafe frey.

Sie tragen für und für den Henker in dem Herzen,

Der beißt und naget sie, der löscht die Marterkerzen

Nicht aus zu Tag und Nacht, er streckt sie ohne Ruh,

Da hilft kein Saitenspiel und kein Orlandus zu.

Sie müssen hier noch sehn die höllischen Göttinnen,

Die machen ihnen warm, die geisseln ihre Sinnen;

Dies ist Irions Stein, der allzeit sich bewegt,

Der Gast, den Tityus auf seiner Leber trägt.

Der

mit Carlen zugetragen) Er starb an einer sehr seltenen und merkwürdigen Krankheit, den das Blut flos ihm aus allen Schweislöchern heraus, welches man für eine unmittelbare göttliche Strafe hielt. Z.

Orlandus) Man glaubt, daß Opitz hiedurch einen gewissen Orlandus Lassus versteht, welcher zu den damaligen Zeiten ein berühmter Musikus war. Z.

Der Leib wird ofte zwar mit Krankheit übergangen

Durch einen leichten Fall, kann aber Hülf' empfangen:

In böser Leute Sinn schießt GOtt den harten Pfeil,

Der gar zu tief verletzt, an dem man nicht wird heil.

Die Träume bey der Nacht, das Schüttern in dem Schlafe,

Das hin und wieder sehn, ist schon ein Schmack der Strafe

Die nachmals kommen soll, wo Rhadamantus wohnt,

Und allen, wie gehört, mit Pech und Schwefel lohnt.

Wie schreibt Tiberius, wie muß er selbst bekennen?

Er pflege Tag für Tag mit großer Quaal zu brennen;

Wie still und sicher auch die Ziegeninsul war,

So ließ ihn doch nicht frey die Furchte für Gefahr.

Und nicht umsonst; sein Geist ward schändlich aufgegeben,

So pflegt es zuzugehn mit der Tyrannen Leben:

Nicht viel ziehn so hinab bis an Cocytus Schlund,

Und sehen ohne Blut den schwarzen Höllenhund.

O wohl

Ziegeninsul) Man kann hievon oben die Note von unserm
Opitz in seinem Vesuv nachsehn. Z.

O wohl hergegen dem, der wider sein Gewissen

Nichts denkt, nichts redt, nichts thut! Er kan der Ruh genießen

Wann alles mißlich ist: er triumphiert und steht,

Was Unrecht und Beschwer ihm unterhanden geht.

Wer frisch ist und gesund, kann ruhig liegen bleiben,

Bis sich der helle Tag dringt durch die Fensterscheiben,

Auf einer harten Bank: liegt einer an der Gicht,

Er schläft gewißlich auch in weichen Betten nicht.

So hat ein schlimmer Mensch auch gar zu guten Zeiten

Genugsam mit sich selbst zu fechten und zu streiten.

Thut einer, was er soll, und ist ihm wohl bewust,

Er bleibt in aller Noth und Trübsal bey der Lust,

Wird nimmer umgestürzt, ist allezeit derselbe;

Und fiele schon herab das himmlische Gewölbe,

Daß alle Winkel hier ganz würden umgestört,

So stünde doch sein Sinn getrost und unversehrt.

Drum,

das himmlische Gewölbe) Eine abermalige aber etwas verānderte Nachahmung von der bekannten Stelle des Horaz:
Si fractus illabatur orbis &c. 3.

Drum, sind wir schon itzund bedrängt an allen Enden,

So kann die Unschuld doch uns allen Kummer wenden;

Dieweil wir ja das Schwerdt genommen in die Hand,

Durch Nothdurft angereitzt, für GOtt und unser Land.

Dies, dies ist unser Zweck: wer um Gewinn sonst krieget

Bringt wenig Ehre weg, wie trefflich er auch sieget.

Wann (wie es mißlich steht) der Feind den Platz behält,

So läßt er seinen Leib nur um das schnöde Geld.

Es ist ein schöner Spott, für gute Sachen sterben;

Dies liegt uns nunmehr ob, dies, dies hat zu erwerben,

Wer sonsten unter uns durch Krieg, durch Blut, durch Streit

Erlangen will den Ruhm und Lob der Tapferkeit.

Itzt steht die Freyheit selbst wie gleichsam auf der Spitzen,

Die schreyt uns sehnlich zu, die müssen wir beschützen:

Es mag das Ende nun verlaufen, wie es kann,

So bleibt die Sache gut, um die es ist gethan.

Wann die Religion wird feindlich angetastet,

Da ist es nicht mehr Zeit, das jemand ruht und rastet.

Viel

Viel lieber mit der Faust, wie Christen, sich gewehrt,

Als daß sie selbst durch List und Zwang wird umgekehrt.

Es thut zwar nicht sehr wohl, sich feindlich lassen jagen,

Verlieren Hab und Gut: doch die Gewissen plagen,

Das dringt viel weiter noch, als nur durch Mark und Bein:

Sie wollen nicht bedrängt, nicht überladen seyn.

Der Leib ist unterthan, der Geist ist nicht zu zwingen,

Geht ledig, frey und los, pflegt sicher sich zu schwingen,

So weit es ihm gefällt, verläßt sein enges Haus,

Fleugt dieses große Rund auch augenblicklich aus.

Die güldne Freyheit nun läßt kein Mann eher fahren,

Als seine Seele selbst: dieselbe zu verwahren,

Derselben Schutz zu thun, ist allzeit gut und recht,

Wer sie verdrücken läßt, wird billig auch ein Knecht.

Wer kann sein Vaterland dann wüste sehen stehen,

Daß er nicht tausendmal muß einen Tag vergehen?

Die

---

die güldne Freyheit) Opitz ist voll von Stellen zum Lobe der Freyheit, und er drückt sich allezeit auf eine sehr dreiste und männliche Art darüber aus. Z.

Die Gunst, die jederman zu ihm von Herzen trägt,

Wird selbst durch die Natur von Kindheit an erregt.

Wie weit wir von ihm seyn, wie wohl es um uns stehet,

Wie glüklich es uns auch bey fremden Leuten gehet,

Brennt seine Liebe doch in uns bey Tag und Nacht,

Und kömmt uns ewiglich nicht gänzlich aus der Acht.

Das liebe Vaterland hat erstlich uns erzeuget,

Und auf die Welt gebracht, hat erstlich uns gesäuget.

Von dieser Mutter kömmt uns alles Gut und Nutz,

Drum sucht sie wiederum bey uns auch billig Schutz.

Und ist derselbe Mann verständig und bescheiden,

Der lieber für sie will, als mit ihr, Schaden leiden.

Die uns das Leben giebt, erfordert es in Noth,

Vor die gehn billig wir hergegen in den Tod.

Ich will mich lieber ja von wegen ihrer geben

Zu sterben, als ein Mann, als hier in Schanden leben;

Ich lasse nimmermehr mit besserm Lobe hin

Das, was ich der Natur doch sonsten schuldig bin.

Der=

Dergleichen Krieg pflegt GOtt und Menschen gut zu heissen,

Und pfleget selten auch zum ärgsten auszureissen.

Ob erstlich zwar der Lauf was mißlich gehen will,

So kömmt doch endlich GOtt, und thut das Widerspiel.

Wer wundert sich doch nicht, der Niederland betrachtet,

Der Spanschen Hoffarth Zaum? Wie war es so verachtet?

Noch hat der kleine Platz so viel, nächst GOtt, gethan,

Was warlich die Vernunft gar übel fassen kann.

Philippus war nun Herr, wo Phöbus auf zustehen,

Das große Licht der Welt, und nieder pflegt zu gehen;

Er hatte mehrentheils fast unter seine Macht

Der Amphitrite Strom und großes Reich gebracht:

Noch risse Holland los: die Marter Pein und Plagen

Der grimmen Tyranney war länger nicht zu tragen:

Das

der Niederland betrachtet) Der Dichter läßt nicht leicht eine Gelegenheit vorbey, etwas zu Hollands Lobe zu sagen, diese Stelle aber ist eine von den schönsten. Und in der That, wenn jemals eine Nation unsre aufrichtige Bewunderung verdient hat, so sind es gewiß die Holländer, die mit einem wahren Löwenmuthe sich dem Spanschen Joche entzogen, mit ihrem Blute sich ihre Freyheit erworben, und nunmehro zu den reichsten, mächtigsten und ansehnlichsten Völkern von Europa gehören. Z.

Das sehr bedrängte Volk ward endlich aufgehetzt,

Nachdem sein Blut genug das ganze Land genetzt,

Und Alba solchen Grimm und Wüterey begangen,

Dergleichen nie gehört. Die Ritterschaft gefangen,

Die edlen Helden, Horn, samt Egmund, wegerafft,

Die Städte leer gemacht, die Leute fortgeschafft

In Wald und Wüsteney Mann, Weib und Kind vertrieben,

Gejaget auf die See: jedoch sind sie geblieben;

So wenig haben sich der großen Macht erwehrt,

Und ihren harten Dienst in Freyheit umgekehrt.

Durch alles dieses Blut, durch so viel tausend Kronen,

Aus Peru her gehöhlt, durch hundert Millionen,

Und hundert noch darzu, kam Spanien so weit,

Daß itzund Niederland der Herrschaft ist bejreyt,

Das

___

durch hundert Millionen) Man erstaunt wenn man die Macht Königs Philipps des zweyten von Spanien, seine großen Länder, und seine unmeßlichen Reichthümer aus beyden Welten auf der einen Seite, und auf der andern ein kleines armes Volk sieht, daß einem solchen Monarchen nicht allein widersteht, sondern ihn mehr als einmal überwindet. Z.

Das werthe Niederland! sie haben zugenommen

Durch solchen Zwang und Drang, sind in die Schlösser koñen

Verborgen in ein Schiff, mit Wasen zugedeckt,

Gleichwie Ulysses sich in Trojens Pferd versteckt.

Ist je des Feindes Heer zu stark auf sie gezogen,

So haben sie ihn doch mit Kriegeskunst betrogen,

Sich sicher eingeschanzt, und Wälle vorgemacht,

Darhinter seinen Zorn und Wüten ausgelacht.

Er schlug sein Lager auf, die Städte wegzubringen:

Vergebens und umsonst! sie waren nicht zu zwingen,

Wie sehr man sie auch trieb: er faßte Leyden an,

Ließ keinen ein noch aus, verrannte Weg und Bahn,

Von aussen zu stritt' er, der Hunger war darinnen:

Doch er vermochte nicht die Mauren zu gewinnen;

Der Hunger zwang den Leib, die Herzen blieben stehn;

Man sahe Groß und Klein, wie bloße Schatten, gehn;

Das

___

verborgen in ein Schiff.) Prinz Moriz von Oranien ver-
barg in ein Schiff mit Torf beladen 70. tapfere Krieger, und
nahm durch diese List 1590. die Westung Breda weg. Z.

Das Kind noch an der Brust (wer denkt doch ohn Erbarmen,

An solche große Quaal!) fiel aus der Mutter Armen,

Die Mutter auf das Kind, und blieben beyde todt:

Noch hielten sie doch aus auch sonder Speis' und Brod,

Und blieben hungrig starr, bis das die wüsten Wellen

Und Thetis selber kam, sich für sie darzustellen.

Da gieng Baldeus weg, sein Haufen gab die Flucht,

Und hat den nassen Ort bisher nicht mehr besucht.

Itzt wohnt Apollo da mit seinen Pierinnen;

Die wunderschöne Stadt hat alle hohe Sinnen,

Hat alle Wissenschaft in ihren Kreis gebracht;

Und an des Krieges Statt der Künste Sitz gemacht.

Ostende, wo bleibt dies? Das hat der Feind gewonnen,

Wo das gewonnen heißt, mit so viel Goldestonnen,

Durch so viel Schweis und Blut, da haben angesiegt,

Da nichts nicht, als ein Heer verfaulter Körper liegt,

Da Sand erobert wird. Ach! also Lob erwischen,

So triumphiren, heißt mit güldnen Netzen fischen:

Und

Und war das minste doch das hier der Spanjer that;

Die Kälte legte sich im Winter vor die Stadt,

Im Sommer kam die Pest.   Nach dreyen gantzen Jahren

Da giengen sie davon die noch bey Leben waren,

Die andern hielten aus: was also sich ergab,

Das war ein Todenfeld und stinkicht Leichengrab.

So thun sie Widerstand, das Volk, zu Stål und Eisen

Von Wiegen an gewöhnt: sie dürfen auch wohl reisen

Bis an die Gades hin, wie Hemskerk hat gethan,

Der unbewegte Held. Der unverzagte Mann

Schlug nicht, wie Hercules, an eben diesem Orte

Den großen König todt; er kam fast an die Pforte,

Bey der die Sonne schläft; umschloß das weite Meer

Mit Feuer und Metall, und schlug das große Heer,

Bis

Hemskerk) Dieser berühmte Holländische Seeheld richtete im Jahr
1607. unter den Canonen von Gibraltar eine große Spanische Flotte zu Grunde.   Er selbst blieb in dem Treffen, indem ihm das linke Bein abgeschossen wurde. S.

Bis daß man ihm den Fuß vom Leibe weggeschossen.

Noch stund sein strenger Sinn; sein Leben ward beschlossen,
Der Sieg noch lange nicht: die Seinen stritten fort,
Und donnerten mit Bliz und Hagel um den Port:
Die See ward heiß davon; die Menschen auf dem Lande
Vergiengen halb vor Furcht, und sturben halb vor Schande:
Sie steckten Fahnen aus, doch leider allzuspat,
Der traurig' Admiral fand gar zu schlechten Rath.

Hier sahe nun der Feind aus diesem großen Werke,
Da ward er recht gewahr, daß Tod und Höllenstärke,
Daß Phlegethon auch nicht dem Sinne Wage hält,
Der für sein Land und Recht sich zu der Wehre stellt.

So pflegt das edle Volk die Freyheit zu beschützen,
Gebohren um die Flut und um die rauhen Pfützen,
Gehärtet durch den Wind; das niemals wird bewegt,
Das, wann es nöthig ist, die Häuser mit sich trägt.

O Feind (so sagen sie) nimm alles, wo wir leben,
Wir wollen sonder Scheu uns in die See begeben,

Wir

Wir wollen sonder Scheu, wo itzt die Schiffe gehn,

Dir blos zu Hohne nur, befreyt und sicher stehn.

So weit der Himmel reicht, und da die Wolken treiben,

Ist eben, wo man wohnt, ist, wo wir können bleiben.

Und unser Weib und Kind, gar weit von deiner Hand:

Wo du nicht bist, allda ist unser Vaterland.

Ach, Deutschland, folge nach! Laß doch nicht weiter kommen

Die, so durch falschen Wahn so viel schon eingenommen,

Zu Schmach der Nation! erlöse deinen Rhein,

Der itzund Waffen trägt vor seinen guten Wein.

GOtt, die Religion, die Freyheit, Kind und Weiber,

Soll dieses minder seyn, als unsre schnöde Leiber,

Die gleich so wohl vergehn? Was Nothdurft bey uns thut,

Es gehe, wie es will, das bleibet recht und gut.

Der Nutz ist offenbar: Die Freyheit zu erwerben,

Für Gottes Wort zu stehn, und ob man müste sterben,

Zu kriegen solches Lob, was nimmer untergeht,

Das hier mit dieser Welt, wie in die Wette, steht.

Dies

Dies, dies ist der Gewinn und süße Lohn der Zeiten,

So allen Helden bleibt, die rittermäßig streiten.

Sie werden wiederum von fornen an gebohrn,

Und würden sie zuvor auch hundertmal verlohrn.

So ward der Hercules zu einem Gott erwählet,

Und sein Gestirne wird auch noch von uns gezehlet,

Um daß er unverzagt viel Thaten auf sich nahm,

Und dem bedrängten Volk in Noth zu Hülfe kam.

Des Menschen Leben ist umzäunt mit engen Blanken,

Hat wenig Platz und Raum; sein Lob fleugt sonder Schranken,

Wird nirgend eingesperrt, und bricht sich an den Tag,

So weit der Sonnenglanz die Welt bestralen mag.

Um dieses pflegte ja Themistocles zu wachen,

Sich, wie Miltiades, durch Ruhm bekannt zu machen

Mit großer Tapferkeit; dies ist das Saitenspiel,

Der schöne Klang, so ihm vor allen wohlgefiel.

Es ists, nach welchem noch viel hohe Seelen streben,

Und sterben auch mit Lust; auf daß sie immer leben.

Ein

Ein aufgewachtes Herz und prächtiger Verstand

Begehrt gerühmt zu seyn durch die gelehrte Hand,

Die nicht verschwinden kann. Die Städte zwar veralten,

Die Mauren fallen um; kein Stein kann immer halten:

Was ein sinnreicher Geist mit seiner Feder pflanzt,

Ist vor der Zeit Gewalt versichert und verschanzt;

Wem aber für dem Tod durch ihn nicht wird gerathen,

Der bleibet jederzeit, samt allen seinen Thaten,

Verdeckt mit hoher Nacht: die Art hat Lethens Fluß,

Daß, welcher aus ihm trinkt, vergessen werden muß.

Es haben ihrer viel, in nunmehr alten Zeiten,

Wohl großen Ruhm verdient um ihren Muth und Streiten:

Sie liegen aber itzt versteckt und ungeehrt,

So daß man ganz und gar von ihnen nicht mehr hört.

Was

Es haben ihrer viel) Nach der schönen Stelle des Horaz Od. 9. Lib. IV.

Vixere fortes ante Agamemnona
Multi; sed omnes illacrumabiles
Urgentur, ignotique longa
Nocte, carent quia Vate sacro. 8.

U 5

Was hilft es, daß ein Mann durch Tugend, Witz und Kriegen

Weit über alle steigt, und bleibt hernach verschwiegen?

Was Gutes man von ihm bey seinem Leben spricht,

Genießen seiner doch, die nach ihm kommen, nicht.

Was der Poeten Volk und sonst gelehrten Sinnen

In ihre Fäuste kömmt, da wirken keine Spinnen

Ein Webe drüber her: ihr grünes Lorbeerlaub

Kehrt alles sauber ab, und leidet keinen Staub.

Durch sie bleibt nichts hindan, durch sie wird angezündet

Das Licht, mit welchen man sich aus dem Dunkeln findet:

Durch sie wird sonderlich das Kleinod aufgelegt,

Das manchen Rittersmann zum Wettelauf erregt.

Der Alexander selbst pflag neben seinem Degen

Homerus weises Buch ihm zu der Hand zu legen,

Auch wann er lag und schlief: dies war sein schönes Bild,

Das ihm der Tugend Ruhm stets unter Augen hielt.

Es ward ihm auch zur Zeit Achillens Grab gewiesen,

Den der Poete hat mit solcher Art gepriesen;

                                        O Jüng=

O Jüngling, hub er an, wie wohl stehts doch mit dir,

Um daß Homerus dich erhalten für und für!

Und recht, dann wäre nicht die hohe Kunst gewesen,

Durch welche wir noch itzt des Helden Mannheit lesen,

So wäre mit dem Grab', in das er ward gestreckt,

Auf eine Zeit sein Leib und Name zugedeckt.

Der Bücher Gutthat ists, daß viel noch wird gefunden

Was längst hat fortgemußt. Ist nicht Athen verschwunden,

Der freyen Künste Markt? wo ist itzt Griechenland?

Wo ist der Musen Quell, durch alle Welt bekannt?

Wo sind die Musen selbst? Sie haben müssen sterzen,

Ihr Sitz ist umgekehrt. In der Gelehrten Herzen,

In ihren Herzen steht, was allzeit übrig bleibt,

Was keines Feindes Macht und Raub der Zeit vertreibt.

In Büchern wird itzund noch Socrates gehöret,

Und die Academie, wo Plato saß, geehret:

In

sterzen) für stürzen, ist nicht mehr gebräuchlich. Z.

In Büchern bleibt noch itzt des Phöbus Tempel ſtehn,

Da Ariſtoteles pflag auf und abzugehn.

In Büchern ſtreitet auch Lyſander noch zu Lande,

Themiſtocles zur See; liegt Cimon in dem Bande:

Die Stelle ſelber iſt vom Türken abgeſtrickt,

Parnaſſus der iſt ganz in Barbärey erſtickt.

Durch dieſes wilde Volk, durch dieſe Peſt der Erden,

Hat Kunſt und Wiſſenſchaft gedämpfet müſſen werden,

Hat eine groſe Schaar der armen Chriſtenheit

Nun müſſen dienſtbar ſeyn ſo treflich lange Zeit.

Des wüſten Heeres Haupt, der blutige Tyranne,

Denkt täglich, wie er doch ſein Thun noch höher ſpanne:

Sieht uns mit Freuden zu, ſitzt an der Port' und lacht,

Daß Deutſchland durch ſich ſelbſt wird feindlich umgebracht.

Sein Wunſch gelinget ihm: da uns doch will gebühren,

Mit höchſter Einigkeit die Macht auf ihn zu führen;

Mit welcher, leyder! wir uns ſelber ſchädlich ſeyn;

Um dieſes ſeufzen itzt die Chriſten Groß un Klein,

Die

Die unter seiner Last gar kaum sich können wenden.

Sie schreyen auf uns zu mit aufgereckten Händen:

Zerreiß, o werthes Volk, doch nicht dein eignes Land

Greif dieses lieber an, beut lieber uns die Hand:

Nimm dieses schöne Reich doch aus des Feindes Rachen,

Daß einig durch Gewalt und ungerechte Sachen

Ist worden hingeraubt, nimm wieder deine Stadt,

Die vor der Zeit mit Rom, so weit regieret hat.

Judea bittet auch mit unerschöpftem Flehen,

Reicht seine Palmen her, die häufig da zu sehen,

Das Zeichen des Triumphs; zeigt auf den edlen Ort,

Da GOttes Sohn, für uns geschlachtet und durchbohrt,

So schwer gelitten hat, und wo er ist gelegen;

Es seufzet und begehrt, wir wollen doch erwegen,

Daß dieser Christenfeind und Bluthund sonder Ruh

Gedenke, wie er auch mit uns dergleichen thu,

Und

Bluthund) Der Dichter schreibt hier völlig in dem Geiste der damaligen Zeiten, wo die Türkenkriege noch gewöhnlich waren, die immer mit großer Animosität von beyden Seiten geführt wurden. Z.

Und unter glattem Schein' hieher sich könne bringen;

Daß ihm dann leichter sey anitzund zu vollbringen,

Indem ihm Thür und Thor von uns steht aufgethan,

So daß er, wann er will, kann geben dritte=Mann.

Nun wieder auf den Zweck und rechtes Ziel zu kommen,

Darvon mich Griechenland mit sich hinweg genommen!

Die Ehre, die ein Mann durch Krieg zu hoffen hat,

Bewegt ihn billig auch zu ritterlicher That.

Was kann doch schöner seyn, als unter vielen Helden,

Von deren Tapferkeit die Bücher ewig melden,

Auch aufgeschrieben stehn mit Schrift, die nicht verlischt,

Die gar kein Regen nicht, noch schwarzer Staub, verwischt?

Es wird zwar oftermals, was würdig ist zu schauen,

Auf Holz, Stein, Erz und Gold, geschnitzt; gemahlt, gehauen

Durch guter Künstler Fleiß; gehn hundert Jahr' vorbey,

So sieht man kaum, worauf das Werk gestanden sey.

Was die Geschicklichkeit auf ihrem Amboß schläget,

Mit ihrem Eisen gräbt, von ihrem Golde präget,

Das

Das glänzt je mehr und mehr: der todenbleiche Neid

Kömmt nur bis an das Grab, thut keinem weiter Leid.

So viel von Lügen auch durch falsche Lästerzungen

Der Sachen Billigkeit kann werden aufgedrungen,

Hat mißlichen Bestand, bleibt in die Länge nicht:

Die bloße Warheit dringt doch endlich an das Licht,

Reißt durch der Boßheit Dampf, gleich wie der Soñen Wagen

Durch aller Wolken Dunst pflegt unverletzt zu jagen,

Und treibt den Nebel fort: wie sehr man sie versteckt,

So bleibt sie von der Zeit doch nicht unaufgedeckt

Die nach uns kommen wird, die nichts weiß von Schmarotzen,

Die nicht bestochen wird, die weder Gunst noch Trotzen

Noch sonst Prakticken hört, dardurch wohl mancher Mann

Betriegt, und wiederum betrogen werden kann.

Da wird der ganzen Welt, ohn alle Scheu verkündet,

Was sonst vertüschet wird, die Fackel angezündet,

Die klärlich offenbart, was beydes schlimm und gut

Gehandelt worden sey, die keinem Unrecht thut.

Dann

Dann wird die Tyranney durch stete Schmach bezahlet,

Mit ihrer rechten Farb' aufs Leben abgemahlet:

So wird Caligula nach solcher langen Zeit,

So wird noch Nero itzt, samt andern, angespeyt.

Dann werden ausgestellt zu aller Menschen Hassen

Die die Religion im Stiche sitzen lassen,

Der Freyheit abgesagt, und wo der Wind geweht,

Um zeitlichen Gewinn den Mantel hingedreht.

Auch dieser Schande kann nicht unvergessen bleiben,

Die ihnen nicht begehrt den Unfall abzutreiben,

Die, wann sie schon gekonnt, der Armen Kreuz und Pein

Mit treuem Raht' und That nicht beygesprungen seyn.

Wir Menschen sind geborn, einander zu entsetzen,

Und keinen durch Gewalt gestatten zu verletzen.

Wer dem, der unrecht stirbt, nicht beyspringt in der Noth,

Und seinem Feinde wehrt, der schlägt ihn selber tod.

Der aber ist fürwahr den Göttern zu vergleichen,

Und weit mehr als ein Mensch, der seine Hand will reichen

                                               Der

Der unterdrückten Schaar, die Rettung bey ihm sucht

In Widerwertigkeit, und nimmt zu ihm die Flucht.

Der aller Leute Zorn will lieber auf sich laden,

Der seiner Nutzbarkeit will selber lieber schaden,

Als seines GOttes Ruhm', und, was des Nächsten Nutz,

In äusserster Gefahr verlassen ohne Schutz.

Was dann ihm immermehr für Trübsal widerfähret,

So hat er seinen Trost, zu welchem er sich kehret,

An dem er sich erhält, spricht sein Gewissen an,

Den Zeugen, der nicht fehlt, und nicht betriegen kann.

So richtet er sich auf, so bleibt er sicher stehen,

Ja, sollte schon die Welt zu tausend Trümmern gehen,

So wird er doch nicht bleich, erliegt nicht durch den Fall,

Läuft seiner Unschuld zu, der festen Wand von Stahl.

O werthes Volk, wohlan, das du durch dieser Zeiten

Gewitter, Wind und Sturm, durch so viel Müh und Streiten

Der rechten Sache hilfst, gieb ja den Muth nicht auf,

Halt feste, wanke nicht, vollende deinen Lauf.

Hilft ja nichts anders zu, und muß es seyn gestorben,

So weichet der Verlust doch dem, was wird erworben.

Das Lob, dem Neid und Zeit gar keinen Schaden thut,

Wird wohlfeil eingekauft um eine handvoll Blut.

Laßt doch den fremden Stolz uns nicht mit Füssen treten,

Der auch der Sonne Bahn gedenkt mit einer Ketten

Zu schliessen in sein Reich! Befreyet unser Recht

Von solcher Hoffart doch, der eine Welt zu schlecht.

Laßt uns doch herzhaft seyn, den Namen unsrer Alten

Der unvergänglich ist, auch itzund zu behalten,

Die ewigen Triumph mit ihrer Macht ereilt,

Und unter sich den Raub der Völker ausgetheilt.

Von denen man hernach viel Lieder hat erdichtet

Auf unser Mutterdeusch, wie Tacitus berichtet,

Und wie man auch itzund in Cimbrien hier findt,

Da sehr viel Reimen noch von Alters übrig sind.

Ey folgt, ey folget nach, begebt euch bey die Helden,

Von derer kecken Sinn' auch noch die Schriften melden:

Bewahrt der Eltern Ruhm und werthen Namen rein,

Daß wir von deutscher Art und Alle Männer seyn;

Daß eure Tapferkeit, die itzt und künftig leben,

Bis an den Himmel sich bemühen zu erheben,

Und das Gerüchte sey weit über Meer und Land:

Noch hat die gute Sach' am letzten Oberhand.

Alle Männer) Dies sollen die Benennungen Alemanni, Al-
lemands, bedeuten. S.

Trostgedicht

in

Widerwertigkeit des Kriegs.

Viertes Buch.

B 2

Inhalt.

Das vierte Buch, nach kurzer Berührung noch vieler anderer Mittel sich zu trösten, daß, im Fall ja sonst keine Besserung hier zu gewarten wäre, so kön= ne doch alles Unglück niemanden weiter verfolgen, als bis zum Grabe: der Ausgang des menschlichen Elendes sey der Tod, welcher nirgends leichtlicher zu erlangen, als im Krieg. Ferner wird auch ge= handelt von der Belohnung der Standhaftigen, und Strafe der Verfolger Göttlichen Namens, auf jenen großen Tag, wann der HErr der Herrlichkeit, der grimmige Löw aus Juda wird wieder kommen mit den Wolken, und alle Augen Ihn sehen werden, auch die in ihn gestochen haben, und alle Geschlechter der Erden von seinet wegen auf ihre Brust werden schlagen, und das schreckliche Gericht mit Zittern und Angst anschauen. Letzlich folgt ein ernstliches Gebet zu GOtt, um christliche Beständigkeit, und solchen Frieden, welchen unser Seligmacher in sei= nem letzten Testament, als den höchsten Schatz auf Erden, den Seinigen einig und allein hinterlassen.

Nun will ich kürzlich auch von andern Mitteln schreiben,

Die uns der Sorgen Last vermögen abzutreiben;

Bis meine Rede sich zum letzten Troste kehret,

Zum letzten an der Zahl, und ersten an dem Werth.

Ich weiß nicht, wie wir doch sind von Natur geneiget,

Daß jedermann von uns sich leidlicher erzeiget,

So er Gesellen hat, die gleiche Noth und Pein

Empfinden, als wie er, und mit ihm traurig seyn.

Man läßt viel sparsamer die schweren Thränen fliessen,

Wann andere sowohl ihr Theil darzu vergiessen.

Bloß

wann andere sowohl) Der Dichter hat diese Stelle fast wört-
lich aus des Seneka Trojanerinnen genommen, wo es im
Chor des vierten Acts also heißt:

> Lenius luctus lacrumæque mordent,
> Turba quas fletu simili frequentat.
> Semper, ah! semper dolor ipse magnus
> Gaudet in multos sua fata mitti,
> Seque non solum patuisse pœnæ.
> Tolle felices, removeto multo
> Divites auro, removeto centum
> Rura qui scindunt opulenta bubus;
> Pauperi surgent animi jacentes,
> Est miser nemo, nisi comparatus.

X 3   Opitz

Bloß aus Vergleichung kömmt den Leuten aller Harm:

Thu nur die Reichen weg, so bleibet niemand arm.

Wann einer gar allein im weiten Meere fähret,

Und ihm der Nachen wird von Winden umgekehret,

So klagt er treflich sehr: zerschlägt die wilde See

Ein wohlbesetztes Schiff und mächtige Galee,

Daß hier ein Stücke Mast, da Bank, da Ruderstangen,

Da Brett, von allen wird mit Haufen aufgefangen

Zu

Opitz hat diese Trojanerinnen des Seneka ins deutsche übersetzt, wir haben aber schon oben in seinem Leben erinnert,
daß er in seinen Uebersetzungen nicht sehr glücklich, und besonders außerordentlich hart und dunkel ist. Zur Probe wollen wir diese Stelle des Seneka, die er so schön nachgeahmt
hat, aus seinen übersetzten Trojanerinnen anführen, und die
Vergleichung beyder Stellen dem Leser selbst überlassen.

> Es beißen uns die Thränen nicht so sehr,
> Die man zu Haufen muß vergießen;
> Die Pein ist froh, sind ihrer nur noch mehr,
> Und sie nicht gar allein darf büßen.
> Deß Ungemachs, von dem kein Mensch ist frey,
> Begehrt nicht einer frey zu werden;
> Er glaubet nicht, daß er ein Armer sey
> Wenn er der Aermste ist auf Erden.
> Ist keiner groß, hat niemand Geld und Gut,
> Und Aecker, die weit um sich reichen,
> So wächset noch den Armen Herz und Muth:
> Wir sind nur elend im Vergleichen.

Wir zweifeln, daß man diese Stelle gehörig verstehen würde,
wenn man das Lateinische Original nicht dabey hätte. B.

Zu schwimmen an den Port: so wird der doch erfreut

Der andre mehr mit ihm sicht auf der Fluth zerstreut.

Wir haben gleichfalls auch in diesen wüsten Wellen

Und See der tiefen Noth, mehr als zu viel Gesellen,

Wo dieses auch das Leid uns lindern soll und kann.

Schaut weit und breit herum, seht alle Winkel an,

Wo ist der tolle Mars nicht leider ausgelassen?

Ist, ganz Europa durch, nicht Krieg und Kriegsverfassen?

Ist inner dem Revier der ganzen Christenheit,

Und ausser ihr darzu, nicht ein gemeiner Streit?

Ist einer unter uns dann besser als der ander,

Und wer will zollfrey seyn? Wir leiden mit einander,

Es geht uns sämtlich an: wer nun an dieser That

Und Aufruhr unter uns am minsten Ursach hat,

Der ist am besten dran, und kann geduldig leiden,

Was weder der, noch der, noch jener nicht vermeiden.

Der hat den Krieg izund, der hat ihn izt gehabt:

Hier kömmt er erst hernach, da ist er vorgetrabt.

Nun die Gewonheit auch kann viel bey allen Sachen:

So pflegt ein Weidemann die ganze Nacht zu wachen,

Fängt Schloß und Regen auf, und hat ſich angewöhnt,

Daß er viel Stunden ſich nach keinem Eſſen ſehnt,

Und allen Durſt verträgt; ſteigt auf den hohen Spitzen

Und Klippen um und um, der Sonnenglanz mag hitzen

So ſehr er immer will. Nichts iſt ſo leicht und gut,

Das nicht beſchwerlich ſey, dem, der es erſtlich thut.

Ein Menſch, der öfters wird mit Prügeln übergangen

Wird endlich ſchlägefaul. Nur muthig angefangen,

Die Zeit bringt Linderung, verjaget Furcht und Grauß,

Und härtet unſern Leib zu allen Streichen aus,

Und auch den Sinn darzu. Was dann uns wiederfähret,

Was Unglück, Kreuz und Noth uns immermehr beſchweret,

So haben wir Gedult, und ſagen ohne Scheu,

Dies wuſten wir zuvor: es iſt bey uns nicht neu.

Was

ein Weidmann) Ein Jäger, von dem Horaz ebenfalls ſagt:
Od. 1. Lib. I.

manet ſub Jove frigido

Venator, teneræ conjugis immemor. Z.

Was unvorsehens kömmt, das pfleget mehr zu kränken;

Drum soll ein jeglicher bey gutem Glücke denken,

Mit was für Tapferkeit er wolle widerstehn,

Wann ihm was widriges zu handen möchte gehn.

Ein weiser Mann sagt nicht: ich hätt es nie vermeynet,

Es kommt mir frembde für: was andern Leuten scheinet

Gar wunderseltsam seyn, das sieht er an und lacht,

Dieweil er zuvorhin schon längst darauf gedacht.

Noch hab ich nie gesagt, wie die Gelehrten können

Durch ihrer Bücher Rath erfrischen ihre Sinnen,

Fällt etwas böses für. Die edle Wissenschaft

Schmückt auf das gute Glück, und giebt in Unglück Kraft:

Sie zeigt den rechten Weg, beständig auszuhalten,

Und läßt in keiner Noth die Herzen nicht erkalten.

Sie führt den, der sie liebt, weit von des Volkes Schaar,

Das an der Erden klebt, und läßt ihn in Gefahr

Nicht weich und zaghaft seyn, und zweifelhaftig leben,

Und, wie der meiste Theil, in steten Furchten schweben.

Wen

Wen diese Wärterinn erzieht in ihrer Schoos,

Der ist zu aller Zeit von allen Sorgen loß,

Läßt eitel eitel seyn, und wieget alle Dinge,

Um die wir so sehr thun, für nichtig und geringe,

Reißt aus, fleucht durch die Welt, betrachtet um und an,

Was irgend ist und war, und künftig werden kann:

Steigt auch bis in die Luft, begierig zuerwegen,

Woher der kalte Schnee, das Eiß, der süße Regen,

Der Blitz, der Donnerschall, der traurige Comet,

Thaumantis Töchter Schweif, so wohl gemahlt, entsteht:

Kömmt höher dann hinauf, und lehrt den Himmel kennen,

Und einen jeden Stern mit seinen Namen nennen;

Tritt, wo der weiße Bär und sein Bootes stehn,

Die niemals in die See mit ihrem Wagen gehn.

Besieht das Bild, so kniet, bey Ariadnens Kronen

Die Bachus hingesetzt, kann bey der Leyer wohnen,
                                 Die

     Thaumantis Tochter Schweif,) Iris, oder der Regenbogen. Z.

     Das Bild so kniet) Engonasis, oder der halbkniende Hercules unter den Sternbildern, nahe bey welchem die Corona Ariadnae steht. Z.

Die vormals Wild und Wald beweget und gerührt,

Itzt des Gestirnes Schaar mit ihren Hörnern ziert.

Sucht bey dem Monden nach, wie doch des Meeres Wellen,

Durch seinen Lauf regiert, sich hoch und nieder stellen:

Sie fliehen täglich weg, verlassen ihren Rand,

Und kommen wiederum auch täglich an das Land.

Folgt auch der Sonnen nach, und wird mit ihr gerissen

Um dieses große Rund, sieht unter seinen Füssen

Der Erden Eitelkeit: so hoch, als Phaeton,

Und bleibt doch unversehrt, kömmt weiser noch darvon.

Ja diese ganze Welt vermag ihn nicht zu fassen,

Ist noch nicht weit genug: sie wird von ihm verlassen,

Und er schwingt sich hinauf, von heißer Flammen voll,

Sieht GOtt, so weit ein Mensch ihn sehen kann und soll:

Der Weißheit tiefer Grund, der wird von ihm erstiegen.

Was Thales hat bedacht, Pythagoras geschwiegen,

Und

Pythagoras geschwiegen,) Diese aus dem Lateinischen, und Holländischen des Heinsius nachgeahmte Stelle hat Opitz schon in seinem Zlatna:

Was Stagirites sagt, Pythagoras verschweiget. S.

Und Socrates geſagt, und die gelehrte Welt

Durch himmliſchen Verſtand auf das Papier geſtellt,

Das ſuchet er hervor, und läßt es mit ihm ſchwätzen,

Bedenkt bey ſich, was gut und ehrlich ſey zu ſchätzen,

Was Recht und Unrecht ſey, wie iedermann allhier

Mit Leuten um ſoll gehn, und leben nach Gebühr.

Das kann die göttliche Philoſophie uns weiſen,

O wohl dem, der ſich läßt an ihrer Tafel ſpeiſen,

Ihr Himmelbrod genießt, trinkt ihren ſüſſen Wein,

Und ſchläft an ihrer Bruſt; der lernt zufrieden ſeyn,

Was Unfall ihn betrift! Wornach die Welt gelüſtet,

Das ſtellt er unter ſich, iſt allzeit ausgerüſtet,

Die Widerwertigkeit mit Ehren zu beſtehn,

Kann rittermäßig auch dem Tod entgegen gehn.

Dich brachte Bias weg aus ſeinem Vaterlande,

                                O Mut-

---

mit ihm ſchwätzen)ſchwätzen iſt ein Provinzialwort von ſchwatzen,
reden. Z.

dich brachte Bias weg) Dieſer Bias, einer von den berühmten ſieben Griechiſchen Weiſen, verlohr alle ſein Haab
und Gut in einem großen Brande, ſagte aber doch, wie Cicero erzehlt: Omnia mea mecum porto. Z.

O Mutter der Vernunft! da alles von dem Brande

Sonst aufgieng in der Luft: du hast sehr viel erfreut

Im Elend, in Gefahr, und höchster Dürftigkeit.

Dir dank ich es allein, du Meisterinn der Tugend,

Mit welcher ich bisher in dieser meiner Jugend,

Und fast von Wiegen an, getreuen Rath gehabt,

Und allzeit meinen Geist erquicket und gelabt,

Dir dank ich es allein; dir ist es zuzuschreiben,

Daß ich noch bis hieher beständig können bleiben,

Da dieser schwere Krieg nicht wenig mich verirt,

Und durch so manche Noth weit über Meer geführt,

Beraubet aller Freund, und aller derer Sachen,

Die uns zu Leidenszeit das Leben leichter machen,

Getrieben und verjagt, schier ohne Geld und Pfand,

In dies itzt durch den Frost und Schnee bedeckte Land,

Da

mich verirt) Dies aus dem Lateinischen genommene Wort, ist heutiges Tages nur noch im gemeinem Leben gebräuchlich. Z.

Da niemand weder mich noch mein Studiren kennet.

Nun-daß ich, ob mich gleich viel Trübſal angerennet,

Viel Kümmerniß beſchwert, und auch noch itzt kein Ziel

Zu meiner Linderung ſich ſehen laſſen will,

Doch nie erlegen bin, und will auch nicht erliegen,

Das meß ich dir nur zu. Es mag mich auch bekriegen

Luft, Wellen, Wind und See, Haß, Unruh, Noth und Pein;

So wirſt du allzeit doch mein freyer Hafen ſeyn.

Nun wieder auf den Weg: iſts dann ſo wohl beſchaffen,

Daß wir uns weiter nicht vermögen aufzuraffen,

Und iſt es allbereit ſo weit mit uns gethan

Daß uns durchaus nicht mehr gerathen werden kann?

O nein! wann ſonſten ganz kein Troſt wär überblieben,

So muß die Hoffnung her: die Hoffnung lehrt uns lieben

Was ſonſt verdrüßlich iſt, die Hoffnung baut das Feld,

Die

die Hoffnung baut das Feld) Eine beynahe wörtliche Ueber-
ſetzung folgender ſchönen Stelle aus des Tibullus letzten Elegie im 2. Buch:

Spes alit agricolas, ſpes ſulcis credit aratris
Semina, quæ magno fœnore reddat ager.

Hæ

Die Hoffnung giebt es an, daß man den Vögeln stellt,

Die Hoffnung wirft das Garn und Angel in die Flüsse,

Die Hoffnung unterhält auch den, dem beyde Füße

An Ketten sind gelegt, wie schlechte Lust und Ruh

Er in dem Stocke hat, doch singt er noch darzu.

Das Glück fleugt ofters zwar von einer guten Sache,

Die Hoffnung nimmermehr, man spotte gleich und lache

Des Armen, wie man will (dies ist der alte Lauf)

So richtet doch ihr Trost ihn allzeit wieder auf.

Ey solle sie dann uns in diesen Läuften fehlen?

Wir sind ja, GOtt sey Lob, noch nicht so gar zu zehlen

Für ganz erlegtes Volk; es ist für diese Pest

Ja Arzney bey der Hand, die uns nicht sinken läßt.

Wie, wann der starke Löw im Felde wird beschlossen

Von Jägern, oder auch in seinen Leib geschossen,

Dann

Hæc laqueo volucres, hæc captat arundine pisces,
Quùm tenues hamos abdidit ante cibus.
Spes etiam valida solatur compede vinctum,
Crura sonant ferro, sed canit inter opus. Z.

in dem Stocke) in dem Gefängnisse. Z.

Dann rührt er erst den Schwanz, die Ursach seiner Macht;

Ist stärker, als zuvor, ergrimmet und erwacht;

Sein heisser Rachen schäumt, die Augen sind voll Flammen,

Die Mähne steht empor, sein Muth kömmt ganz zusammen;

Wie sehr man ihn beschiest, wie sehr man zu ihm sticht

Von allen Seiten her, so giebt er sich doch nicht.

So lasset uns auch thun: wir sind ja deutsch gebohren,

Ein Volk, das nimmermehr sein Hertze hat verlohren,

Das vor der Zeit so viel den kürzern hat gejagt,

Das nach der Römer Macht zum minsten nicht gefragt,

Von dem viel Käyser auch den Frieden musten käufen,

Das noch auf diesen Tag ihr keiner darf angreifen,

Als wann es ohngefähr fällt in sein eignes Haar,

Wie Carlen vor der Zeit dem Fünften wissend war.

Dann ob schon dieser Held mit allen denen Sachen,

Die einen Obersten und guten Kriegsmann machen

Genug

käufen) für kaufen. Z.

Genug versehen war; ob schon der Spanier Kraft

Und Welschen bey ihm stund: doch hätt' er nichts geschafft,

Wann er die Herzen nicht hätt' unter sich verbittert,

Und diesen starken Baum durch Zank und Neid gesplittert:

Wiewohl der ganze Krieg, um den so manche Nacht

Und Tag verschwendet ward, ihm nicht viel eingebracht.

Es bleibet nur gewiß, ihr wird nicht angesieget

Der deutschen Nation, wann daß sie friedlich krieget,

Und bey einander hält. Wie aber thun denn die,

So ihrer Feinde Heer mit großem Fleiß und Müh

Auch an den bloßen Leib des Vaterlandes hetzen?

O laßt die Mißgunst doch uns itzt beyseite setzen,

Räumt ja der Heucheley so großen Platz nicht ein,

Und traut dem Schmiegen nicht! wie süße pflegt zu seyn

Des Stellers Lockelied, den Vogel aufzufangen,

Der gar nichts übels denkt? Kann mir der Wolf erlangen,

Daß ihm die Riede wird zum ersten weggethän,

Gewiß*

*die Riede) Die geflochtene Hürde, so des Nachts um die
Schafe gestellet wird. 3.

Ster Band.   Y

Gewißlich muß das Schaf hernachmals auch daran.

O flieht des Neides Gift, reicht hoch die treuen Hände

Einander brüderlich, und steht als feste Wände

Die kein Gewitter fällt, so wird in kurzer Zeit

Der stolze Feind, nächst GOtt, durch unser Einigkeit

Zurücke müssen stehn! Ey laßt auch itzt erscheinen,

Daß ihr's vor diesem nicht habt pflegen falsch zu meynen,

Wie euer Nachbar noch in gutem Wesen stund.

Im Unglück wird geprüft des Herzens tiefer Grund.

Ich meyn es ist auch fast der Rede werth zu nennen,

Bisweilen mißlich stehn, auf daß man kann erkennen,

Wie treu ein jeder sey. Die Schwalbe macht ihr Haus

Im Sommer zu uns her, fleugt aber wieder aus

So bald der Winter kömmt. So sind auch falsche Leute,

Wann gutes Wetter ist, sucht jedermann die Beute,

Sind alle Worte Gold; ergreifft ein Unfall dich,

Kömmt Kummer, Kreutz und Noth; so gehn sie hinter sich.

Dies heißt nicht seinen GOtt, von ganzer Seele lieben,

Den

Den Nächsten als sich selbst, wie Christus vorgeschrieben:

Dies heißt nicht Brüder seyn. Die wahre Freundschaft steht,

Spricht nicht die Schenkel an, GOtt gebe, wie es geht.

Sie dringet sich nicht ein, was gutes zu genießen,

Wird weder durch Gefahr, noch Furcht hier weggerissen:

Sie ist, wie guter Wein, je länger dieser liegt,

Je lieblicher er wird, je bessern Schmak er kriegt.

Kein größers Uebel ist, als wenn ein Mann im Schaden

Auf gute Freunde traut: die doch ihn lassen baden,

Und machen sich davon. Dies thut die Liebe nicht,

Sie bleibet, wer sie war, gleich wie der Sonnen Licht

Durch alle Nebel scheint. Sie ist der Alten Jugend,

Der Kranken Linderung, der Ungelehrten Tugend,

Der Reichen Gnad' und Gunst, der Armen Gut und Geld:

Das Wasser ist uns nicht so nützlich in der Welt.

Ach!

Spricht nicht die Schenkel an) soll wohl so viel heißen:
nimmt nicht die Flucht. Z.

Ach! seyd mit diesem Schmuck und Kleinod auch gezieret.

Ihr, die ihr gleich wie wir den Christennamen führet,

Und Brüder mit uns seyd; springt doch dem Nächsten bey,

So bleibet er izund, und ihr inkünftig, frey.

Nun ihr desgleichen auch, ihr ehrlichen Soldaten,

In denen Liebe steckt zu ritterlichen Thaten,

Laßt izt, laßt izt doch sehn, den rechten deutschen Muth,

Und schlagt mit Freuden drein. Der Feinde rothes Blut

Steht besser über Kleid und Reuterrock gemahlet,

Als köstlich Posament, das theuer wird bezahlet,

Durch abgeraubtes Geld. Ein schöner Grabestein

Der bringt der Leichen nichts, ist nur ein bloßer Schein.

Das Feld, das blanke Feld, in dem viel Helden liegen,

So für ihr Vaterland und Freyheit wollen kriegen,

Steht Männern besser an: was ist doch nur der Tod?

(Daß ich von ihm nun red') ein stiller Port der Noth,

An

köstlich Posament) köstliche Borden, Dreßen. Z.

An dem der Kummer ruht, und giebet sich zu Rande,

Ein Thor, durch das der Geist kömmt aus des Leibes Bande;

Der Ewigkeit Beginn, der schnöden Welt Beschluß,

Ein Weg, den ingemein ein jeder treten muß,

Er sey auch, wer er will. Hierauf nun laßt uns denken,

Wann dieser herbe Streit will unser Herze kränken;

Hier wird das Ende seyn: drum fliehe niemand nicht

Vor dem, das alle Pein und alles Kreutze bricht.

Du trinkest Gift in dich und wunderliche Sachen,

So wider die Natur, den Leib gesund zu machen,

Was scheust du dann den Tod, durch den du jederzeit

Hernachmals für Arzney und Krankheit bist befreyt?

Was zuckest du doch viel? Soll GOtt von deinetwegen

Die Ordnung dieser Welt itzt auf die Seite legen?

Das Leben muß dir seyn, wie wann du einen Gast

Und guten werthen Freund in deinem Hause hast:

Da thust du, was er will. Geliebet ihm zu bleiben,

So kanst du ihn auch nicht mit Ehren von dir treiben;

Ge=

Gedenkt er denn hinweg; so stellst du ihm es frey,

Du reissest ihm darum den Mantel nicht entzwey.

Es hat uns die Natur nur einen Weg zu leben,

Zu sterben aber viel und mancherley gegeben:

Der fällt, und bricht den Halß: der beugt dem Tode für,

Und bringt sich selber um: den frißt ein wildes Thier:

Der muß die Fisch' im Meer, und der die Vögel speisen:

Der pfleget so von hier, der anders weg zu reisen:

Es stirbt ein jedermann, so auf der Erden wohnt:

Wohl aber stirbet der, so seiner selbst nicht schont,

Und diese Welt verläßt für GOtt und gute Sache.

Wie bitter man ihm auch die letzte Stunde mache,

Ist doch ihm nicht also. Wer Kriegestod erkiest,

Der hat den schönsten Tod, der auf der Erden ist.

Wer fragt dann viel darnach, kein Grab und Gruft zu kriegen,

Vermeinen wir, man kann im Sarge weicher liegen,

Als unter freyer Luft? Wen geht es auch was an,

Daß er zu Hause nicht verschorren werden kann?

Es ist ja gleich so weit hier und an jenem Orte,

Bis an des Himmel Thor, und Acherontens Pforte.

Was weint ihr Mütter viel, um daß euch durch den Streit

Die Söhne sind erlegt in ihrer jungen Zeit?

Es pfleget so mit uns, wie Aepfeln zuzugehen,

Viel reist man jung noch weg, viel, so zu lange stehen,

Die fallen selber ab, ein jeder hat sein Ziel,

Zu welcher Stunden ihn der Gärtner haben will.

Wie wohl sagt jenes Weib, nachdem sie hat vernommen,

Daß in der Schlacht ihr Sohn sey um das Leben kommen:

Ich, als ich ihn gebohrn, so wust ich wohl den Lauf

Er müste sterblich seyn, drum zoh' ich ihn auch auf:

Und da ich ihm gebot auf Troja hin zu reisen,

Sein werthes Griechenland zu schützen mit dem Eisen,

Verstund ich, daß ich ihn in Kampf und Kriegesnoth

Befohlen fort zu ziehn, nicht in ein Gastgeboth.

Was wollen wir auch viel der Jugend Tod beklagen?

Der Leib beschwert uns nur, mit dem wir uns hier tragen:

Ist

Izt thut das Haupt uns weh, izt liegt es um die Bruſt,

Izt haben wir zu Trank und Speiſe keine Luſt;

Bald hat man zu viel Blut, bald fallen ſcharfe Flüſſe,

Bald kocht der Magen nicht, bald ſchwellen uns die Füſſe,

Bald ſticht es hier, bald da, wie ſehr man ſeiner ſchont;

So geht es dem, der nicht auf ſeinen Gütern wohnt.

Dies Wirthshaus iſt uns nur auf kurze Zeit geliehen,

Drum ſoll man ſtündlich auch geſchickt ſeyn, auszuziehen,

Gleichwie ein fertigs Schiff, das an dem Ufer ſteht,

Und wartet einig nur, wann guter Wind angeht.

Was iſts doch für Gewinn, wie viel man Jahre zehlet?

Ein Alter iſt gewiß nur mit ſich ſelbſt gequälet,

Muß augenblicklich ſehn, ob ſein Termin nicht kömmt,

Und ob der bleiche Tod ihn aus dem Haufen nimmt.

Je weiſer einer iſt, je williger er gehet

Den Steg, den alle gehn; er weiß wohl, und verſtehet,

Es müſſe nur ſo ſeyn, er weiß daß nach der Zeit

Ein ander Leben ſey, dort in der Ewigkeit.

Wic,

Wie, wann man etwan uns durch einen schwarzen Mohren

Sehr schöne Gaben schickt: so hat auch GOtt erkohren

Den ungestalten Tod; den schickt er auf uns zu,

Nach vieler Müh und Angst, mit steter Lust und Ruh,

So allen Frommen wird. Wer den vermeynt zu tödten

Der seinem Schöpfer traut in allen seinen Nöthen,

Und auf den Himmel denkt, der schaffet gleich so viel,

Als der, so einen Fisch in Zorn ersäuffen will,

Und schmeißt ihn in den Fluß. Wie wohl wird doch dies Leben,

Der Schauplatz aller Noth, für jenes hingegeben?

Gewißlich hätten nur die Kinder den Verstand,

Ihr Weinen würde bald in Lachen umgewandt,

Wann sie auf diese Welt von Mutterleibe kommen,

Dieweil sie, aus dem Schleim und Finsterniß genommen,

Die schöne Sonne sehn. So geht es mit uns auch;

Wir lassen durch den Tod den schwarzen Dampf und Rauch

Der schnöden Eitelkeit, und kommen an die Sonne

Die nimmer untergeht, das Licht der steten Wonne.

Y 5

Was

Was trauren wir dann viel, daß der und jener stirbt,

Und kömmt der Sorgen ab.   Wer sagt: Metall verdirbt

Im Fall es in ein Bild wird künstlich eingegossen?

Uns gleichfalls, die wir nur von Leim und Schleim entsprossen,

Wann wir den schwachen Lauf der Sterblichkeit erfüllt,

Verwandelt auch der Tod in GOttes Ebenbild

Und macht uns wieder neu.   O wohl! O wohl doch denen,

Die vor ihr Land und GOtt sich aufzuopfern sehnen,

Und scheuen nicht das Schwerdt! Laß hin der Römer Pracht,

Ihr Gras, ihr Eichenlaub, und was sie mehr gemacht

Von Kränzen vieler Art; sie mögen triumphieren

Mit ihrer güldnen Kron': uns Christen wird noch zieren

Der Kranz, der nicht verwelkt, den keine Luft verletzt,

Der Kranz der Ewigkeit: der wird uns aufgesetzt

Auf jenen großen Tag, wann der uns wird erwecken

Vor dessen Antlitz hier dies alles muß erschrecken,

Vor dem man sonst erschrickt: wer diesen Trost recht faßt,

Hat mitten in der Pein und Marter Ruh und Rast,

Läßt

Läßt dieses Leben stehn, streckt willig beyde Hände

Nach seinem Stündlein aus, und eilet auf sein Ende,

Wann GOtt nur winket, zu; ist lustig und erfreut,

Wo daß er sehen kann Fug und Gelegenheit

Von hinnen weg zu ziehn, und diese Welt zu lassen,

Da nichts, als Kreutz u. Noth, als Zorn, Neid, Mord u. Hassen

In vollen Schwange gehn, da diese ganze Zeit

Nichts ist als Kümmerniß, als steter Kampf und Streit.

Der Tod bringt Stillestand; das Grab wird nicht beschossen,

Verstört und umgekehrt; ists einmal zugeschlossen,

So nützt der Körper nicht, wird keines Feindes Raub,

(Die Würmer nehm ich aus) ist Asche, Koth und Staub:

Die Seel' ist frey und los. Die hier sich wohl gehalten

In dieser Sterblichkeit, gehn droben mit den alten

Berühmten Helden um, sehn von der hohen Luft,

Wie jedermann allhier lauft, trabet, denkt und hofft

Auf unbeständigs Thun; die aber in dem Bande

Des Leibes sich befleckt mit Lastern, Sünd und Schande,

Und

Und Ueppigkeit geliebt, und wider Recht gekriegt

Die müſſen durch das Thor, wo Plutons Wächter liegt,

Der ſchwarze Cerberus, mit ſeinen dreyen Rachen

Und Schlangen um den Hals, nachdem ſie Charons Nachen

Hat über See geführt, und ohne Tages Schein

In ſteter Finſterniß und dicken Wäldern ſeyn,

Bis daß die himmliſche Trompete wird erſchallen,

Vor der die Sonne fliehn, die Felſen werden fallen,

Der Himmel furchtſam ſeyn, der Erden tiefer Grund

Zerbrechen mit Gewalt, bis an Cocytus Schlund,

Da ſämtlich alles Fleiſch wird aus den Gräbern ſteigen,

Sich vor der Urtheilbank des Richters zu erzeigen,

Der nicht betrogen wird, den weder Geld noch Gunſt,

Wie hier bey uns geſchieht, noch Zungendreſcher Kunſt,

Ja

da Plutons Wächter liegt) Der Poet vergißt hier, daß er
als ein Chriſt redet, und miſcht Mythologie und wahre Religion zu ſehr untereinander, ein Fehler, der mit dem Geſchmacke der damaligen Zeit entſchuldiget werden muß.   Z.

Ja kein Erbarmen auch, die Augen wird verblenden.

Was Schrecken, Furcht und Angst wird seyn an allen Enden!

Zur rechten Hand der Schuld und Laster große Zahl,

Zur linken die Gespenst und Geister allzumal,

Zum Füssen der Morast und Feuersee der Höllen,

Zum Häupten Christus selbst, den letzten Spruch zu fällen,

Hier des Gewissens Quaal, und da der Erden Glut,

Den Frommen werden auch entfallen Herz und Muth,

Was wird der Böse thun? unmöglich ists, zu weichen,

Unleidlich, zugestehn. Ein König wird verbleichen,

Der Grausamkeit geliebt; wird nackend arm und bloß

Ohn alles Zepter gehn in Acherontens Schloß,

Von gar viel andern zwar als wohl bey uns umringet.

Der Bluthund, der sich hier zu Krieg und Streiten bringet,

Der Herze, Geist, und Sinn an Meuterey ergetzt,

Wird einen ärgern Feind sehn auf sich angehetzt,

Als er gewesen ist, der stündlich ihn wird jagen,

Der augenblicklich ihn wird ängsten, martern, plagen,

Mit

Mit unerhörter Pein. Was der Verdamten Schaar

Am meisten in der Welt allhier behäglig war,

Wird einem jeglichen, nachdem ers fürgenommen,

Dort in dem heißen Pful' auch pflegen einzukommen,

Ihn quälen Tag und Nacht: die Geitzigen ihr Gut,

Die Hurer Liebesbrunst, Tyrannen Rach und Blut;

Den dies, und jenen das. Wie nun dies große Leiden

Nicht auszusprechen ist, so sind die Himmelsfreuden,

So allen Seligen noch werden zuerkannt,

Auch über englische Gedanken und Verstand.

Was um und um wird seyn, wird alles Frieden heissen;

Da wird sich keiner nicht um Land und Leute reissen,

Da wird kein Ketzer seyn, kein Kampf, kein Zank und Streit

Kein Mord, kein Städtebrand, kein Weh und Herzeleid.

    Dahin, dahin gedenkt in diesen schweren Kriegen,

In dieser bösen Zeit, in diesen letzten Zügen

Der nunmehr kranken Welt; dahin, dahin gedenkt,

So läßt die Todesfurcht euch frey und ungekränkt.

Wie

Wie theuer pflegt man doch die Münzen einzukaufen,

Von langen Jahren her? Wie würde man doch laufen,

Wenn Cäsar, oder sonst ein hochberühmter Held,

Itzt käme wiederum zu uns her auf die Welt?

Wer wollte nicht von uns auch mehr als hundert Meilen,

Und hundert noch darzu, ohn alles Säumniß eilen,

Nur Abraham zu sehn? Wem ist der Tod noch schwer

Zu reisen an den Ort, da alles Himmelsheer

Da alle Heiligen versammlet, frölich leben,

Da um das hohe Haus die schönen Geister schweben,

Die GOtt zu Dienern hat, ja mehr, da um und an

GOtt selber sichtbarlich beschauet werden kann,

Der unbegreiflich ist, in keinen Ort zu bringen,

An allen Orten doch, der war vor allen Dingen,

Unendlich, unbekannt, von keinem je erkiest,

In dem, aus dem, durch den, ist alles, was da ist:

Keusch, ewig, gut, gerecht, frey, loß, in nichts beschlossen,

Der Vater von sich selbst, der Sohn aus ihn entsprossen,

Der

Der heilige Geist auch von allen beyden her,

Die Drey allein ein GOtt: mehr ist vor mich zu schwer.

Was niemand suchen soll, begehret nicht zu finden,

Und steiget nicht zu hoch, es möchte sonst verschwinden

Dies was ihr suchen sollt. Wer Gottes Heimlichkeit

Vermessentlich erforscht, der seegelt gar zu weit,

Und schifft in einer See, durch die er nicht kann kommen,

Muß wieder auf den Weg, den er zuvor genommen,

Kömmt unverrichtet heim. Dies, was uns selig macht,

Wird durch die Schrift genug in Augenschein gebracht,

Und deutlich ausgelegt. Drum hier, weil meine Sinnen

Und diese schwache Hand nicht höher steigen können,

Hier will ich bleiben stehn: das höchste Gut allein,

So vor mein Anfang war, soll itzt mein Ende seyn.

Vor dich, HErr kommen wir, dein armes Volk getreten,

Mit eifrigem Gemüth und feurigen Gebeten,

Du

Vor dich, HErr kommen wir,) Dieses schöne bewegliche Gebet zeigt von der wahren ungeheuchelten Frömmigkeit des Poeten, und schließt dieses Gedicht auf eine sehr feyerliche und erhabene Art. Z.

Du, du bist unser Hort, du starker Capitain,

Vor dem die Könige der Erden Asche seyn,

Und minder noch, als Staub. Wir kommen, und erscheinen

Vor deiner Majestät: du hast die Noth der Deinen

Von allen Zeiten her gnädig abgekürzt,

Und ihrer Feinde Macht bestritten und gestürzt.

Durch dich hat Abraham vier Könige geschlagen,

Und Loth zurückgebracht: durch dich ward Roß und Wagen,

Die große Reuterey, des Pharaonis Heer,

Und Pharao darzu, geworfen in das Meer.

Durch dich stund Josua vor seinen Feinden allen,

Auf die du Hagel auch vom Himmel hiessest fallen:

Die Sonne muste selbst um seinetwillen stehn,

Und einen ganzen Tag zu langsam untergehn.

Vor deiner Stärke kam der Midjaniter Haufen

Mit gräßlichem Geschrey und Furchtsamkeit gelaufen,

Fiel durch sein eignes Schwerdt; durch dich griff Jonathan

Mit einem Knechte nur ein ganzes Lager an.

Du haſt den Schleuderſtein auf Goliath gewendet,

Als David ihn erſchlug; die Syrier verblendet,

Daß Eliſeus nicht kam unter ihre Macht:

Dem ſtolzen Sanherib erwürget in der Nacht

Sein kühnes Kriegesheer. Du großer Ueberwinder,

Nimm dich auch unſer an! Ach ſiehe deine Kinder

Und kleiner Haufen kömmt, fällt nieder und begehrt,

Du wolleſt doch nicht mehr der Feinde ſcharfes Schwerdt,

Die ganz uns willens ſind zu dämpfen, laſſen wetzen:

Du Zuflucht Iſraels, laß doch dem wilden Metzen

Nach ſolcher Angſt und Noth, nach dieſer langen Pein

Und ſchweren Kriegeslaſt, einmal ein Ende ſeyn!

Nimm deine Ruhte weg! Wir armen Niniviten

Bekennen und geſtehn, wir haben überſchritten

Das Ziel, von dir geſetzt. So viel des Meeres Rand

Beſtritten durch den Oſt, hat kleine Körner Sand:

So manche Miſſethat beſchwert uns das Gewiſſen.

Wo ſollen wir doch hin, wann daß wir nicht genieſſen

Der

Der großen Gütigkeit, die mitten in der Glut

Des Eifers, deinen Grimm ganz freundlich, milde, gut

Und wohlgeneiget macht? Wo sollen doch wir Armen,

Wo sollen wir hinaus? Dich väterlich erbarmen

Ist ja dein eignes Thun. Ach! Vater, laß doch nicht

Der Kirchen schwaches Schiff, das itzund knackt und bricht

In dieser wilden See, in diesen wüsten Wellen,

Bestritten von der Macht und Grausamkeit der Höllen!

Laß uns nicht länger seyn der Götzendiener Spott,

So rufen ohne Scheu: Wo ist der Ketzer Gott?

Du aber, lieber HErr, du pflegest nicht zu schlafen;

Dein Auge schlummert nicht: du bist bey deinen Schafen,

Auch mitten in der Noth; du großer Friedefürst,

Wie sehr du über Sünd und Laster zornig wirst,

So währt dein Grimm doch nicht; so weit die blaue Decke

Der Wolken über uns sich streckt von einer Ecke

Bis zu der andern hin: so weit wird auch die Schuld

Des Menschens, der dich liebt, mit Sanftmuth und Geduld

Von dir hinweg gethan. Du willst uns nur probiren

Auf diesem Musterplatz, und auf den Fechtplan führen;

Zu zeigen, daß in uns gar keine Heucheley,

Kein Murren wider dich noch Ungehorſam ſey.

Du willſt uns eifriger hinfuhro beten lehren,

Und wahre Buße thun; du willſt die Andacht mehren,

So noch zu Friedenszeit und auſſer der Gefahr,

Durch Sicherheit und Stolz in uns verloſchen war.

Nun, Vater, ſchicke doch uns deinen Geiſt hernieder,

Den Geiſt der Beſſerung, erwärme dieſe Glieder

Sonſt böſe von Natur, mit ſeiner Weißheit Brunſt:

Ohn ihn iſt unſer Thun und Wille ganz umſonſt;

Ohn ihn vermag man nichts.　Laß unſre Sinnen fegen

Durch ſeiner Liebe Glut, auf daß wir von uns legen

Das alte Sündentuch, ziehn an das reine Kleid

Der Unſchuld, Gottesfurcht und neuen Frömmigkeit.

Und da wir ja forthin noch länger müſſen tragen

Die Bürde deines Zorns, ſo laß uns nicht verzagen,

Gieb uns den Muth, der Noth und Tod verachten kann.

Bind uns mit deiner Hand ſtark an den Himmel an,

Auf daß wir nicht vergehn; gieb uns in dieſen Schmerzen

Ein freudiges Gemüth' und königliche Herzen,

Da=

Damit wir wider Grimm, Gewalt und Ueberlaſt

Mit kräftiger Geduld und Hoffnung ſeyn gefaſt.

Schenk uns des Glaubens Helm, den Sinn, der allzeit wache

Für dich, für unſer Land und für gerechte Sache;

Laß uns der Tyranney friſch unter Augen gehn,

Und, alſo lange wir dem Athem haben, ſtehn.

Ein Menſch, der dir vertraut, der dir ſich hat ergeben,

Was kann er weniger verlieren, als ſein Leben?

Den Troſtſpruch wirf uns zu, wann wir im Streiten ſind,

Und Geiſt und Blut zugleich uns aus dem Leibe rinnt!

Sey du der Obriſte, verſchaffe, kund zu werden,

Daß keine Tapferkeit, daß keine Kraft der Erden

Dir widerſtehen mag, daß keine Kunſt noch Liſt

Dem Volke ſchaden kann, wo du zugegen biſt.

Hilf doch den böſen Rath derjenigen vernichten,

Die alle Müh und Witz nur einig darauf richten,

Wie unſrer Sachen Recht durch einen falſchen Schein

Der ganzen weiten Welt verhaſſet möge ſeyn.

Laß ja die Obrigkeit zu keiner Zeit ſich lenken

Von deiner Zuverſicht! Ihr Wollen und Gedenken

Z 3   Steht

Steht ganz in deiner Hand, von dir kömmt Fried und Krieg,

Von dir, du Schirm und Schild der Frommen, kömt der Sieg.

Gieb gleichfalls auch den Sinn den andern Potentaten,

Die unsers Glaubens sind, daß sie auch helfen rathen

Und treulich Beystand thun; daß sie auch keinen Fleiß,

Nicht lassen ungespart für deinem Ruhm und Preiß.

Zwar nicht, daß dir, o GOtt, unmöglich sey, zu siegen,

Wie stark der Feind auch ist, wann sie nicht helfen kriegen

Und streiten; sondern nur, daß von uns allesamt

Recht werde fortgepflanzt der Christen wahres Amt.

Daß keiner unter uns sey künftig auszuschliessen

Von denen, die ihr Blut ganz ritterlich vergiessen

Für dich und für das Recht; und die sich durch das Schwerdt,

Wie Deutschen angehört, bis auf den Tod gewehrt.

Dies thu, o höchster GOtt, um deines Sohnes willen,

Des Mittlers dieser Welt, der, deinen Zorn zu stillen,

Für uns gelitten hat; das letzte Theil der Zeit

Itzt lebet und regiert mit dir in Ewigkeit.

Ende des vierten Buchs.

Ge:

Gedicht

auf den

Anfang des 1621. Jahrs.

Der Innhalt dieses Gedichts ist ganz mo=
ralisch, und die Absicht des Poeten geht haupt=
sächlich dahin, den Menschen durch die Be=
trachtung der Schöpfung, und des außer=
ordentlich künstlichen Baues seines Körpers,
zum Lobe des großen Schöpfers zu ermun=
tern.

Die mit einem B. bezeichnete Anmer=
kungen sind aus der Schweizerischen Ausga=
gabe entlehnt worden.

Ge=

Gedicht

auf den

Anfang des 1621. Jahrs.

Wer dieses alte Jahr will recht und wohl vollenden,

Und nach dem neuen sich zu guter Stunde wenden,

Der lege von sich weg der Eitelkeit Begier,

Die nicht hieher gehört, und lobe GOtt mit mir.

Es schwinge, wer da will, die sterblichen Gedanken

Hoch über seine Kraft! Ich will mit nichten wanken

In dieser großen Fluth; will preisen eifersvoll

Den, dessen Tag kein Mensch ergründen kann noch soll!

Er hat aus lauter Nichts zum ersten wollen machen

Durch seines Wortes Kraft den Ursprung aller Sachen,

Den

In dieser großen Fluth;) Den Grund dieser figürlichen Re-
densart erkläret Opitz selbst in dem Gedichte auf das Jahr
1625:

Die Jahre pflegen zwar ihr rechtes Ziel zu finden;
Und werden fortgeführt als eine schnelle Fluth,
Die ehe fleucht als kömmt. , , , B.

Z 5

Den Klumpen der Natur.   In dieser schweren Last

Lag alles, was itzt ist, vermischet eingefaßt.

Die Sonne fuhr noch nicht mit ihren schnellen Pferden,

Der Monde nahm nicht ab, der schöne Bau der Erden

Hieng noch nicht in der Luft, und das fischreiche Meer

Lief noch mit seiner Fluth nicht um die Felder her.

Das Land stund unbewohnt; die See war nicht zu schiffen,

Der Luft gebrach ihr Licht, und alle Dinge schliefen:

Es stritten wider sich Naß, Trocken, Warm und Kalt,

Der ungemachte Kloß lag öd und ungestalt.

Drauß

Den Klumpen der Natur.) Der erste unförmliche, rohe Ur-
stoff oder das Chaos. Unser Poet hat in der folgenden Beschreibung den Ovidius in 1. B. seiner Verwandelungen im
Auge gehabt, und glücklich nachgeahmet.   B.

In dieser schweren Last) Ovidius sagt: nec quicquam,
nisi pondus iners. B.

Es stritten wider sich) Milton, dieser große englische Dichter,
welcher einige Zeit nach Opitzen lebte, hat in seinem Verlohr-
nen Paradiese gleichfalls die Schöpfung geschildert, und, so
wie Opitz sowohl den Ovid, als die heilige Schrift, vor Augen gehabt. Es wird den Lesern nicht unangenehm seyn,
wenn sie bey einigen Stellen den deutschen und englischen
Poeten vergleichen können, und sie werden mit Vergnügen
wahrnehmen, daß der Deutsche noch eher als der Engländer
eben so starke, und mit Milton fast gleiche Ausdrücke hatte.
Milton sagt vom Chaos ebenfalls im 2. Buch:
Den Heiß, Kalt, und Trocken und Feucht, vier wüthende Kämpfer
Streiten sich hier um den Thron. B.

Drauf kam der helle Schein, ließ nichts nicht mehr verborgen

Auf GOttes Anbefehl.   Er hat den klaren Morgen,

Und Abend abgetheilt, und Weiß von Schwarz getrennt,

Das Finsterniß, die Nacht, das Licht, den Tag, genennt.

Er hat rund um sich her das Wasser ausgespreitet;

Den köstlichen Pallast des Himmels zubereitet,

Den Donner, Reif und Schnee, der Wolken blaues Zelt,

Ost, Norden, Süd und West, in seinen Dienst bestellt.

Die strenge Fluth der See kam über einen Haufen,

Durch seiner Stimme Blitz gezwungen fortzulaufen,

Auf

Drauf kam der helle Schein) Von dieser Zeile an folget Opitz denen bessern Nachrichten, die uns Moses von diesem großen Schöpfungswerke hinter lassen hat.   Die Auflage von 1625. liest hier: Da kam das helle Licht.   Allein der Poet mußte dieses erste Licht von dem Licht der Sonne, welches erst hernach erschaffen worden, unterscheiden.   B.

Ließ nichts nicht mehr verborgen) Diese doppelte Verneinung, die unserm Poeten sehr geläufig ist, bejahet nicht wie in andern Sprachen; sondern ist ein bloßer Pleonasmus, und war vor Alters nicht ungewohnt.   B.

Die strenge Fluth der See kam über einen Haufen) Man vergleiche damit den Ovidius v. 36. u. f. in dem 1. B. der Verwandelungen, und sehe, wie erhaben die Begriffe sind, welche uns der christliche Poet von diesem Stücke der Schöpfung aus bessern Nachrichten giebt.   B.

Auf ihrer Gränzen Ziel.   Das Schloß der Erden stund

Mit seiner starken Hand geleget in den Grund.

Ein jedes that sein Amt; die Ströme mußten fließen

An ihrem Ufer her; die Bäche sich ergießen,

Der frischen Brunnen Quell entspringen unverhofft

Mit lieblichen Geräusch aus tiefer Felsen Kluft.

Die Thäler grüneten, das Erdreich stund umgeben

Mit Blumen, trug sein Obst, das Feld die süßen Reben,

Und Oel und reifes Korn, und Kräuter mannigfalt;

Die Bäume schlugen aus, die Hügel wurden Wald.

Es wuchsen gleichfalls auch tief in dem Schoos der Erden

Das, welches halben wir zum meisten Feinde werden,

Das Gold, der Berge Mark; Stahl, Silber, Kupfer, Bley,

Der köstliche Demant, und Steine mancherley.

Die

Die Hügel wurden Wald) Welch ein starker, malerischer
Ausdruck. Ich zweifle, ob irgend eine Sprache in so wenig Worten ein so vortreffliches Bild ausdrücken kann. Wenigstens ist des Ovidius seine Beschreibung: Fronde tegi
silvas jussit, viel schwächer dagegen. B.

Die Sonne sezte sich auf ihren güldnen Wagen,

Der Monde kam hervor, die Luft fieng an zu tragen

Das schöne Firmament; die Sterne giengen auf,

Ein jeglicher bekam sein Ziel und rechten Lauf.

Das Meer ward auch besezt, das Heer der Fische schwommen

In Wassern, klein und groß; der Walfisch mußte kommen

Und spielen auf der See; der Krebs kroch an das Land,

Der Hecht gieng auf den Grund, die Muschel in den Sand.

Der Vögel leichtes Volk hub emsig an zu nisten;

Zu singen in der Luft, und in den stillen Wüsten;

Ein

Der Walfisch mußte kommen)
    Dort liegt, gleich einem Gebirge
    In der See Leviathan, das größte von allen Geschöpfen.
    Milt. verl. Par. B. VII

Hub emsig an zu nisten)   Indessen
Heckten die warmen Grotten und Höhlen, die Ufer der Flüsse,
Und der feuchte Morast die häufige Brut aus. —— ——
—— —— —— da baute der Storch und der Adler,
Auf dem Wipfel der Ceder, und an die Spize der Felsen
Hoch in die Wolken ein Nest. —— ——
—— —— —— Im Singen hüpften die kleineren Vögel,
Frölich von Zweig zu Zweig. Die Thäler erschallten von Liedern,
Und sie flogen umher auf ihren farbichten Schwingen
Bis zum Anbruch des Abends. Auch dann noch schweiget der Nächte
Feyrliche Sängerinn nicht; die ganze horchende Nacht durch
Wirbelt sie ihr sanft zauberndes Lied.
    Milton ebendas.

Ein jedes kam wohin, und brauchte seine Ruh.

Die Turteltaube nahm den Weg zur Ulme zu;

Die Schwalbe war bemüht ihr künstlich Haus zu bauen,

Der grüne Papagey sich selber zu beschauen;

Der Adler schwang sich hoch; die schöne Nachtigall

Ließ hören ihre Kunst durch Wald, Feld, Berg und Thal.

Es giengen Vieh und Wild vermischet ohne Scheuen,

Das Schaaf trat bey den Wolf, die Gemse bey den Leuen;

Die Kuh gieng in das Gras, der Hirsch lief in den Wald,

Sie lebten allesammt bey vollem Aufenthalt,

Und dies aus GOttes Kraft. Noch Ein Thier war zu machen,

Der Vogt, der Oberherr, und Pfleger dieser Sachen,

Der Mensch: den schuf er auch, sein rechtes Ebenbild,

Mit aller Herrlichkeit vollkommen und erfüllt.

Und

Die Kuh gieng in das Gras) Die zahmeren Thiere
Wahlten das grüne Feld — — — —
— — — — kaum über dem Bogen
Hob schon der flüchtige Hirsch sein zinkigtes Haupt auf ꝛc.
Milton ebendas.

Der Vogt) Dies Wort war sonst viel edler, als itzt.

Und da die andern Thier ihr Antlitz niederdrehen,

Schuf er den Menschen recht den Himmel anzusehen,

Zu schauen an den Ort, nach dem er trachten soll;

Er stund gerecht vor GOtt, war aller Weisheit voll.

O welcher Mensch vermag den Menschen zu beschreiben,

Und kann so überhoch die engen Sinnen treiben!

Komm du, und leite mich, zu reden mit Bedacht,

O Seele der Natur, du hast ihn auch gemacht.

Du hast das schöne Werk mit deiner Hand geschlossen,

Und künstlich aufgeführt, dich selbst darein gegossen:

Er

Und da die andern Thier ihr Antlitz) Milton sagt in dem angeführten Gesange:

Der Hauptzweck des Ganzen,
GOttes Meisterstück mangelte noch. Ein edles Geschöpfe,
Welches nicht dumm, wie die andern mit niederhangendem Haupte
Nach der Erde sähe; vielmehr den Körper erhübe,
Und mit heilger Vernunft begabt, mit heiterer Stirne
Selbst sich bewußt, und voll Edelmuth sey, in hoher Gemeinschaft
Mit dem Himmel zu stehn; doch welches mit Dank auch erkenne,
Daß es von ihm sein Gutes empfangen, und dahin mit Herzen
Mund und Augen gerichtet, den obersten Schöpfer verehre rc.

Beyde Poeten haben zwar den Ovid, in dem ersten Buche der Verwandlungen, vor Augen gehabt, aber beyde haben ihn auch übertroffen. Z.

Er ist durch deine Kraft auf freyen Fuß gestellt,

Der weltberühmte Wirth, ja selbst die kleine Welt,

Die doch der großen gleicht. Denn was ist nicht darinnen,

Das in der großen ist? Das Haupt, das Schloß der Sinnen,

Steht hoch, daß der Verstand von dannen recht und wohl

Auf das, was unten ist, die Sorgen wenden soll,

Die Glieder und den Leib bescheidentlich verwachen,

Die Hitze der Begier zahm und gehorsam machen;

Den Zorn, der oftermals den Zaum zerreissen will,

Mit Macht zurücke ziehn, und fallen in sein Ziel.

Die Augen müssen auch weit in die Höhe stehen,

Sich fleißig umzusehn, dem Uebel zu entgehen,

Das

Das Haupt) Siehe des Cicero II. B. von der Natur der Götter Cap. 54. bis 58. und vergleiche darmit, was Plato in
seinem Timäus weit ausführlicher und prächtiger hiervon geschrieben hat; welchem Cicero treulich gefolget, noch mehr
aber unser deutsche Poet. Siehe auch was Longin von dieser Platonischen Beschreibung urtheilet. B.

Das alle Stunden wacht, und feyret niemals nicht;

Sie sind der Sinnen Bild, der Spiegel, und das Licht,

Dabey die Liebe pflegt ihr Feuer anzuzünden;

Der Weg, durch den sie sich kann in das Herze finden;

Sie werden durch den Wald der Stirnen zugedeckt;

Der Wangen schönes Feld liegt um sie her gestreckt.

So ist auch hoch die Zier der Nasen zu erheben,

Doch höher auch ihr Nutz; die stete Luft, zu leben,

Geht bey ihr aus und ein. Nächst dieser steht gesetzt

Der Mund, durch den der Mensch mit Speisen sich ergötzt;

Die Zähne hinter ihm: die Pforten von Corallen,

Die Lippen, sind geschickt, selbst auf und zu zufallen,

Der Zungen beyzustehn. Durch dich, du edler Mund,

Ward

Durch dich, du edler Mund) Den Text zu der folgenden schönen Beschreibung von der Macht der Zunge hat Cicero II. B.
59. C. von der N. der G. hergegeben: Haec nos juris,
legum, urbium societate devinxit, haec a vita imma-
ni & fera segregavit. Siehe auch in dem I. B. von dem
Redner §. 34. 36.   B.

1ster Band   A a

Ward erstlich in der Welt die Art zu leben kund.

Du hast die Menschen erst gelehret, Städte bauen,

So zuvorhin zerstreut in Wüsten und auf Auen

Herum gelaufen sind, und nur sich als das Wild

Mit Eicheln, wie man sagt, an Brodes Statt gefüllt,

Sich auf den Bauch gelegt, getrunken aus den Flüssen.

Was nützlich ist, von GOtt und Ehrbarkeit zu wissen,

Hat der Poeten Volk mit dir erst kund gemacht,

Und auch den Unterricht von Weisheit aufgebracht.

Das künstliche Gehör, und Wunderwerk der Ohren,

Nimmt seine Botschaft ein, gleich zweyen schönen Thoren;

Auch ihm hat die Natur den hohen Ort gezeigt,

Dieweil der leichte Schall empor und aufwärts steigt.

Die Hände sind bestellt zu treuen Schreiberinnen

Der Sachen, die man denkt; sie bilden ab die Sinnen,

Sie schaffen uns vor Neid und arger Feindschaft Ruh,

Und tragen Vorrath auch den andern Gliedern zu.

Die Arme müssen uns mit ihrer Stärke schützen,

Die

Die Beine minder nicht als steife Pfeiler stützen.

Die Füße machen uns frey hin und wieder gehn;|

Auf diesem Grunde pflegt der ganze Bau zu stehn.

Will ich dann innerlich das schöne Werk beschauen,

Wie hat doch GOtt allda so herrlich wollen bauen!

Dem heissen Magen sind zwey Thüren aufgethan,

Die führt die Nahrung aus, und jene nimmt sie an.

Dann ist die Leber ihm gleich an der rechten Seiten,

Die das Geblüte pflegt zu kochen, und zu leiten

Den andern Gliedern zu; in ihr steht einverleibt

Die Galle, so den Koth und Schleim von dannen treibt.

Zur Linken ist die Milz, zu der das Blut muß schießen,

Das noch nicht sauber ist: sie pflegt den Leib zu schließen

Dem, welcher sich ergiebt in gar zu vieles Leid.

Die Nieren nehmen weg die große Feuchtigkeit.

Das Herze hanget frey, muß in der Mitten schweben,

Der Seelen werther Sitz, der Schlüssel zu dem Leben,

Der Ursprung, so zur Lust der Menschen Geist erregt,

Das

Das Haus, das GOttes Geist selbst zu bewohnen pflegt.

Die weiche Lunge weiß die Rede zu versehen,

Zu kühlen die Natur, und Luft ihr zu zuwehen;

Gleichwie der zarte West erfrischt das dürre Feld,

Und vor der großen Brunst der Sonnen frey behält.

Der Sinnen Haus, das Hirn, die Werkstatt der Gedanken,

Ist zweyfach eingehüllt, so daß es nicht bald wanken,

Noch Schaden nehmen kann.　Hier muß ich stille stehn,

Und sagen, mein Verstand der mag nicht höher gehn;

Galenus und sein Volk die sollen weiter schreiben,

Das ist ihr Thun und Amt.　Ich will es lassen bleiben,

Bis ich, der Sterblichkeit inskünftig abgethan,

Den Meister und das Werk zugleich beschauen kann.

Dies

Das Haus, das GOttes Geist selbst zu bewohnen pflegt)
Dieses ist ziemlich kühn, wenn man nicht voraussetzet, daß
das Herz die Residenz der Seele sey.　B.

Der Sterblichkeit abgethan) ist eben so viel und so wunderbar als, der Sterblichkeit abgestorben, siehe Crit. Beytr.
XXV. p. 115.　B.

Dies ist das schöne Haus: Das Leben nun darinnen,

Wie göttlich ist es doch! der mangelt seiner Sinnen,

Der seine Sinnen nicht bestürzt in sich beschaut,

Die Seele, die GOtt selbst dem Körper anvertraut,

Der Geist von seinem Geist, aus Ihm in uns gegossen,

Voll himmlischer Natur, im Leibe nicht beschlossen,

Der über Erd und Luft den Weg zum Himmel nimmt,

Und ausser alle dem, was untergehn muß, kömmt.

O edles Wunderthier, zur Weisheit auserkohren,

Voll Geist, voll Lust, voll GOtt! vom Himmel selbst gebohren!

Du HErr, du Ebenbild, und Auszug dieser Welt,

Der unter sich den Lauf der hohen Sonnen stellt!

Du weise Creatur, du hast alsbald erkennet

Geflügel, Fisch und Wild, ein jedes recht genennet.

Ach hättest du doch nicht so gröblich dich befleckt,

Und in der Sünden Wust die hohe Zier versteckt!

Nun hast du, da du itzt in diesem schnöden Leben

Mit deines Leibes Last und Kerker gehst umgeben,

So

So feurigen Verstand: wie wird dein heller Schein

Nach dieser Zeit so hoch, so ganz vollkommen seyn!

Auf daß auch Adam nicht, beraubt der süßen Liebe,

Das niemand gut kann seyn, in Einsamkeit verbliebe:

Kömmt GOtt, indem er schläft, erbricht ihm seinen Leib,

Nimmt eine Ribbe weg, und schafft das schöne Weib.

So wann ein guter Arzt bis an das Fleisch will schneiden,

Schläft er den Kranken ein, und nimmt alsdann bescheiden

Das Eisen zu der Hand, indem er liegt in Ruh,

Und streicht auch unvermerkt den Schaden wieder zu.

Nachdem der Vater nun beginnet aufzuwachen,

Und sieht das Freundlichseyn, das angenehme Lachen,

Der weissen Glieder Schnee; O! spricht er, meine Zier,

Ich kenne dich, mein Theil, o Bein und Fleisch von mir;

O du,

O! spricht er, meine Zier) So läßt Milton gleichfalls im
achten Gesange unsern Stammvater mit den Worten der
Schrift reden:

Ich sehe mich selber!

Ist es nicht Bein von meinen Beinen, und Fleisch von dem meinen? Z.

O du, mein ander Ich, o Seele, meinem Leben,

O meine Seele selbst, mein Trost, mir zugegeben!

Komm, Schwester, liebe Braut, umfange deinen Mann!

Ich nehme, Theure, dich zu allen Fällen an.

So gieng das neue Paar mit solchen hohen Gaben,

Mit solcher Herrlichkeit, vollkommen und erhaben

Vor aller Kreatur. Ach hätte doch nur nicht

Der Fall so ganz verkehrt der großen Weisheit Licht!

Das Weib ward durch Betrug der Schlangen eingenommen,

Und Adam durch das Weib! sie wollten höher k ᷓ nen,

Verlohren aber so, durch Essen von der Frucht,

Das, was sie vor gehabt, und was sie itzt gesucht.

Das immer grüne Feld in Eden ward verschlossen,

Die Quellen, so mit Milch und Honig erstlich flossen,

Die wurden zugestopft. Sie stunden ganz verzagt,

Arm, nackend und bestürzt, und wurden ausgejagt.

Dann sahen sie den Grimm des HErren sich entzünden,

Dann wurden sie gewahr der tiefen See der Sünden,

In welche sie gestürzt; dann fieng das Elend an,

Dem alle Menschen noch bis itzt sind unterthan.

Dann ward die Sterblichkeit durch uns in uns erreget,

Der rechte Seelentod, die Laster, erst geheget;

Der Sinnen Finsterniß verderbte den Verstand,

Die Lust, nicht recht zu thun, ward gegen GOtt gewandt.

Noch ließ er doch uns nicht. Denn als des Zornes Flammen,

Gesetze, Tod und Höll, uns kamen zu verdammen,

Und sollte nun ergehn das Urtheil nach Gebühr,

Schlug seine Güte doch des Weibes Saamen für.

Das Lamm, von Anbeginn der Welt für uns geschlachtet,

Das aller Väter Schaar vor langer Zeit betrachtet;

Dem Noah sich vertraut, umringt mit See und Luft,)

Auf welches Abraham und Isaac gehofft,

Mit welchem Jacob auch, der streitbar Held, gerungen,

Das Josephen bewahrt, das Pharaon bezwungen,

Und in das Meer versenkt; das kräftig Tag und Nacht

Die Kinder Israel beschirmet und bewacht,

Dem Moses seine Stimm erhoben hat zu Ehren,

Da er den Himmel ihm begehret zuzuhören,

Und selbst den Erdenkreis zu seinen Zeugen nimmt;

Dem Debora ihr Lied so geistreich angestimmt;

Das Josua beschützt, das Simson helfen streiten,

Von welchem David schon gespielet auf den Saiten,

Und sämmtlich, Jung und Alt, ohn allen Unterscheid

Mit herzlicher Begier vorhin geprophezeyt;

Bis

Da er den Himmel ihm) Eine lateinische etwas dunkle Construktion, welche so viel sagen will, da Moses verlangte, der Himmel möchte ihm zuhören.

Aa 5

Bis daß er endlich kam, das Heil, von GOtt gegeben:

Dem soll ein jedermann die Stimme nun erheben,

Und ernstlich dankbar seyn mit aller Engel Schaar:

So läßt man recht das alt', und nimmt das neue Jahr.

———————

Lob=

Lobgedicht,

an die

Königl. Majestät zu Pohlen und Schweden.

Aller Wahrscheinlichkeit nach ist dieses eines von den letzten weltlichen Gedichten unsers Poeten, indem er solches ungefehr im Jahr 1636. zu Danzig verfertigt hat. Es ist voll von starken, reifen, und männlichen Gedanken. Der König in Pohlen, Uladislaus, welcher die deutsche Sprache sehr liebte, und dessen Beyspiele seine Hofleute folgten, wie es gemeiniglich zu geschehen pflegt, nahm dieses Gedicht sehr gnädig auf.

Die

Die Leser werden sich aus Opißens Leben zurückrufen, wie sehr dieser große König die Verdienste des Dichters unterschieden, und wie vieles er dazu beygetragen habe, ihm den Aufenthalt ausser seinem Vaterlande angenehm zu machen.

Lobgedicht,

an die

Königl. Majestät zu Pohlen und

Schweden.

Der Höchste lebet ja! es wallet sein Gemüthe

Noch für Barmherzigkeit und väterlicher Güte,

Er lenket deinen Sinn, dem seiner günstig ist,

Daß er, o Bladislaw, für Krieg die Ruh erkiest,

Und Langmuth für Gedult.   Die falschen Herzen klagen,

Die guten freuen sich, daß du nicht ausgeschlagen

Der Waffen Stillestand;   und daß dein Sinn, o Held,

Den Frieden höher schätzt, als etwas in der Welt,

Das mit der Welt vergeht.   Die, so vorhin durch Kriegen

Nach Einigkeit gestrebt, und längst begraben liegen,

Sind

Nach Einigkeit gestrebt) In den meisten Auflagen steht geschwebt: nach Einigkeit, oder nach Frieden, gestrebt, hat uns deutlicher geschienen. Z.

Sind selbst vermuthlich froh, daß itzund durch Verstand

Und Glimpf erworben wird, was ihre strenge Hand

Zu schaffen nie vermocht. Herr, dieses thun die Gaben,

Darmit dich die Natur und GOtt bereichert haben.

O du, des Himmels Wunsch, der Völker Trost und Zier,

Du scheuest keinen Streit, doch nimmst du itzt darfür,

Was auf den Streit erfolgt. Sonst bist du zwar gebohren

Zu aller Tapferkeit, zum Strengeseyn erkohren,

Zu kämpfen angewöhnt. Du kömmst von Leuten her,

Die häufig vor der Zeit durch ihr so kaltes Meer

Mit heißer Brunst gesetzt, und Rom, den Zaum der Erden,

Der Völker Königinn, gezwungen, zahm zu werden,

Zu tragen fremdes Joch; von Leuten, derer Macht

Noch bis auf diese Zeit in ihren Gliedern wacht;

Die nach der Ehre mehr als nach dem Leben fragen,

Und trutzen, wer sie scherzt; von welchen dann zu sagen

Hier

Was auf den Streit erfolgt.) nemlich den Frieden. z.

Hier weder Fug noch Noth.   Du würdeſt König ſeyn,

Und wäre nichts um dich, als dein Verdienſt allein.

Du biſt von Jugend an dem Lobe nachgegangen,

Es hört ſo keiner auf, als du haſt angefangen:

Was ſonſt in langer Zeit kein Herr verrichten kann,

Das haſt du oftermals auf einen Tag gethan.

Das Glücke dienet dir.   Dein Vater hat nicht wollen

Ohn dich zu Felde ſeyn, ohn dich nicht ſiegen ſollen;

Der große Sigismund, der nicht ſo zeitlich ſich

Von dieſer Welt gemacht, woferren er durch dich

Nicht ſeine Statt erſetzt.   Nachdem die Moscowiten

Ihn alſo angereitzt, daß er ſie hat beſtritten,

Ihr großes Heer verfolgt, das weite Land beſiegt

Bis zur Hircaner See, die Hauptſtadt eingekriegt,

Den Fürſten im Triumph auf Warſchau hingeführet;

Da hat dir ſchon dies Theil von Aſien gebühret

Durch ihre freye Wahl, wann nicht ihr Unverſtand,

Was? wann ihr Meynend nicht sie von dir abgewandt.

Hast du den Schimpf verschmerzt? Nein! deine werthe Sitten,

Die ausser Löblichkeit nichts denken noch beginnen,

Wann sich Aurora zeigt, und wann der Tag gebricht,

Die fragten ferner nun nach deiner Jugend nicht,

Und rissen dich nur fort.   Wer hat nicht angesehen

Verwundert und bestürzt, wie da das scharfe Wehen

Der ohnbewohnten Luft, des rauhen Himmels Art,

Die ungebähnte Bahn, der wilden Thiere Fahrt,

Und was das grimme Land für Uebel mehr noch heget,

Dir deinen großen Muth im minsten nicht geleget?

Dies thut ein edler Geist, der nicht zu zagen weiß;

Er wählt für Ruh, Gefahr, für Kälte Thau und Eiß,

Und Eisen noch darzu.   Die Sonne muß stets gehen,

Der Himmel wälzet sich, die See kann nimmer stehen:

So,

nicht sie von dir abgewandt.) In den gewöhnlichen Auflagen steht eigentlich, sich von dir abgewandt. Z.

ausser Löblichkeit) ausser dem, was löblich ist. Z.

So, König, biſt auch du.   Dein Sinn iſt Himmelweit,

Iſt als die Sonne klar, iſt als die Meere breit;

Und denkt nicht einmal nach, in was Gefahr er rennet.

Alſo ein kühner Löw, in dem ſein Herze brennet

Für Gunſt zu ſeiner Zucht, der ſorget ſtets, und wacht,

Schleicht über allen Froſt und Schnee bey ſtiller Nacht:

Sein Haar iſt ihm bereift, es hangen an den Ohren

Die Zapfen von Kryſtall, die Klauen ſind befrohren,

Noch ſchaut er keine Müh und Laſt des Wetters an,

Darmit er nur vergnügt nach Hauſe kommen kann.

Du haſt auch damals ſchon Beſcheid zu geben wiſſen,

Wo recht zu lagern ſey; wo Städte zu umſchlieſſen,

Was eine Schlacht erheiſcht, wo Sturm und Anlauf gut,

Wo Hinterhalt muß ſtehn, wo Wacht vonnöthen thut,

Und was der Sachen mehr.   Biſt ſelber angegangen

Beherzt und ungebückt, haſt nie entfärbt die Wangen,

Die

---

alſo ein kühner Löw) Die Vortreflichkeit dieſes ſchönen mah-
leriſchen Gleichniſſes fällt ohne unſer Erinnern in die Augen. Z.

Die Augen nie verkehrt, zwar durch Verstand und Rath

Ein Feldherr, aber auch durch Fechten ein Soldat.

   So hat dein reifer Witz des Feindes List bezwungen,

Dein Degen seine Kraft. Du hast ihm abgedrungen

Was der Tyrann vielleicht im Traume nie gedacht,

Hast ihn dir Severin, ein Land von solcher Macht,

Ingleichen Czernichow, sammt zweymal dreißig Städten,

Und zehen fast darzu, genöthigt abzutreten;

Und also, da man dich für Jüngling noch geschätzt,

Den grünen Lorberkranz auf deinen Kopf gesetzt,

Der itzund Kronen trägt. Hier möchte man gedenken,

Das Glücke hätte dir Ergetzung sollen schenken

Und Rast nach solcher Müh; es saget aber, nein:

Der Käyser von Byzanz muß auch geschlagen seyn.

Wie wann ein kalter Sturm den Schloß, den er gebieret,

Hoch aus den Wolken her durch Thal und Wälder führet,

                                 Und

---

den Schloß) soviel als Hagel; wir sagen itzo die Schloßen Z.

Und auf die Saate wirft, daß ihm der Ackersmann

Zur Erndte keinen Trost noch Hoffnung machen kann:

So kam der Heyden Volk weit von dem Nilus Strande,

Von Taurus Klippen her, dem heiſſen Mederſande,

Dem wilden Thracien, dem ſchweifenden Euphrat,

Und was der Bluthund mehr für große Länder hat,

Die kaum zu zehlen ſind; zu denen ſich noch ſchlugen

Die Tartern, welche Luſt zu einem Feuer trugen

Das ihnen ſelbſt gehört. Pocuz ward leer gemacht,

Podolien verheert, Wolina durch gebracht,

Premißlaw ausgebrandt; viel Menſchen wurden Beute,

Und kläglich weggeführt; viel guter Rittersleute,

Die hatten bey Czeczor ihr Leben aufgeſetzt,

Und in der Walachey das arme Feld genetzt.

Das Land ſtund ſchreckensvoll, man ſahe furchtſam ziehen

Die Dörfer in die Stadt, die Stadt mit ihnen fliehen,

Und alles war verzagt. Du wareſt der allein,

Der die Gemüther nicht ließ ſonder Hoffnung ſeyn,

Das Land nicht sonder Schutz. Mit kläglichthun, mit Zähren,

Mit Zittern, fiengst du an, ist dem nicht abzuwehren,

Der mit dem Säbel kömmt. Wann Wind und Wellen gehn,

Kann niemand mit Geschrey dem Wetter widerstehn;

Das Wasser hat kein Ohr. Man muß das Ruder fassen,

Muß schöpfen, wache seyn, die Seegel fallen lassen,

Den Mastbaum in das Schiff, des Ankers Last darvon

Und in den Grundsand thun, und eilends den Patron

Vernehmen, wann er schafft. Kommt, laßt dem Feinde zeigen,

Er soll uns nimmer sehn vor seinem Monden neigen,

Er habe darum sich an Leuten stark gemacht,

Daß ihrer mehr durch uns auch würden umgebracht.

Soll er der Meister seyn, du edeles Geblüte,

Er, der beschnitten ist an Leib' und an Gemüthe,

An Art und Sinnen weich? das wolle der ja nicht,

Den dieser Hund verhöhnt! Der, welchem Muth gebricht,

Dem

wann er schafft.) Wehn er selbst zugreift, selbst Hand anle-
get. Z.

Dem Hand und Herze sinkt, mag nur von dannen reisen:

Ihr, denen Ehre lieb, kommt, lasset uns erweisen,

Was GOtt und Recht erheischt, und rettet durch den Streit

Zwar Pohlen, doch zugleich die ganze Christenheit.

So hast du fortgesetzt, und alle Welt gelehret,

Das ein beherzer Sinn, der seinen Höchsten ehret,

Und liebt sein Vaterland, und auf kein anders Ziel

Als Schutz und Rettung geht, zu thun hat, was er will,

Und selbst die Hölle trutzt.   Es konnten so viel Schaaren

Nur nicht dein Antlitz sehn, die frechen Janizaren,

Der Türken rechte Hand, erwürgten ihren Gott,

Das wilde Thier Osman, und trugen vieler Tod

Hierdurch an seinem aus, für Ungedult und Schmerzen.

Nun lauft, ihr tolles Heer, und lernet ferner scherzen

Den Sinn der Ehre sucht, den Lob und Ruhm ergetzt,

Und der sein Leben nicht, vor Ruh der Völker, setzt.
                                                    Der

vor Ruh der Völker setzt.) In den meisten Auflagen steht
für Ruh der Völker, welches einen ganz entgegen gesetzten
Sinn gäbe; denn Opitz will sagen, der sein Leben der Ruhe
der Völker nicht vorsetzt, vorzieht. Z.

Der Tag als Cracau dir, Triumph! O Licht, der Erden,

Triumph! gerufen hat, soll stets erhoben werden,

Soll hoch und heilig seyn.   Dein schöner Preiß, o Held,

Soll allzeit währen mit, dein Lohn, auch nach der Welt.

Man wird nicht minder auch mit vollem Munde sagen,

Wie Moscau neulich noch des Bundes Pflicht verschlagen,

Und dich gereizet hat, gewaffnet hin zuziehn

Bis zum Borysthenes.   Was war doch ihr Gewinn

Der stolzen Nation, des Volkes ohn Gewissen?

Man sahe sie ja wol Smolensco hart umschliessen,

Doch du umschliessest sie, und bringst den Feind so weit,

Daß er, wie schwer es fällt, für Sieg, Genade schreyt.

Er kriecht zum Kreutze hin, giebt auch was sein ist, wieder,

Legt seine Hoffart dir mit Wehr und Waffen nieder,

Und lernt gehorsam seyn.   Er hat daselbst bekannt,

Du hättest seinen Hals und Ehr in deiner Hand.

Doch du, o König, hast im Herzen noch mehr Güte.

Erst zwingest du den Feind, und itzund dein Gemüthe;

Fürst

Führſt ſelbſt dich im Triumph, ihr Leben ſteht bey dir,

Das giebſt du ihnen hin, und nimmſt allein darfür

Das Lob der Gütigkeit.   O eine wehrte Tugend!

Doch derer nur ein Zweig, die dich von erſter Jugend,

Von Wiegen an geziert. Zwar GOtt, das Reich, deinStand,

Und Würde, haben dir das Zepter zugewandt,

Dein edles Haupt gekrönt, dich hoch geſetzt auf Erden:

Du willſt durch Niedrigkeit doch gleichwol höher werden.

Wer dich im Kriege ſieht, der legt die Waffen bey:

Wer dich im Frieden ſchaut, iſt aller Furchten frey,

Behält die Lieb' allein, läſt Scheu und Schrecken ſchwinden,

Spricht einen König an, und pfleget mehr zu finden

Als einen Vater ſelbſt.   Hierdurch haſt du gemacht,

Daß nichts ſo ſehr für dich, als Treu der Leute wacht,

Die deine Demuth ſehn.   Das Stehen der Trabanten,

Die Warnung für Gefahr, die Aufacht der Bekannten,

Gewehr und Waffen, Herr, die ſind für ein Gemach,

                                                     Da

Aufacht) So viel als Fürorge. Z.

Bb 5

Da ein Tyranne ſitzt, nur oftermals zu ſchwach.

Der kann nicht ſicher ſeyn, vor dem nichts ſicher bleibet,

Der Blut zur Loſung hat, Blut redet, und Blut ſchreibet,

Und ſäuft es in den Hals. Er fürchtet, die er kränkt,

Traut auch dem Degen nicht, der ihm zur Seite hängt,

Und haßt, und wird gehaßt. Gunſt will nicht ſeyn getrieben.

Ein Herr der Liebe ſucht, der muß zum erſten lieben;

Ohn dies iſt jenes nie. Der gründet nur auf Sand,

Der nicht auf Liebe baut, die als ein feſtes Band

Auch die Natur verknüpft. Was hält den Weltkreis wieder?

Warum geht das Geſtirn in Ordnung auf und nieder?

Wie weiß der Wind ſein Ziel, der Monde ſeine Zeit,

Das Waſſer ſeinen Strand? dies thut die Einigkeit,

Die Liebe, die wir auch in deinen Augen ſehen,

Den Zeigen deiner Treu. Wer darf wohl vor dir ſtehen;

Wer ſagt, du habeſt ihm einmal zu kurz gethan?

Du

Und haßt, und wird gehaßt.) Dieſe ſtarke Schilderung eines Tyrannen, ſetzt den darauf folgenden edlen menſchenfreundlichen Characeer des Helden in ein deſto helleres Licht. Z.

zu kurz gethan) Einer von den etwas niedrigen Ausdrücken, die dem großen Dichter noch zuweilen entwiſchen. Z.

Du ſprichſt ſchon oftmals ja, eh als man bitten kann.

So freundlich iſt dein Sinn. Wie auch die klaren Stralen

Der Sonnen nicht nur blos Gefild und Berge mahlen,

Nicht nur an einen Ort erſtrecken ihren Schein:

So biſt dn gleifalls auch.   Dich dünkt zu wenig ſeyn

Für deine Gütigkeit das Volk, das du regiereſt,

Das dich mit Treuen meynt und du mit Wohlfahrt ziereſt;

Du biſt ein großer Troſt, ein Schirm und Zuverſicht

Für einen jeglichen, der dich um Schutz beſpricht

Und ſonſt bedränget iſt.   Die Fremde zu dir kommen,

Gehn Fremde nicht hinweg: ſie werden aufgenommen,

Geſetzt in Sicherheit, in Ruh, und ſolchen Stand,

Daß ſie bedünkt, dein Reich, das ſey ihr Vaterland.

Hier mag ein jedermann in GOttes Dienſte leben,

Wie ſein Gewiſſen weiß; mag ſeine Hände heben

Zu dem, der euch nicht mehr vertrauet, als die Welt,

Und ſeiner Ehre Recht für ſich allein behält;

Zu dem, der lieber uns will ſonder Glauben wiſſen,

Als daß man seine Furcht aus Furchten ein soll schliessen,

Und nach dem Winde gehn; zu dem, der Heuchelen

So sehr bestrafen wird als Mord, als Tyranney,

Als Blutschuld, Sodomie, als alle solche Sünden,

Dardurch man ihn vermag in Eifer zu entzünden;

Zu dem, der ewiglich mit dem nicht stimmen kann,

Der mit dem Himmel scherzt, und sieht die Menschen an.

Du hegest solchen Sinn; wann dich dein Volk so ehret,

Dir treu ist, wie es soll, und thut, was sich gehöret,

So sey es recht und gut, und dieses kömmt bey dir

Von der Gerechtigkeit, die deine beste Zier

Von allen Gaben ist; die dich dahin erhebet

Bey deinem Leben schon, wornach ein König strebet,

Der dort auch herrschen will. Wo bleibt Bescheidenheit?

Dein Ansehn? dein Verstand? Ja, wo die Mäßigkeit,

Die ganz dein eigen ist? dein weiser Sinn im Rathen,

Der Rede Witz und Zier, die Wachsamkeit in Thaten,

Die

Aus Furchten ein soll schließen) Dies soll so viel heißen:
Als daß man seine Gottesfurcht, aus Furcht vor Menschen
einschränken soll. Z.

Die Langmuth? der Bezwang des Zornes, der allein

Genug ſonſt Laſters iſt, kömmt dir von Nüchternſeyn.

Was kann ein ſolcher Herr für kluge Sinnen haben,

Dem allzeit die Vernunft im Becher liegt begraben,

Und auf dem Glaſe ſchwimmt? Wer nichts für Leut' und Land,

Als Wein, vergoſſen hat, der macht ſich zwar bekannt,

Doch nicht durch Tapferkeit, muß böſen Menſchen trauen,

Die ihn und ſich und mich oft zu verkaufen ſchauen,

Iſt ſeiner Diener Knecht, und trinket durch den Wein

(Wie theuer Waſſer doch!) viel tauſend Thränen ein.

Wer ſieht an Rache dich. o Held, die Augen weiden?

Wie bald vergiebeſt du? wer weiß dich zu beſcheiden

Nur einer grimmen That? dein Herze heiſcht kein Blut

Von dem, der Gnade ſucht, der Reu und Buße thut;

Viel minder, welcher nichts. Soll ich dann auch beſchreiben,

Wie du den Reſt der Zeit zuweilen willſt vertreiben,

Und

Viel minder welcher nichts) Dieſe Auslaſſung iſt etwas
ſehr dunkel. Es ſoll ſo viel heißen: Viel minder, welcher
nichts Böſes gethan. Z.

Und dich dir selber giebst? Du bist zwar bey der Ruh

Auch König, dennoch ist nichts freundlicher, als du,

Nichts milders auf der Welt.   Daheim ist dein Ergetzen,

Ein Buch, das lesenswerth;   im Felde nimmt das Hetzen

Dir deine Sorgen hin: es hatten den Gebrauch

Ulysses, Telamon und der Achilles auch,

Der Thetis großer Sohn; Alcides hat im Jagen

Den Ernst, mit welchem er die Riesen todtgeschlagen,

Nicht minder angelegt: doch kennst du Maaße hier;

Dann wer nichts anders weiß, wird endlich selbst ein Thier,

Und lernet grausam seyn. Du führest so dein Leben,

Daß du der Welt und GOtt kannst gute Rechnung geben,

GOtt, auf den du, der Welt, die auf dich Achtung giebt.

Ihr die ihr itzund nichts, als was vor euch ist, liebt,

Ihr mögt versichert seyn, es sind viel kluge Seelen,

Viel Geister von Vernunft, die aus der tiefen Hölen

Der

aus den tiefen Hölen der Wahrheit) Er zielt hiemit auf geschickte und unpartheyische Geschichtschreiber; und er selbst war Geschichtschreiber seines Königs. Z.

Der Wahrheit dies hervor zu graben ſind bedacht,

Wodurch der grauen Zeit ſoll werden vorgebracht,

Was jener, der, und die, und alleſamt beginnen;

Den Wankelmuth, den Neid, den Haß, die Weiberſinnen,

Dies alles, was man ſcheut zu ſagen, und doch thut!

Du darfſt, o freyer Held, den königlichen Huth

Nicht in die Augen ziehn: wohin man itzund ſiehet,

Da ſchaut man auch dein Lob; daß Ruh und Friede blühet,

Daß Recht und Billigkeit in vollem Schwange geht,

Daß alles um und um in Luſt und Freuden ſteht:

Iſt, nächſt des Himmels Gunſt, dir einig zu zu meſſen.

Man wird des Leides nun durch alles Land vergeſſen:

Es darf Boryſthenes nicht mehr die Wehre ſeyn

Vor Moscau; das Geſchrey von dir thut dies allein.

Man darf der Tartaren hier keine Mauren ſetzen,

Wie Sina ſich verwahrt; dein Ruhm iſt mehr zu ſchätzen:

                                        Der

Der Tartaren) Im Text ſteht eigentlich für Tartaren. Die
Chineſiſche Mauer wider die Streifereyen der Tartarn iſt bekannt. Z.

Der Prut, der Tyras hält den Türken nicht so an,

Als deines Namens Macht den Räuber stillen kann.

Ach könnte doch ein Mensch auf einer Warte stehen,

Und über dieses Reich die Augen lassen gehen,

Was Schein, was Aenderung da würde diese Zeit

Ihm zeigen gegen der, die sonst war weit und breit,

Da Krieg zu fürchten stund und theils auch schon gewesen!

Die Städte freuen sich, die Felder sind genesen,

Es lebet jedermann (o Deutschland, möchtest du

Doch auch so seelig seyn!) für sich in stiller Ruh.

Die reiche Weichsel kann zur See ohn Aufhalt fliessen,

Die See sich allerseit frey an ihr Ufer giessen,

Das Ufer Waaren sehn, und alles lustig seyn.

Sollst du, o Lust der Zeit, o König dann allein

Von diesen Freuden nicht dein Theil auch reichlich haben?

Des Himmels treue Gunst wird dich mit dem begaben,

Bey frischer Lebenszeit, was dein Gemüthe liebt,

Und GOtt nur nehmen kann, der dir es selber giebt.

Einige
kleinere Gedichte.

C c

Wir waren im Anfang willens, auch einige Oden von Opitzen auszusuchen, und sie den Lesern vorzulegen. Da es uns aber nur um das Beste und Vortrefflichste eines Dichters zu thun ist, und wir schon oben in seinem poetischen Charakter angezeiget haben, daß wir mit seinen Oden nicht so zufrieden sind, als mit seinen größern Gedichten: so wollen wir lieber zum Schluße dieses Ban-

des

des noch einige kleinere Stücke hinzufügen, die Opitz auf ein paar seiner Freunde gemacht hat, und aus denen sein ihm eigener poetischer Charakter gleichfalls sehr stark hervorleuchtet.

Als

Als
er aus Siebenbürgen sich zurück
anheim begab.

Du schöner Apulus, an deſſen grünem Rande

Trajanus vor der Zeit mit einem feſten Bande

Ihm dieſes Land verknüpft; da mancher Römer liegt,

Der ritterlich und ſteif den Völkern angeſiegt;

Gehabe dich nun wohl, ſamt dem und jenem Quelle,

Die reich von Golde ſind! ich werde keine Stelle

Bey dir, du klare Bach, mir ſuchen nach der Zeit,

Daß ich da ruhen mag; mein Sinn ſteht anderweit.

Der rauhen Menſchen Art, die itzund bey dir wohnen,

Die aller Tugend Feind, und ihr mit Haße lohnen,

Die zwingt mich, daß ich dir muß geben gute Nacht,

Und auf mein Vaterland bin wiederum bedacht.

Ich hatte wohl vermeynt, auch ſchon mir vorgenommen,

Zu dir, o Graecien, in kurzer Zeit zu kommen,

Du

Du werthe Nachbarinn: ich dachte ganz auf dich,

Und wollte nun dahin, wo Hämus unter sich

Die Wolken selber läßt; hier, da vor alten Zeiten

Der Thracier Poet gespielet auf den Saiten,

Daß Wild und Wald getanzt; und da der Strymon läuft

In den der Kranche Heer die krummen Federn täuft.

Olympus stund mir schon wie gleichsam im Gesichte,

Und Offa und sein Thal, von dem so viel Gedichte

Sind worden aufgesetzt: hier war der Helikon,

Und der Parnassus auch; nicht allzuweit darvon

Floß unser Castalis; da kam der Pferdebrunnen

Mit lieblichem Geräusch und Murmeln hergerunnen.

Ich hätte mich auch wohl bis auf Athen gewandt,

Und auf die Stadt, so sonst Zweymeerig wird genannt,

Corinth, ich meyne dich; wohin ich nur gesehen,

Da hätt ich bald gedacht, was da und da geschehen:

Hier hat Demosthenes gedonnert und geblitzt,

Hier Aristophanes so meisterlich gespitzt,

Hier

Hier hat der Socrates, und Plato hier gelesen;

Hier ist der von Stagir, hier Aeschilus gewesen.

Dies fiel mir sämtlich ein: mein Siechseyn aber macht,

Daß ich mir alles nun muß schlagen aus der Acht.

Die Krankheit läßt mich nicht, des Fiebers Kält und Hitze:

Drum ist es nur an dem, daß ich zu Rosse sitze,

Auf Deutschland wieder zu: ihr Freunde, gute Nacht!

Und du, o Vandala, mit der ich auch verbracht

Ein Theil der langen Zeit! wohlan, du klarer Brunnen,

Bey welches Bächen ich das Licht der rothen Sonnen

Zum ersten angeschaut, du, schneller Bober, auch,

Nimm mich an deinen Strand, wie vormals dein Gebrauch.

Bey dir verhoff ich nun den Rest von meinem Leben,

Das Reisen beygelegt, in Frieden aufzugeben:

Der Jugend Wankelmuth, viel Sorgen, Müh' und Pein

Ist bis anher genug; hier soll das Ende seyn.

An

498

An

Herrn Johann Seußius,

Churfürstl. Sächsischen Secretar.

In dieser schweren Zeit in diesem großen Brande,

Der Leut und Städte frißt, der meinem Vaterlande,

Dem armen Vaterland', itzt auch sein Theil erst giebt,

Und mich (wie denket ihr, die ich so sehr geliebt,

Ihr Musen, meine Lust?) mich in das Lager führet,

Darein den Eurigen zu gehn sonst nicht gebühret:

Was schaff ich, weil das Volk in fremden Häusern sitzt,

Und mit nichts Gutes thun die güldne Zeit vernützt?

Wie kann ich brünstig seyn, ein Weibesvolk zu lieben,

Da tausend Schmerzen mir den kranken Muth betrüben,

Und foltern meinen Geist? ach, Herz, ach wende mich

Von dem, was andern ist, und wirf weit unter dich

Ein unglückhaftes Glük, ein Gut ohn alle Güte,

Ein Werk, durch dessen Nutz sich abnützt das Gemüthe,

Das

Das Leib und Sinnen schwächt, das uns zu Alten macht,

Eh' als die Jugend noch recht halb ist weggebracht!

Die stinkend arge Lust, wann ihre schnöde Früchte

Am besten wohl uns thun, macht laß, und wird zunichte,

Sie fällt bald, und verbringt mit Eckel ihren Lauf,

Und ehe sie recht kömmt, so hört sie wieder auf.

O Liebe, sey mir gram! soll ich mich aber letzen,

Durch leichtes Kartenspiel? soll ich Ducaten setzen,

So von dem Blute roth, und bleich von Thränen sind?

Wohl diesem, welcher nicht verspielet, noch gewinnt,

Was armer Hände Schweis so sauer muß erwerben!

Wer also reicher wird, soll endlich Hunges sterben,

Sein Saamen betteln gehn: das ungerechte Geld

Soll fressen das gerecht', und führen aus der Welt.

Worzu dient dann der Wein? der Gläserkrieg? das Saufen?

Der ungekaufte Rausch? wie wann der Feinde Haufen,

Von welchem uns gar kaum dieß kleine Wasser trennt,

Das so viel Pässe hat, käm' auf uns zugerennt,

Mit

Mit seiner stärkern Kraft, und hieb uns trunken nieder?

Wacht auf, ihr Augen, wacht! das Leben kömmt nicht wieder

Ists einmal schon hinweg; durch freche Sicherheit

Der unsrigen gewinnt der Gegentheil die Zeit,

Und auch den Sieg darzu. Die wir mit stolzer Nasen

Verspotten, meynt ihr wohl, sind sie geschemte Hasen,

Und kommen, Fersengeld zu geben, in den Krieg?

Ein Feind, den man verlacht, der hat schon halben Sieg.

Wacht auf, sie schlafen nicht! was soll ich denn nun machen?

Ich will der falschen Welt mit leichten Versen lachen,

Ein deutscher Juvenal; ich will die Eitelkeit

Des Volkes, das nun lebt, die Sitten dieser Zeit,

So ganz verderbet sind, der künftigen vermelden;

Will singen von der Treu beherzter werther Helden,

Die mehr ihr Vaterland als ihre Haut geliebt,

Und mit Beständigkeit sich haben ausgeübt,

Die itzt hoch nöthig ist: werd ich gleich müssen bleiben,

Durch Mittel, die GOtt weiß, so wird doch das bekleiben,

Was

Was meine Feder zeugt. Ein Geist, den Phöbus liebt,

Dem Jupiter die Lust und Art zu schreiben giebt,

Kann mit der grauen Welt, als in die Wette, leben.

Mein Opitz, sorge nicht, wie sehr sie widerstreben

Die Feinde deiner Ruh: du sollst in Ehren stehn,

Wann ihr Gedächtniß wird mit ihnen untergehn.

Hüll in dich selbst dich ein, sey du dir dein Gewissen

Ein Zeuge, der nicht triegt; tritt alles das mit Füssen

Was gut heist, und nicht ist; lauf ferner auf der Bahn,

Wie bis anher geschehn, die niemand finden kann,

Als der, so Weisheit liebt, der des Gemüthes Gaben,

So oft er soll und will, kann in Bereitschaft haben,

Der schreibt ein solches Buch, das nach dem Himmel schmeckt,

Und bleibet, wann man uns mit frischem Sande deckt.

So thut dein Seußius, der Vater der Poeten,

Der Musen liebster Sohn; er schaut den Kriegesnöthen,

Den Zeiten, die itzt sind, mit freyen Sinnen zu,

Und findet in sich selbst des Lebens wahre Ruh,

Die

Seußius) Johann Seußius, ein großer Freund von Opitzen, der selbst ein guter Dichter gewesen seyn muß, wenn nicht Opitz vielleicht aus Freundschaft seine Poetischen Verdienste etwas vergrößert hat. Z.

Die am Gemüthe liegt; verhönt des Glückes Scherzen,

Frischt auf sein greises Haar mit einem jungen Herzen,

Das alte Weisheit trägt: hemmt seiner Jahre Flucht

Mit der gelehrten Hand, pflanzt Bäume, derer Frucht

Ein' andre Zeit nach uns ergetzen soll und speisen.

Wird solches nicht sein Buch, sein edles Buch, erweisen,

Das nunmehr brechen will den Traum der finstern Nacht?

Apollo freuet sich, die schnelle Fama wacht,

Und will das schöne Werk auf ihren leichten Wagen,

Bis in das Schlafgemach der rothen Sonnen tragen,

Vom hellen Morgen an. Ihr Helden, denen hier

Ihr Lob gepriesen wird, erkennet eure Zier,

Lacht eure Gräber aus: ihr deutschen Pierinnen,

Mein allererster Ruhm, schaut was für hohe Sinnen

Um euch bemühet sind; seyd sicher nach der Zeit,

Ihr steht, wann alles fällt, ihr bleibt in Ewigkeit,

Wo Kunst, und Menschenwitz nur ewig steht und bleibet.

Doch ja, was Seußius uns giebet, das bekleibet,

Und überlebt die Welt; dieweil es GOtt erhebt,

Und den, der todt ist, lobt, und lehrt den, der noch lebt.

Ueber des

berühmten Mahlers Herrn
Bartholomäi Strobels
Kunstbuch.

Nicht längst ward ich gefragt, du meiner Freunde Zier,

Von einem, ob ich auch in Kundschaft sey mit dir,

Der mich und dich verkennt. Dann sollt ich dich nicht keñen,

Ich, der Poeten Theil, als wie sie mich ja nennen,

Dich, aller Mahler Licht? es weiß auch fast ein Kind,

Daß dein und meine Kunst Geschwister Kinder sind.

Wir schreiben auf Papier; ihr, auf Papier und Leder,

Auf Holz, Metall und Gold, der Pinsel macht der Feder,

Die Feder wiederum dem Pinsel alles nach.

Dies ists was hiebevor der Cheronenser sprach,

Der Mann, dem Griechenland und Rom auch nicht bezahlen

Der Klugheit hohen Werth; daß euer edles Mahlen

Poete=

Poeterey die schweig, und die Poeterey

Ein redendes Gemäld und Bild, das lebe, sey.

Ein Bürgermeister zwar wird alle Jahr erkohren,

Ein Rathsherr wird gemacht, wir aber nur gebohren.

Ein Mahler und Poet ist minder, der die Kunst

Aus Müh und Uebung hat, als von des Himmels Gunst,

Die euch die Hände führt, und uns die heissen Sinnen,

Dämit wir ausser uns auf etwas denken können,

Das Herz und Augen füllt. Wir schreiben den Verstand

Und Weisheit in ein Buch; ihr mahlt es an die Wand.

Bey uns wird sie gehört, bey euch gar angeschauet;

So daß euch die Natur fast mehr, als uns, vertrauet,

Die Tausendkünstlerinn, die euch noch nicht begnügt,

Weil ihr in eine Welt des Epicurus fliegt,

Und ein Geschöpfe macht, von dem man nie gelesen,

Das künftig nicht seyn wird, noch jemals ist gewesen.

Wer thut es, daß ein Mensch, da sonst nur dies allein

Der Götter Wesen ist, kann allenthalben seyn?

                                        O Stro

O Strobel, deine Faust. Du kannst uns unser Leben,

Zu Truße der Gewalt des Todes, wieder geben,

Kannst zeigen, was für Thun ein Mensch im Schilde führt,

Aus seiner Augen Art, was seine Sitten ziert,

Und ihre Mängel sind: ein flüchtiges Gemüthe,

Zorn, Rachier, Unbestand, Gerechtigkeit und Güte,

Furcht, Hoffnung, Trost und Angst, das zeigst du inniglich

Mit ungefärbter Farb. Ist Tugend gleich in sich

Vollkommen eingehüllt, so will sie doch auf Erden

Im Leibe, welchen sie bewohnt, gesehen werden,

Das du vor allen giebst zu Antorff bey Rubeen;

Den Spranger rühme Prag, und Holland seinen Veen,

Auch Welschland den Urbin; dich kann mein Breslau zeigen,

Der Künste-Säugerinn: es würde selber schweigen,

Parrhasius, der erst den Schatten aufgebracht,

Dir reichen seine Kron, und nicht so unbedacht

Im Purpur vor dir stehn: du stichst mit deinen Stralen

Der Alten Hoffart hin: Apelles muste mahlen

Philip=

Philippens großen Sohn; der Kayser Ferdinand

Will abgebildet seyn von deiner schönen Hand.

Daß aber dein Gemüth auch durch ein Buch will weisen

Des klugen Pinsels Geist, wie soll ich dieses preisen?

Des Menschen Bild, und er, sind nur ein Spiel der Zeit,

Die Farb entfärbet sich; du suchst die Ewigkeit,

Und hast auch dies erlernt vom Volke der Poeten,

Daß Bücher für den Rost, für Neid und Sterbensnöthen

Die besten Aerzte sind: wohlan, so brich herfür,

Mahl ab dein Mahlen selbst! laß deines Pinsels Zier

Nicht inner Häusern nur und Fürsten Höfen stehen,

Sie soll auch durch das Haus der lichten Sonnen gehen,

Und glänzen neben ihr; dann eine solche Hand

Ist würdig, daß sie sey durch alle Welt bekannt.

Ende des ersten Bandes.